ARJEN LUBACH

MAGNUS

Uitgeverij Podium
Amsterdam

Eerste druk februari 2011
Veertiende druk september 2017

Deze uitgave kwam tot stand door bemiddeling van
Sebes & Van Gelderen Literair Agentschap te Amsterdam.

Omslagontwerp Bart van den Tooren
Foto auteur Merlijn Doomernik
Typografie Sander Pinkse Boekproductie

ISBN 978 90 5759 819 7

Verspreiding voor België: Elkedag Boeken, Antwerpen

www.arjenlubach.nl
www.uitgeverijpodium.nl

MAGNUS

‘Soms ben ik in mijn eigen huis. Dan zit ik thuis, op mijn bank en dan denk ik: ik wil naar huis.’

Erwin Olaf

Voor Wendela-Hiba, die mijn dans wist te ontspringen.

INHOUD

AKTE 1

PACIFIC PARC

Er was eigenlijk maar één ding veranderd.

De rest was hetzelfde gebleven: een tv-gids kwam op haar naam, boeken die ik nooit zou lezen stonden op regenboogkleur in de hoge kast in de kamer en een grootverpakking scheermesjes zat achter de douchekraan geklemd. Het waren dezelfde stille dagen waar ik in de loop der tijd aan gewend was geraakt. Er was maar één ding echt veranderd: zij was er niet meer bij.

Ik zat op mijn kruk in de keuken, droeg haar ijsbeervoetensloffen en telde de dagen dat ze weg was. Het regende op het zolderdak waaronder ik alleen had geslapen, maar daarna was de lucht opengebroken en dreven de laatste wattenwolken vanaf de Noordzee, uit Schotland misschien, richting de stad, over de buitenwijken naar de straat vlak bij het centrum en de keuken waar ik zat. Een maand was er voorbijgegaan. Op een van de eerste dagen van de lente had ze een rode reistas gepakt en was ze vertrokken. Ik had me ingesteld op alles; dat ze een minuut later weer terug zou komen, dat ze een dag later zou bellen om te zeggen dat ze nog meer spullen zou komen halen, dat ze een uur later weer terug zou komen, dat haar moeder met een gehuurde aanhangwagen voor de deur zou staan om alle boeken, meubels en scheermesjes in te laden, dat ze een week later terug zou komen en me in mijn nek zou kussen en zou zeggen dat het allemaal een grote vergissing was — dat het zweverig gelul was geweest wat ze had gezegd over hoe we beter functioneren zonder de helft van onze energie aan de ander te geven — dat dat een vergissing was en vooral dat ze nu weer terug was om voor altijd te blijven.

Er gebeurde helemaal niets.

De lente was begonnen en ik zat op een kruk in de keuken omringd door alles wat we samen hadden verzameld. Ik las de krant, zette koffie in haar Bodum-koffieduwer, luisterde naar stemmen op 747 AM, omdat de FM in de keuken kapot was gegaan en alles bleef hetzelfde.

In de krant stond een artikel over een Chinese buschauffeur. De chauffeur had een boete gekregen omdat hij zijn bus had achtergelaten in een drukke straat in de stad Wuhan. Volgens het artikel had hij tijdens zijn werk heimwee gekregen, zijn bus stilgezet, een taxi aangehouden en was hij naar huis gegaan. De stilstaande bus veroorzaakte een file in de straten van de stad en de chauffeur kreeg een boete van vijfhonderd yuan. Ik zat in de keuken en dacht aan de buschauffeur, probeerde langs een wereld aan steden, velden, bergen en zeeën in het hoofd te kijken van de man die heimwee kreeg tijdens een gewone werkdag. Tot dat moment was ik in de veronderstelling dat heimwee ontstond op verre reizen op onoverkomelijke afstanden in tijd en plaats, maar deze chauffeur was gewoon aan het werk in de stad waar hij woonde, miste zijn familie en nam een taxi naar huis.

Ik probeerde onze laatste dagen te reconstrueren, om te ontdekken waarom ze was vertrokken, maar ik herinnerde me eigenlijk vooral één ding. De laatste dag dat ze er nog was had ze een cd gedraaid van een net doorgebroken Amsterdamse singer-songwriter: Ted Robin. Hij was een liedje komen spelen in het televisieprogramma waar zij op de redactie werkte en daarna had ze zijn cd gekregen. De liedjes waren een soundtrack bij mijn dagen geworden en ik kreeg ze niet uit mijn hoofd, zelfs niet nadat ze vertrokken was. *Would it be different if I were a dog*, zong Ted als ik opstond. En 'Sunday Morning Drugs'. *The story of my life — Sunday morning church*

— the only way to survive — with my Sunday morning drugs.

In het begin deed ik alsof er een last van mijn schouders was gevallen nadat ze was vertrokken en het was mijn overtuiging dat ik haar langzaam zou vergeten, dat de herinneringen aan haar plaats zouden maken voor herinneringen aan nieuwe vrouwen, nieuwe huizen, andere ijsbeervoetensloffen en betere gesprekken. Het zou een kwestie van tijd zijn voor dat gebeurde.

De eerste beelden van Caro liggen aan de andere kant van het millennium, tijdens een reis naar Florence met een stuk of veertig vijfdeklassers van het Maartenscollege. Er hingen twee lijsten aan een pilaar in de hal van de school: een voor de reis naar Rome en een voor de reis naar Florence. Tegen de tijd dat ik me eindelijk had laten overtuigen om mee te gaan was de lijst voor Rome al vol. De vrienden met wie ik destijds omging hadden zich wel op tijd ingeschreven voor Rome en zouden nog tot ver na het eindexamen met versleten T-shirts van het Forum Romanum of het Colosseum rondlopen.

Voor de Florence-reis waren nog wel enkele plekken vrij. Ik bleek uiteindelijk een van de drie jongens die zich voor Florence hadden opgegeven, wat een groot deel van de Romevrienden (dertig jongens, twintig meisjes) genoeg reden vond om mij in de weken voorafgaand aan de reizen zo veel mogelijk te complimenteren, inclusief knipogen en dubbelzinnige voorspellingen over wat er allemaal wel niet zou gebeuren in Florence met al mijn veertig meisjes.

Op de vraag of ze dan misschien wilden ruilen antwoordden ze altijd ontkennend.

Ik had Caro al vaker gezien en ongetwijfeld ook al eens een half woord met haar gewisseld, maar het moment dat ik me realiseerde dat er niets klopte van het beeld dat ik had van de manier waarop de liefde zich aandient — in overzichtelijke eenheden, steeds een schepje meer, tot je uiteindelijk kunt spreken van verliefdheid – dat idee veranderde voor altijd in de nachttrein naar Milaan.

Ik zocht mijn plek, keek van mijn ticket naar de deuren, van de deuren naar de stoelen en toen ik bij de couchette naast die van mij was aangekomen zag ik Caro zitten. Of het kwam omdat we een reis gingen maken of omdat iedereen een ander gezicht droeg dan op school weet ik niet, maar Caro was niet de Caro die ik eerder had gezien. Ze was niet het meisje uit de natuurkundeles of de Caro van de hoek op het schoolplein waar de rokers stonden. Ik zag haar zitten en werd getroffen door een tweeledige angst: de angst haar uiteindelijk aan te moeten kijken, of dat juist nooit te mogen doen.

De andere twee jongens riepen me, ik liep snel door en nam plaats op de bank die aan mij was toebedeeld, waar later die nacht bedden van werden gemaakt. De trein ging rijden. Ik zette mijn walkman op en luisterde naar Chopins *Fantaisie-Impromptu* in cis mineur, opus 66. Niet dat ik veel klassieke muziek luisterde – het stuk stak eerlijkheidshalve nogal af tegen alle andere alternatieve gitaarmuziek op het cassettebandje – maar ik was er verslaafd aan geraakt tijdens de zondagen in mijn ouderlijk huis. De enige verslaving waar mijn ouders geen problemen mee leken te hebben: een depressief pianostuk gecomponeerd in 1834.

Ergens op het traject in Duitsland ging het schemeren. Vlak voor de echt hoge heuvels begonnen werd het donker. We klikten het tl-lampje uit en de leeslampjes boven de stoelen aan. Zo af en toe zag ik op een hoge top de lichten van een burcht of hotel branden en realiseerde me toen pas dat het buitenland was, dat ik een wereld achter had gelaten. De suggestie van de bergen door het zwakke licht op de toppen zorgde voor een licht gevoel in mijn maag.

Tegen een uur of twaalf kwamen alle meisjes voorbij onze coupé om hun tanden te gaan poetsen. Caro ook. Ze stak haar hoofd naar binnen en verbood ons te snurken. De andere meisjes lachten en ze liepen door. Daarna kwam er ook een voor mij onbekende leraar kunstgeschiedenis langs om ons de tip te geven te gaan slapen. Toen ik in bed lag luisterde ik weer naar mijn walkman, dacht aan de blik van Caro die aan de andere kant van de muur zat en aan de vrienden die naar Rome onderweg waren, op dezelfde dag vertrokken, maar dan met een touringcar. Ik probeerde de cadans van de trein te gebruiken om in slaap te komen, maar nadat het cassettebandje twee keer op autoreverse was overgegaan was ik definitief slapeloos, wakker, terwijl de anderen sliepen. De wielen tikten een bedompt ritme op de rails.

Ik trok het gordijn bij mijn hoofd een stuk opzij en probeerde naar buiten te kijken, maar zag dat de trein aan de kant van onze couchette langs een bergwand reed. Ik werd duizelig van de snelheid en de donkere bomen die op minder dan twee meter langsraasden, deed spelletjes met het ritme van de hoogspanningspalen en het knipperen van mijn ogen, zoals ik altijd doe: ruitenwissers die exact gelijk moeten lopen met lantaarnpalen, de trappers van een fiets die op het laagste punt moeten zijn tussen twee geparkeerde auto's in, alleen in een zwembad duiken onder een hoek van negentig graden vanaf de rand; dingen die niet uit te leggen zijn en waarvan ik begrijp dat ze misschien niet te snappen zijn, maar die net zo bij me horen als de kleur van mijn ogen. Ik heb lange tijd gedacht dat het te maken had met mijn andere grote aandoening, die mij mijn littekens in mijn schedel heeft bezorgd, die mij voorgoed afzonderde van de rest van de wereld.

Ik lag in de couchette in het smalle bed en ik bedacht dat er aan de andere kant van de trein nu een geweldig uitzicht op een dal zou moeten zijn. Dat idee bleef maar groeien, tot ik ervan overtuigd was dat ik in ieder geval niet meer zou kunnen slapen voor ik ten minste had gekeken. Ik sloeg de deken van mij af en klom van het bed, trok de schuifdeur open en ging de gang op om het uitzicht te onderzoeken.

Daar stond al iemand.

Ze droeg een pyjama. Dat wil zeggen; een joggingbroek, een hemdje. Haar voeten waren bloot. Ze leunde met haar voorhoofd tegen het koude raam aan de kant van het dal. We reden in de bergen, zag ik nu, de echte, hoge bergen en we keken uit op een stad in de diepte. In de verte verscheen een klein meer. Caro leek niet door te hebben dat ik de deur open had gedaan.

'Hoi,' zei ik fluisterend.

Ze schrok en draaide zich om.

'Hé,' zei ze.

Ik stapte naar buiten en schoof de deur naar de slaapcoupé dicht.

'Kan je niet slapen?' vroeg Caro.

'Nee. Jij?'

'Ook niet.'

De trein helde flauw in een bocht, de wielen piepten en op de plekken waar de ramen open konden klonk er een suizend geluid. Ik keek naar haar voeten. Ze had één teen gelakt.

'Er is mij ooit eens wijsgemaakt,' zei ik bij gebrek aan beter, 'toen ik nog klein was, dat toen de trein waarin we zaten scheef stilstond in een bocht, dat dat kwam omdat hij een lekke band had.'

Ze lachte.

'Het heeft vast veel met je gedaan. Die leugen.'

'Ja,' zei ik. 'Ik ben erg achterdochtig geworden met betrekking tot treintrivia.'

Ik trok een gek gezicht en keek angstig, alsof ik niet meer wist waar ik was.

'Kijk,' zei ze. Ze legde haar handen langs haar gezicht, schermde haar ogen af tegen het licht vanuit de trein en keek naar buiten. 'Zo zie je echt bizar veel meer.'

Ik deed haar na, ging naast haar staan, legde mijn handen naast mijn hoofd en keek naar buiten.

'Gaaf,' zei ik.

'Ja,' zei ze.

Later heeft ze weleens gezegd dat het wel toevallig was dat zij het was die niet kon slapen, dat als een van haar vriendinnen daar had gestaan, dat alles dan anders was gelopen. Ik zei altijd dat ik dat volslagen onzin vond. De parallelle werelden waarin het een ander was die daar stond vormen geen enkele bedreiging of invloed op ons bestaan, gewoon omdat het geen optie was en is. Door Caro heb ik een allergie opgebouwd voor iedereen die uitgesloten alternatieven nog altijd ziet als een reële mogelijkheid, simpelweg omdat ze ontevreden zijn met de huidige realiteit.

'Heb je er zin in?' vroeg ik.

'Gaat wel,' zei ze.

'Niet?'

'Ik kan niet zo tegen opdringerige Italianen,' zei ze.

'Moet ik ze bij je weghouden?' vroeg ik, maar kon me geen voorstelling maken van de situatie dat ik daadwerkelijk een groepje Italianen zou aanspreken op hun opdringerigheid.

Ze lachte. 'Ja, dat is goed.'

'Het is alleen...' begon ik, 'ik heb alleen statistisch gezien de verantwoordelijkheid over nog dertien meisjes, snap je? Maar ik doe mijn best.'

'Dat is genoeg,' zei ze. 'Je best is genoeg.'

Ze draaide zich om, keek nu niet langer naar buiten.

'In welk bed slaap je?' vroeg ze.

'Linksboven,' wees ik. 'Jij?'

'Rechtsboven,' zei ze. 'Precies aan de andere kant van de muur.'

Ik keek naar de couchettes, dacht als in een bouwtekening de muren weg. Alleen een paar centimeter hardboard en een plastic print van donker hout scheidden ons van samen slapen. Ik dacht aan mensen in Berlijn, decennia geleden, die in dezelfde stad woonden en elkaar toch nooit zagen, maar algauw was de vergelijking met ons treinbed lachwekkend en verscheen de werkelijkheid weer voor mijn ogen. Ik concentreerde me op Caro en haar hemdje en joggingbroek, de bergen waar we met honderd kilometer per uur doorheen reden, landsgrenzen die we passeerden, besneeuwde bergtoppen, slapende Zwitsers, uitgestorven stationnetjes, de onvoorspelbare geluiden van een trein in volle vaart, de geur van de coupé en de tassen vol eten en drinken die de scholieren uit het noorden van Nederland bij zich hadden. Ik spoorde mezelf aan iets te zeggen, nog iets grappigs, nog iets waar ze om zou kunnen lachen.

Er kwam niets.

'Ik ga het nog even proberen,' zei ze uiteindelijk.

'Welterusten,' zei ik.

'Welterusten.'

Daarna gingen we allebei onze eigen couchette in. Ik klom op mijn bed, voelde hoe snel mijn hart sloeg en merkte toen pas hoe warm het was. De andere jongens hadden de verwarming zo hoog mogelijk gedraaid uit angst voor de kou in de bergen. Ik trok mijn T-shirt uit en een minuut later ook mijn onderbroek. Ik lag naakt onder een minideken met het logo van City Night Line erop. Eerst kroop mijn voet tegen de wand, toen mijn knie, mijn handen, armen, mijn wang, een stuk neus, mijn borstkas en uiteindelijk mijn geslacht. Ik lag platgedrukt tegen een muurtje in een slaapcoupé, dacht aan het meisje dat naast me lag, wat ze droeg, hoe ze sliep, ik ademde rustig en hoopte. Ik weet tot de dag van vandaag niet of Caro daar ook zo heeft gelegen en ik zal het haar nooit vragen, omdat de wetenschap dat het niet zo was alles kapot zal maken.

Toen ik weer wakker werd was het licht geworden. De verwarming stond lager, ik had het koud gekregen. Een van de andere jongens in de couchette was zijn tas aan het pakken. De gordijnen waren geopend, de trein reed door de Povlakte, langs de graanvelden van Lombardije. De zon stond nog laag.

'Bijna bij Milaan,' zei hij. 'Goedemorgen.'

Ik zag de chaos die van onze coupé was gemaakt, twee lege

wijnflessen, overal kleren, tassen, walkmans, tijdschriften. Toen merkte ik dat ik naakt was onder de deken. Ik dacht onmiddellijk aan Caro, draaide me met een ruk om, alsof het muurtje was veranderd in een glasplaat en ik dwars door de wand heen kon zien of zij er nog lag, maar ik stootte mijn hoofd met een luide bonk tegen de wand.

Het duurde even, een seconde of tien, toen bonkte er iemand terug. Of beter nog: ze klopte. Drie keer. Drie woorden misschien:

Hier Ben Ik.

Of:

Hoe Gaat Het.

Of:

We Zijn Er.

Ik klopte terug. Ook drie keer.

Ik Mis Je.

Daarna niets meer, alleen de trein, de ochtend en de belofte van Florence.

In Florence hadden we amper gelegenheid om de romantiek uit te bouwen, die al dan niet alleen in mijn voorstellingsvermogen had bestaan. Er waren bijna altijd meer mensen in haar buurt. Vriendinnen zwermden om haar heen als muggen in een klamme zomernacht en al snel begreep ik dat zij de leider was, de koningin, degene met wie ze allemaal bevriend wilden zijn, degene die aan de jongens durfde te vragen of ze niet wilden snurken. Het charmante aan Caro was dat ze niet bewust haar best deed om voorop te lopen, maar werd wie ze was door te zijn wie ze was: Caro, mooi, maar ook weer niet zo mooi dat mensen uit de buurt bleven. Geïnteresseerd in alles. Ze was degene die zonder zich verkiesbaar te stellen klassenvertegenwoordiger werd, ze was degene bij wie mensen bleven rondhangen in het geval ze ooit president van de wereld zou worden.

In de praktijk bleek Florence een race om in één dagdeel zo veel mogelijk kerken te zien. Leraren dreven ons als een kudde vee door de stad. Voorop de leraar kunstgeschiedenis met een paraplu en een kaart, daarna de leerlingen en achteraan twee begeleiders die erop moesten toezien dat niemand de groep verliet. De helft van de leerlingen kreeg binnen twee dagen last van blaren van het vele lopen, de woorden *Medici, Arno* en *Duomo* kwamen ons de keel uit en 's avonds compenseerden we de stortvloed aan cultuur met liters goedkope chianti en vette pasta op het dakterras van het goedkope hotel aan de Via Degli Speziali.

Er waren momenten op het dak van het hotel dat Caro en ik kort alleen waren en spraken over de kunst en de kerken die we zagen. We wisselden weetjes uit over Florence, ongetwijfeld uit oprecht enthousiasme over de geschiedenis van de stad en de invloed op de westerse wereld, maar het was nog veel groter en belangrijker omdat het met Caro te maken had – zij was immers in dezelfde stad. Ze was een wiskundige formule waar altijd een grotere uitkomst uitkwam, dacht ik later. Een levend kwadraat.

Het vreemde is dat de andere veertig meisjes, inclusief de entourage van Caro, mij later zo vaak gezegd hebben dat het mede dankzij mij zo leuk was in Florence. Dat ik grappen maakte, spelletjes bedacht, stopwoorden verzon die de hele groep overnam. Hier kan ik me niets van herinneren. Het is alsof er twee reizen zijn geweest. Als ik aan mezelf denk tijdens de Florence-reis, hoor ik Chopin, zie ik de Sony-walkman, een dunne, zeventienjarige jongen met een constant onzeker verlangen in zijn handelen, steeds maar wachtend op later, altijd vragend om de toekomst, zich nooit neerleggend bij zijn heden.

Dat, samen met de weken in het ziekenhuis, zette de toon voor wie ik later zou worden. Die periode heeft me, ondanks het feit dat Caro veel later heeft gezegd dat ze van me is gaan houden, gemaakt tot wie ik was, als een boom die is scheefgegroeid op een dijk waar de wind dag in dag uit van zee komt razen.

*

Ze was nu een maand weg. Ik had nog altijd niets van haar gehoord en ik zat op mijn kruk in de keuken. Ik woonde te midden van oude camera's, haar viool, stervende kruidenplanten, ondergoed en een serie boeken over kunst en astrologie. Ik leefde van een voorschot voor het schrijven van een toneelstuk voor De Toneeltuin, een bekend gezelschap in de stad, maar door Caro's vertrek was ik achter op schema geraakt. Mijn eerste deadline voor een synopsis had ik gemist. Nu wachtte ik tot het in mijn voordeel zou gaan werken dat ze er niet was, tot het waar werd wat altijd wordt beweerd: uit dit soort pijn ontstaan de mooiste dingen.

Ik bekeek mijn e-mail op de laptop in de keuken. Walter stuurde een bericht naar veertien vrienden tegelijk, of we nog naar hem kwamen kijken. Die avond speelde hij zijn liedjes in Pacific Parc op het Westergasfabriekterrein. Ik klikte van zijn e-mail door naar de weinige bladzijden die ik tot nu toe had geschreven voor De Toneeltuin en het drong tot me door dat ik in deze leegte nooit iets zou kunnen maken. Ik had een maand lang alleen binnengezeten. Er moesten andere stemmen zijn waar ik naar kon luisteren. Andere levens waaruit ik kon putten. Daarom trok ik mijn jas aan.

Walter kende ik het langst van iedereen. Een zomer voor de Florence-reis waren we op interrail geweest en hadden ons na Parijs, Bordeaux, Nice en twee dagen Sicilië blut gedronken op een camping in een oude olijfboomgaard in het noorden van het Griekse eiland Corfu. Walter had aan de lopende band meisjes voor zich weten te winnen met zijn gitaar en Beatles-imitaties en omdat we een tent deelden sliep ik een groot deel van de nachten niet of buiten op een strand of graanveld, tot hij wakker werd en het meisje vertrok. Dan won ik weer wat uren slaap in de tent terwijl de zon brandde, tot het nachtritueel van drank, nieuwe, stinkende mensen, *Lonely Planets*, gitaren, vuren, joints en een overwinning voor Walter zich herhaalde. Ik heb die reis maar één keer gezoend, met een Duits meisje van wie de vriendin bij Walter in de tent lag. Ze moet zich hebben verveeld.

Dat zei ze ook: *I am so bored, wanna come to my zelt?*

Ik geloof niet dat we er allebei zoveel plezier aan beleefden of hoopten op meer, maar ik voelde wel een verwantschap met mijn vrouwelijke evenknie, de second best, de sidekick uit het Ruhrgebied, van wie ik de naam en het gezicht ben vergeten. Ik lag naast haar en hoopte niet dat het tekenend zou zijn voor mijn liefdesleven, dat vrouwen bij me zouden blijven omdat ze zich anders zo verveelden.

Zodra het licht werd ben ik haar tent uit gekropen en naar het strand gelopen. Ik nam de korte, illegale route door de struiken en een tuin van een oude Griek. De zon kwam op aan de overkant, de Adriatische zee ging er over in de Ionische zee. Aan de overkant zag ik de vuren van Albanië, waar de rebellen huishielden en tegen de troepen van de Verenigde Naties vochten die de orde wilden herstellen. Pas jaren later las ik dat op exact dezelfde dag dat wij uitcheckten van de camping aan de overkant – en volkomen afgeleefd en zonder geld weer naar Nederland vertrokken – de VN hun troepen terugtrokken omdat ze wel genoeg vrede hadden gebracht. Ook pas veel later wist ik hoe groot het contrast was, dat de interrail met Walter misschien het meest vrije was dat ik ooit had gedaan, terwijl aan de andere kant van het water een land ten onder ging aan een piramideschandaal en gewelddadige rellen. Het deed ons niets. Ik zou kunnen zeggen: we hebben er met andere mensen op de camping regelmatig over gesproken, we vroegen aan Dimitri, de baas van de campingcafetaria of hij de televisie harder wilde zetten, maar dat zou een leugen zijn. Het deed ons helemaal niets. De zogenaamd geëngageerde backpackersgeneratie was net zo onverschillig als hun leeftijdsgenoten op een schuimparty in Salou.

*

Ik fietste door het Westerpark, langs de woonboten. De avond in Amsterdam was blauw, al donker, maar door de maan had alles een gloed waar ik normaal gesproken onmiddellijk een foto van zou maken om die vervolgens naar Caro te sturen. Nu stond ik alleen in mijn bewondering. Sterker nog: ik merkte dat er helemaal geen bewondering over was. Mooie luchten en landschappen kennen voornamelijk waarde als je ze aan anderen kan laten zien, anderen die daarom zullen denken: als hij dit mooi vindt, moet er ook iets van die schoonheid in hemzelf zitten, anders had hij het niet herkend.

Ik zag de vaste groep die altijd aanwezig was als Walter speelde: Lucas, Veerle en Antoni, vrienden van vroeger die vanzelf de vrienden van nu waren geworden. Vrienden die ook ooit muziek maakten, gedichten schreven en dachten dat ze de Filmacademie zouden gaan doen, maar die nu de artistieke uitspattingen van Walter vooral gebruikten om hun eigen artistieke slaap te compenseren en zo toch nog het idee hadden dat ze met de Wereld en de Beschouwing daarvan bezig waren, terwijl ze eigenlijk allang 'deelnamen' (zo noemden we dat vroeger, *haat aan de deelnemers* riepen we) en hun beschouwing vooral haalden uit de televisieprogramma's als die waar Caro voor werkte, waar de redacties al meningen voor ze hadden gevormd.

Ik groette ze uitbundig, zei niets over Caro, dronk mijn eerste twee biertjes in de tijd dat zij een half dronken. Ze keken me verbaasd aan.

'Dat is lang geleden,' zei Veerle. 'Waar was je al die tijd?'

Ik wimpelde de vraag af, sloeg het laatste restje bier achterover en draaide me om.

Daarna stond ik op en bezocht Walter in de kleedkamer waar hij bloednerveus zijn akkoorden en teksten repeteerde. Hij had de inhoud van zijn tas in de ruimte uitgestald, nog net geen foto's van zijn ouders opgehangen aan de spiegel. Ook hij keek me verbaasd aan.

'Jezus, Merlijn. Dat jij hier bent,' zei hij.

'Je stuurde toch een e-mail?'

'Ja.'

'Nou, hier ben ik.'

Hij schudde met zijn hoofd.

'Wacht even hoor. Ik ga drie nieuwe dingen spelen. Die onthoud ik nooit.' Hij omhelsde me plichtmatig, met zijn gitaar tussen ons in.

'Jawel,' zei ik, niet uit oprecht vertrouwen, maar meer uit eerbied voor de lange traditie van moed inspreken en troost. 'Hoelang doe je dit nu al?'

'Waar was je?' vroeg Walter. Hij zette zijn gitaar neer en liep naar de wastafel. Daar pakte hij een tondeuse uit een toilettas en begon zijn baard bij te werken.

'Hoe bedoel je?'

'Ik heb je eeuwen niet gezien. Niet eens gesproken. Gaat het wel?'

'Ja, alles is heel goed,' zei ik. 'Ik voel me prima. Het enige is dat Caro weg is.'

Walter draaide zich om, keek mij aan.

'Wat bedoel je?'

'Ze is weg, dat bedoel ik. Althans, ze zal wel ergens zijn,' zei ik. 'Maar niet in mijn buurt.'

Hij draaide zich weer om, keek in de spiegel in zijn eigen ogen en stak een wijsvinger uit naar achteren.

'Straks, als ik klaar ben, dan ga je me daar alles over vertellen. Dan wil ik alles weten.'

Of ik dat zelf ook wilde was kennelijk geen vraag. Ik had alle reden om daar weg te gaan, niet naar zijn muziek te hoeven luisteren. In plaats daarvan zou ik naar buiten lopen, een willekeurige richting aanwijzen, weer op mijn fiets stappen, vaart maken, steeds harder en harder, ogen dichtdoen en maar wachten wat het zou zijn dat me tot stilstand bracht, wat het was dat verlossing bracht.

Ik bleef.

Of het kwam omdat we elkaar nog uit Groningen kenden weet ik niet, maar Walters liedjes hadden een enorme impact op me. Het was alsof het boeken waren die ik in drie minuten uit kon lezen. Ik moest om ze lachen, werd er verdrietig van en kreeg de behoefte om zelf iets te maken, weer aan een nieuw toneelstuk te beginnen of opnieuw in de molen van het ontwikkelen van een film terecht te komen.

In de eerste maten van het laatste nummer zette hij een verkeerde tekst in, waardoor in zijn ogen het volledige optreden was verpest. Hij kwam bij de bar staan en vloekte vier keer. We kregen het die avond niet meer uit zijn hoofd en daarom zette hij het, samen met mij – om andere redenen – op een drinken. Pas na vier wodka kwam hij terug op het Caro-verhaal en vroeg hij: 'Is Caro echt weg?'

'Ja.'

'Gewoon vertrokken? Alles meegenomen?'

'Nee,' zei ik. 'Alles is er nog. Ze is met een tas kleren weggegaan en ik heb haar nooit meer gesproken.'

'Gebeld?'

'Ze neemt niet op.'

Daarop was hij stil, dronk van zijn wodka, keek de ruimte in en begon zacht te gniffelen.

'Ik heb het je gezegd,' zei hij. 'Weet je nog? "Het beste dat jou kan overkomen is dat Caro bij je weggaat."'

'Flikker op,' zei ik. 'Dat heb je nooit gezegd.'

'Dat zei ik. Je was ingeslapen, zei ik ook. En nu is ze weg.'

De muziek in Pacific Parc werd steeds luider, ze waren na het optreden van Walter overgeschakeld op latin-achtige feestmuziek, maar kennelijk was het nu tijd voor het uur clubmuziek. De bassen trilden door in mijn maag en hoe indringend ik mezelf ook voorhield dat dat mijn misselijkheid niet bevorderde, het deed het wel. Desondanks bestelde Walter nieuwe drankjes, kennelijk omdat hij nog altijd van mening was dat het vertrek van Caro het beste was dat mij had kunnen overkomen. Ik dronk door, omdat stoppen met drinken ook geen optie was en ik wachtte tot de avond een donker kleed over me heen zou leggen.

'Waar was je toch?' vroeg Walter opnieuw toen hij nog iets dronkener was.

Ik zei niets. Ik was even weg, dacht ik. Nu ben ik terug. Dat kan toch? Soms was ik afwezig. In lichaam, in geest, hoe dan ook.

Veerle en Antoni gingen naar huis, Veerle moest vroeg werken en ze woonden sinds kort samen, waardoor alleen naar huis gaan geen optie meer was. Lucas, Walter en ik bleven achter aan de bar. Lucas kende ik ook al eeuwen, dacht ik en ik had zoveel gedronken dat ik dat ook tegen hem zei.

Hij reageerde wat terughoudend, maar leek uiteindelijk mee te doen aan ons ritueel.

Er is altijd een punt waarop we elkaar beetpakken en zeggen hoelang we elkaar nu al kennen, alsof dat de vriendschap meer waarde geeft, terwijl het eigenlijk hetzelfde zegt als: de enige reden dat we elkaar uitstaan is omdat het al zo lang duurt.

Walter verdween richting de dansvloer, waar hij aan zijn reeks ingestudeerde danspasjes begon en zichzelf aan liet klampen door dronken meisjes die alles aanklampten wat eerder die avond op het podium had gestaan.

'Denk aan alle vrijheid die je hebt,' schreeuwde Lucas door de techno heen in mijn oor. 'Concentreer je op je vrijheid.'

'Ik voel het liever dan dat ik er continu bewust aan moet denken,' riep ik terug.

'Je kan nu van alles opnieuw beginnen,' riep Lucas. 'Zie het als een markering in je leven. Dat je later kan zeggen: toen Caro wegging werd alles beter, toen ben ik gaan – vul in – windsurfen, schilderen, me bekwamen in het notarieel recht, noem maar op.'

Wat zei het over onze vriendschap dat mijn vrienden, nu mijn relatie uit was, louter voordelen van ons uit elkaar gaan konden opnoemen?

'Een scheepje in een fles,' riep Lucas.

'Wat?'

'Dat is wat je bent. Je bent een scheepje in een fles, je masten zijn pas opgericht toen je de relatie met Caro al binnen was gevaren. En daarna kon je er niet meer uit.'

Ik moest lachen. Er stond een enge grijns op zijn gezicht. Iets duivels.

'Ben je heel erg dronken?' vroeg ik.

'Natuurlijk,' zei hij zonder de grijns van zijn gezicht te halen.

'Man, ik ben jaloers. Even pissen.'

Daarop draaide Lucas zich om, maar leek zich te bedenken en draaide weer terug.

'En je bent een lul dat je er niet was,' zei hij.

Toen vertrok Lucas echt naar het toilet en keek ik minutenlang naar Walter op de dansvloer, die inmiddels aan zijn derde ronde vaste danspasjes was begonnen. Hij kon op dansgebied niets anders dan wat hij nu aan het doen was. Hij had het zichzelf aangeleerd toen we een jaar of twintig waren en zijn toenmalige vriendinnetje vond dat hij eindelijk eens moest leren dansen. Ik keek naar de groep mensen, naar de meisjes van mijn leeftijd of jonger – ik kon al jaren geen leeftijden meer inschatten. Ik draaide me om naar de bar om wat te bestellen. De barkeeper schonk zonder dat ik wat hoefde te zeggen opnieuw een glas wodka in en de technobeat dreunde gaten in mijn gedachten, zwarte plekken van alcohol en vermoeidheid, zo af en toe viel er een moment uit alsof er een frame in de montage van de film ontbrak. Walter stak zijn duim op en ik deed een rockgebaar – pink en wijsvinger omhoog – terug.

Ik dacht aan Caro.

Ik hoopte dat het zou stoppen. Het constante ophalen van herinneringen aan Caro. De eerste keer dat we in Pacific Parc hadden gezeten, bij het vuur, naast elkaar op de bank, mijn neus in haar nek. Nu keek ik uit op het restaurant dat een club was geworden en zag de tafel waar we hadden gezeten. Ik schudde mijn hoofd, zoals tekenfilmfiguren gedachten uit hun hoofd konden schudden.

Lucas was nu zo lang weg dat ik me zorgen begon te maken. Ik had geen zin om de vriend te zijn die niet was gaan kijken terwijl hij met een gebroken nek onderuit in de toiletten van Pacific Parc lag. Toen ik de wenteltrap half op was, bijna bij de toiletten, zag ik hem staan, bovenaan, met zijn armen om een meisje dat ik nog nooit eerder had gezien. Ze zoenden half. Hij zag mij, lachte en gebaarde met zijn hand dat ik weg moest gaan. Ik keek neer op de menigte. Dansende, lachende, schreeuwende, zingende, drinkende kinderen van het nieuwe millennium, resultaat van evolutie, consumenten van de vrijheid, allemaal varianten op mijzelf met dat verschil dat ik volgens de rest opnieuw kon beginnen, een markering kon maken in mijn leven. De zoenende Lucas was mijn voorland. Scharrelen, afspraakjes, scoren. Iets dat ik met uitzondering van een jaar dat Caro au pair was in Genève amper had gedaan. Hoe het moest wist ik niet, waarom het moest ook niet. Ik had altijd al het meisje waar anderen op een wenteltrap mee wilden zoenen, wat viel er voor mij dan nog te scoren?

Ik voelde dat ik even moest gaan zitten, wilde ik niet voorover van de wenteltrap vallen en ze op de laatste pagina van de lokale krant, in een klein hoekje, zouden schrijven dat *hij een onvoltooid werk voor De Toneeltuin* achterliet.

Ik liep de trap op, langs de zoenende Lucas, kneep hem in zijn kont om te pesten, maar er kwam geen reactie. Ik passeerde de toiletten, wankelde richting de kleedkamer van Walter, opende de deur en ging op de kleine rode bank zitten. Even zitten, dacht ik, even mijn ogen dicht, dan drink ik een glas water en wacht ik op de komst van mijn nieuwe leven. De bas van de muziek dreunde door tot boven, ik rook de deodorant van Walter, waar hij altijd veel te veel van opdeed, zag zijn spullen liggen: gitaar, jas, toilettas, tondeuse.

Caro was weggegaan en dat had ik alleen verwerkt, ja. Ik had een paar van hun telefoontjes weggedrukt en e-mails verwijderd, maar dat was een fase, dat moesten ze snappen. Het had ook veel langer kunnen duren. Ik had haar vertrek nodig om te zien wie ze ooit was geweest; dat meisje in de nachttrein dat mijn ingewanden van plaats had doen wisselen toen ik haar had zien zitten, met wie ik door de Alpen had geraasd, hoofden tegen het koude glas, kijkend naar de lichten van een stad in het dal, dat meisje zag ik pas nu weer voor me. En ik werd opnieuw verliefd, dacht ik, nu niet op Caro, maar op haar afwezigheid.

Daarna kwam de stupide vergelijking van Lucas weer terug. Een scheepje. Ik lachte hardop in de kleedkamer van Walter. Ik moet de fles breken, dacht ik. Ik was voor het eerst in tijden het huis uit en had voor het eerst in tijden veel gedronken. Vanavond moet het gebeuren. Dan ben ik los, vrij, hijs ik de zeilen en vertrek naar de einder die nooit bereikt zal worden – omdat die nu eenmaal met je meebeweegt, in een permanente straal van tientallen kilometers, afhankelijk van de hoogte van je dek en kraaiennest – en dan kom ik nooit meer terug. Nooit meer.

Binnen vier minuten was het eraf. De tondeuse van Walter was nieuw, dus nog soepel. Donkerblond haar viel in de wasbak, naast de wasbak, in de gitaarkoffer van Walter. Ik had moeite met de stukjes schuin achter op mijn hoofd, maar al snel zag ik op enkele millimeters niets meer zitten als ik in de spiegel keek. In al mijn dronken symboliek was dit heel veelzeggend. Ik dacht aan een boek dat ik had gelezen, iemand werd achttien, schoor zijn hoofd kaal en dan iets met opwaaiende zomerjurken. Zoek dat op, dacht ik, je mag alles vergeten: avonden in kroegen, recepten voor pasta, vluchtige televisieprogramma's met enkel plek voor snelgebekte gasten met een goed verhaal, maar geen boeken waar je dagen mee hebt rondgelopen. Ik had voor het eerst sinds die paar weken in het ziekenhuis als klein jongetje een kapsel dat korter was dan vijf centimeter en ik voelde alcohol in alle aderen, gewrichten, spieren en in mijn brein, waardoor niets wat ik dacht ook maar enige samenhang of logica leek te hebben, behalve in de fractie van een seconde dat ik het dacht. Ik zag de littekens op mijn hoofd, kleine littekens die altijd waren verborgen door mijn haren, maar die me nu herinnerden aan de draadjes die ze in me hadden gestoken en de film die ze hadden gemaakt van mijn hersenen. En nu dacht ik aan Caro. Lieve kleine Caro, vrolijk huisdier, hoe ze me zou uitlachen om mijn bonkige hoofd zonder haar en hoe ze gelijk zou zeggen dat dat niet uitmaakte, dat ze zelfs nog van me hield als ik geen tanden meer had. En onmiddellijk daarna het besef dat ik straks thuis zou komen en haar zou aantreffen in alles: boeken, keukenspullen, make-upshit, maar dat haar liefde en haar lichaam er niet meer zouden zijn.

Ik pakte mijn telefoon uit mijn broekzak en belde Caro. Het had nu lang genoeg geduurd.

Voicemail. Ik drukte hem weg.

Naar huis, dacht ik. Dat is het beste. Misschien is ze er alweer. Misschien ligt ze in bed, ademt ze rustig. Misschien was het een vergissing geweest, maar wist ze het nu zeker: ze hoorde thuis bij mij, bij haar scheermesjes die nog altijd achter de douchekraan geklemd zaten, bij haar ijsbeervoetenslof-fen onder de kapstok in de gang.

Ik wurmde me door een groep mensen die op de trap stond, zag Lucas nergens, Walter wel, die stond bij de bar en praatte met een wat ouder meisje — een vrouw, zouden we een paar jaar geleden zeggen, geen optie, maar inmiddels wel —, ik riep zijn naam, hij keek op, maar zag me niet staan. Ik riep nog eens, hij keek me aan, maar herkende me niet. Ik zwaaide, hij deed zijn hand omhoog en kneep zijn ogen tot spleetjes. Kennelijk was mijn kale hoofd zo wezenlijk anders dat ik niet in één oogopslag leek op degene die ik een half uur eerder nog was geweest. Het had gewerkt, dacht ik. Ik ben naar buiten gevaren en zelfs mijn vrienden weten niet meer wie ik ben. Daarna draaide ik me om en liep ik naar buiten.

Daar sloeg de nacht me op mijn hoofd.

En toen mijn lichaam zich naar mijn gedachten over misselijkheid en vallen had gevoegd en ik daadwerkelijk op mijn knieën op het Westergasfabriekterrein zat in de hoop dat alles zou stoppen met draaien, dat er een zwart gat zou ontstaan dat van al mijn cellen en die van alle mensen in Pacific Parc antimaterie zou maken dat in het grote niets verdween of dat de zon supernova zou gaan en we nog niet eens genoeg tijd hadden om te beseffen dat we binnen een fractie van een seconde zouden verdampen, zag ik Caro staan. Ze kwam honderd meter verderop uit de bioscoop, stond in een onmetelijk sexy rokje met haar rug naar me toe, maar ik herkende alles aan haar. Er had maar een haarpluk uit de bioscoop hoeven steken of ik had geweten dat zij het was. Ze lachte, ik hoorde haar lach door het straatje tussen de gebouwen schallen, zoals ze ook om mij had gelachen ooit, toen mijn grappen nog vers en origineel klonken. Ik had het koud, op een manier waarop ik het nog niet eerder koud had gehad, alsof de wind door mijn kop waaide. Daarna zag ik om wie ze lachte: een man, iemand met een bekend gezicht, van vroeger misschien, uit de buurt, maar ik kon hem eerst niet thuisbrengen. En exact in die seconde dat tot me doordrong wie het was gaf ze hem een zoen, ze sloeg haar armen om zijn schouders en zoende hem zoals ze ooit – nee, zoals ze nooit met mij had gezoend.

Ik stelde me een reuzenhand voor die me in mijn kraag pakte en omhoogtilde en voor ik het wist was ik opgestaan en was ik op weg naar de ingang van het Ketelhuis, zoals de bioscoop heet. Ik moet extra meters hebben gemaakt omdat recht lopen geen optie meer was, maar toch was ik binnen afzienbare tijd aangekomen bij Caro en haar held en begon zonder dat ze ook maar doorhad dat ik tegen haar aan het praten was aan een zin die als een dier tijdens afleidingsmanoeuvres alle kanten op sprong, omhoog, omlaag, on en off topic, langs irrelevante herinneringen, mooie, geile herinneringen aan ons vroeger, Florence, grappen die alleen wij snapten, mijn bed aan het Roelof Hartplein waar ze had mogen schuilen, het huis dat we later samen betrokken, kansen in de toekomst, dingen die we hebben gelaten voor elkaar en dingen die we deden voor elkaar. En toen richtte ik me op de man, de man met de liedjes die in mijn muzikale bewustzijn zaten gebrand.

'Ted,' zei ik. 'Ted Robin. Waar de fuck ben jij mee bezig?'

Hij keek verbaasd en daarna beteuterd, bijna alsof zijn moeder hem had betrapt omdat hij te vroeg aan het beslag had gezeten en hij het stuk cake nu wel kon vergeten.

'Is dit je ex?' vroeg hij aan Caro. Daarop ging ik voor hem staan, kwam met mijn gezicht vlak bij het zijne.

'Ik ben niet haar ex,' zei ik. 'Ik ben een scheepje.'

Hij reageerde niet, keek vragend langs mij heen naar Caro.

'Jezus,' riep Caro.

'Noem me geen Jezus,' zei ik. Ik was dronken. En ik had Walter horen spelen. En de zon was net niet supernova gegaan. Geen tijd voor goede grappen.

'Wat heb je met je haar gedaan?' riep Caro.

Ik voelde aan mijn hoofd, greep naar plukken die er niet

meer zaten, waardoor mijn handen borstcrawlende bewegingen maakten boven mijn schedel. Daarom was het zo koud, dacht ik, daarom waait er een storm in mijn hoofd en daarom hebben we haar.

'Denk je dat jij het recht hebt om mij vragen te stellen?' vroeg ik in een vlaag van helderheid.

'Ga naar huis,' zei ze. 'Alsjeblieft. Dit heeft geen zin.'

En ik wist ook wel dat het geen zin had, dat het volstrekt niet strookte met wie ik al die jaren was geweest, maar hoe ik ook mijn best had gedaan om er geen probleem mee te hebben dat ze was weggegaan, ik had toch nog een vraag. Een simpele vraag waar iemand doorgaans zelf al antwoord op heeft gegeven voor de ander hem kan stellen, omdat dat antwoord voorafgaat aan het pakken van een rode reistas. Toch bleef ik maar praten en er bleven maar woorden komen, zoals tissues in een doosje, met elke die je eruit haalt, trek je weer een nieuwe naar boven.

En het laatste woord dat ik uitsprak was: 'Waarom?'

Ze keek om zich heen, sprak zacht om niemand tot last te zijn.

'Moet dit nu?'

'Ja,' zei ik. 'Blijkbaar.'

'Kunnen we niet een andere keer...'

'Nee,' zei ik. 'Nee. Niet een andere keer. Nu. Waarom ben je bij me weggegaan?'

Ze bleef zacht praten, deed een stap in mijn richting. 'Het was steeds zo hetzelfde,' zei ze.

'Wat?' vroeg ik.

Nu sprak ze harder. Er waren meer mensen die naar ons keken en haar konden verstaan. 'Het was steeds zo fucking hetzelfde,' herhaalde ze.

Toen mepte ik Ted Robin op zijn gezicht.

*

Om half elf in de ochtend werd ik gebeld. Ook al lag mijn telefoon in de badkamer, het geluid van de ringtone hakte mijn hoofd in stukken. Als ik in staat was geweest helder te denken, had ik aan gisteren gedacht en een reconstructie kunnen maken van wat er was gebeurd, maar vooralsnog was het schuifelen, niet vallen, niet braken, richting het apparaat dat loeide. Ik stootte mijn tenen tegen een deurpost, maar had geen aandacht voor de pijn. Toen ik langs de spiegel kwam zag ik mezelf in een flits. Ik schrok opnieuw van mijn kale hoofd, het opgedroogde bloed onder mijn neus, en kon me niet aan de indruk onttrekken dat het een ander was aan de andere kant van dat glas. Of dat ik een decennium had overgeslagen, dat ik kaal geworden was, dat ik tien jaar had geslapen of simpelweg was vergeten, omdat het er niet meer toe deed de dagen te onthouden.

Ik kwam aan bij de telefoon die in de wasmand was gevallen.

'Merlijn,' zei ik. Mijn stem had nog geen kracht, mijn eigen naam ontsnapte aan mijn mond en loste op in de ruimte.

'Meneer Kaiser?' vroeg een stem.

'Ja?'

'U spreekt met Frank Gerson van Mastercard, fraudemanagement, afdeling detectie. Stoor ik?'

'Fraude?' vroeg ik. Ik legde mijn hand op mijn hoofd en voelde de kleine haartjes en oneffenheden. Ik zag een moedervlek op het midden van mijn hoofd, eentje waarvan ik niet had geweten dat hij bestond.

'Ja.'

'Ik kan me niet...' begon ik, 'ik heb toch niets gedaan?'

Frank Gerson begon te lachen.

'Nee nee, maakt u zich geen zorgen. Wij bellen preventief. Als wij uitzonderlijke creditcarduitgaven detecteren markeert de computer die als verdacht. Vervolgens controleren we bij onze klanten of zij het waren die de uitgaven deden.'

'O,' zei ik. En ik dacht: echt? Doen ze dat?

'Klopt het,' ging Gerson verder, 'klopt het dat u vorige week ongeveer zestienhonderdvijftig euro hebt uitgegeven in het Gröna Lund-pretpark in Stockholm, Zweden?'

'Wat?'

'Hebt u bijna zestienhonderdvijftig euro uitgegeven in een pretpark in Zweden?'

Ik dacht na. Eerst over de mogelijkheid dat ik dat echt was geweest. Dat het echt tien jaar later was en ik jaren was vergeten. Daarna zag ik de spullen van Caro staan in de badkamer: deodorant, een elektrische tandenborstel. Ik dacht aan Lucas en Walter, aan Pacific Parc. Ik dacht aan de buschauffeur in China die heimwee had gekregen tijdens zijn werk en een taxi naar huis had genomen. Ik dacht aan de computer van Mastercard die onregelmatigheden in mijn uitgavenpatroon kon ontdekken en ik vroeg me af welke parameters die zou hanteren: hoogte van het bedrag, aantal kilometers verwijderd van vorige uitgave, aantal kilometers verwijderd van woonplaats kaarthouder, tijdstip van uitgave. Maar misschien ook wel inhoudelijk; zou deze klant naar een pretpark gaan? Is klant nummer zoveel in staat plezier te maken in een apparaat dat de zwaartekracht tart of met hoge snelheid een bak water in rijdt? Is de kaarthouder een type dat suikerspinnen en chocoladeappels eet? En hoeveel van die parameters zouden moeten afwijken voordat de computer alarm slaat en Frank Gerson uiteindelijk mijn naam ziet verschijnen op zijn scherm en mij gaat bellen?

'Hallo?' zei Frank Gerson.

Het was een goede vraag. Niet: was ik daadwerkelijk in het Gröna Lund-pretpark in Stockholm geweest, maar: zou ik iemand willen zijn die daar vorige week had rondgelopen? Niet degene die ik was geweest, maar degene die ik had moeten zijn om Caro te behouden. Was ik iemand die spontaan naar Zweden zou vertrekken. Met Caro, met een gezin, op familieweekend, op vriendenuitje. Had ik daar willen zijn in plaats van hier, alleen, op jacht naar niets, in een stad waar bijna alles was veranderd in angst.

Ik slikte, proefde de vorige avond in alle hoeken van mijn mond en uiteindelijk zei ik: 'Ja, dat klopt. Dat was ik.'

'U was in Zweden?' vroeg Gerson.

'Ja,' zei ik. 'Met Caro.'

'Ah,' zei de man in zijn kantoor in een buitenwijk van een Nederlandse stad. Het werd even stil. Ik hoorde hem typen. Zou hij nu invoeren dat ik in Zweden was met iemand die Caro heette? Ik hoorde zijn collega's die onverstaanbaar aan andere bureaus vergelijkbare gesprekken voerden met klanten. Ik hoorde geklik, toetsenborden dacht ik eerst, maar daarna werd het steeds harder, leek het meer op de spiegelreflexen van fotocamera's die open- en dichtklapten, alsof Gerson een fotomodel was en ondertussen een shoot deed.

Dat moest de kater zijn.

'Sorry. Ik voel me niet zo goed,' zei ik. 'Ik had een zware avond inclusief poliklinieken en alles.'

Waarom zei ik dit? Wat kon hem dat schelen?

'O,' zei Gerson. 'Sic transit gloria mundi.'

'Pardon?'

De telefoonruis nam het over. De hoorbare kilometers snoer slopen mijn rechteroor in. Welke callcentermedewerker gebruikt er Latijnse spreuken in zijn telefoongesprekken? dacht ik toen. Ik wist dat ik een hoge limiet had op mijn creditcard, maar deze behandeling leek me nogal ongebruikelijk. Een student, dacht ik daarna. Een student klassieke talen met een bijbaan die het voor zichzelf leuk probeert te houden.

'Dus recapitulerend,' ging hij verder, 'u herkent uw uitgaven in de door mij geschetste situatie en bedragen, een som van veertienduizendvijfhonderdzesentachtig Zweedse kronen, omgerekend zestienhonderdeenenveertig euro vijfendertig, uitgegeven in pretpark Gröna Lund in Zweden, afgelopen woensdagmiddag om zestien uur vijf?'

Ik zag mezelf weer in de spiegel. Woensdag was ik hier. Precies hier, in dit huis, droeg dezelfde spijkerbroek die ik vandaag zou aantrekken. Ik weet waar ik zat, ik weet wat ik deed, want de spaceshuttle Atlantis werd gekoppeld aan het ruimtestation ISS. En ik keek ernaar op televisie. Een hitteschild was beschadigd geraakt, net als eerder bij de Columbia, die daardoor was verongelukt. Ik zat op de bank, keek naar de Atlantis op het *Jeugdjournaal* en wachtte op Caro die niet meer zou komen. Een pretpark was het allemaal niet te noemen.

'Was u dat?' vroeg Gerson.

'Ja,' zei ik. 'Dat was ik.'

HAAS

Het duurde even voor ik de rest zag: flarden van de avond, in omgekeerde volgorde, van het eind naar het begin.

Duisternis. Liggen op mijn rug. Mijn bed. De zoektocht naar mijn sleutels. Alleen in een taxi. Walter die afscheid neemt, me een hand geeft en ernstige dingen zegt die ik ben vergeten. Bloedverdikkers van een nachtdokter. Eerste hulp. Niets gebroken. Walter naast me in een taxi, die ernstige dingen zegt die ik ben vergeten. Een handdoek tegen mijn neus. Pijnscheuten. Een taxichauffeur die lidwoordloos roept: *niet bloed op stoel van taxi.* De uitsmijter van Pacific Parc die voor me staat en me tegenhoudt, terwijl ik Caro zie vertrekken, zittend op de bagagedrager van een fiets, haar handen om een ander heen geklemd, terwijl ze naar de grond blijft kijken. Walter voorovergebogen over mij heen, die dingen zegt die ik niet versta. De vuist van Ted Robin op één fractie van een seconde verwijderd van mijn neus. De stem van Caro. De schreeuw van Ted als ik hem raak op zijn gezicht, zijn ogen.

Ik lag op mijn bank in de kamer, probeerde zo min mogelijk te bewegen. Buiten reed verkeer met oude dieselmotoren dat speciaal voor vandaag zwaarder beladen was en frequenter door mijn straat reed, in rondjes; kerend bij de ene gracht en weer terug naar de andere, zodat het slapen en herstellen mij onmogelijk werd gemaakt. Ik keek naar het plafond, luisterde naar de ruis van het niets, mijn bloed in mijn oren, de echo van de oerknal, het bewijs dat er nog tijd is en ik onderging de sensatie van willekeurige herinneringen die zich opdrongen, van gisteravond tot lang geleden, uit een diep verleden vol verkleedkoffers en primitieve computerspelletjes. Ik herinnerde me zoals altijd op een gegeven moment het ziekenhuis, de grauwe systeemplafonds met de wenskaarten aan touwtjes en paperclips, als hangplanten naar beneden slingerend tot voor mijn ogen, zodat ik niet om de wensen van anderen heen kon. Het waren goedbedoelde kaarten van allerlei verschillende soorten bekenden, maar de afbeeldingen kwamen me na een paar dagen staren zo vreselijk mijn neus uit, dat ik wilde dat ze ze überhaupt niet hadden gestuurd. Van mijn oma een kaart met een bos rode bloemen in een vaas. Van groep 7 een plaatje van Garfield met een stuk verband om zijn hoofd. Van de buren een plaatje van een oldtimer, die verder niets met ziekte of herstel te maken had.

De kaarten kregen op den duur een averechts effect; ze herinnerden me aan het feit dat ik nog altijd in het ziekenhuis lag en de anderen niet.

Het was allemaal begonnen met korte aanvallen, absences. Ik had zelf niet echt door dat ik ze had, maar volgens mijn ouders duurden ze een paar seconden. Ik zat te tekenen in een schrift, kreeg een aanval, knipperde met mijn ogen, smakte een paar keer, trok met mijn mondhoeken en een paar seconden later ging ik weer door met tekenen.

'Wat deed je nou?' vroeg mijn vader dan.

'Niets.'

'Jawel, je keek heel gek en je hield op met tekenen.'

'Je kijkt zelf gek.'

Dan verdween hij naar de keuken, waar mijn moeder eten klaarmaakte en begon fluisterend met haar te overleggen.

Ik had geen herinneringen aan de aanvallen, behalve dat ik soms merkte dat ik iets niet had waargenomen. Dan was mijn moeder of vader ineens thuisgekomen zonder dat ik de voordeur had gehoord. Of de hond stond kwispelend in de kamer, terwijl hij eerst nog door de tuin had gerend. Het regende ineens, niet voorafgegaan door de kleine spatjes, het donker worden van de lucht of de dreiging die je onbewust altijd waarneemt.

Voor mijn ouders het ontdekten heb ik lang gedacht dat iedereen last had van sprongen in de tijd. Omdat je als kind nog geen afgebakend beeld hebt van hoe de werkelijkheid eruit zou moeten zien, maakten de absences een vanzelfsprekend deel uit van het leven. Of het nu drietalig onderwijs is, incest, opgroeien in een boomhut; de blauwdruk voor later ontstaat tijdens je eerste jaren.

De huisarts stuurde ons naar het ziekenhuis voor een MRI-scan, een toepassing waar in die tijd alleen een paar academische ziekenhuizen gebruik van maakten. Toen ik na een paar weken terecht kon in Utrecht gingen we met het hele gezin. *Merlijn gaat in een gek apparaat liggen waar ze zijn hersenen kunnen zien*, had mijn broer op school gezegd met hetzelfde enthousiasme als waarmee een bezoek aan de Efteling werd aangekondigd. We reden naar Utrecht, dronken onderweg koffie en chocolademelk bij een wegrestaurant in een bos. Om bij het wegrestaurant te komen moesten we onder de snelweg door, door een voetgangerstunnel. Dat weet ik nog. De tunnel herinner ik me uiteindelijk nog het best, omdat alle ziekenhuizen en onderzoeken later zijn vervaagd tot één groot eeuwigdurend onderzoek met doktoren met brillen van wie de gezichten in elkaar overliepen, maaltijden waar ik geen zout in mocht doen en duizenden bemoedigende schouderklopjes.

Mijn broer en ik stampten door de tunnel, riepen korte, betekenisloze klanken om onze stemmen te horen galmen en mijn vader riep: 'Jongens! De auto's rijden nu over ons heen.'

Uit de test bleek dat het vermoeden van de huisarts klopte: ik had epilepsie. Daarom kreeg ik pillen die eerst wel, maar later niet meer werkten. De aanvallen gingen door, ook de meesters en juffen op school kregen er last van. Tijdens de repetities voor een musical over een tovenaar in Alkmaar, waarin ik een kikker speelde lagen scènes secondenlang stil omdat ik een aanval had.

We gingen terug naar het ziekenhuis in Groningen. Ik kon misschien geopereerd worden, maar uit de MRI-scan konden ze niet genoeg afleiden om dat met zekerheid te zeggen. Ik zou voor een onderzoek van vijf dagen in Zwolle worden opgenomen om te kunnen bepalen of opereren een optie was. Mijn ouders kwamen de ochtend voor ik zou vertrekken naar mijn klas toe om uit te leggen waarom ik vijf dagen weg zou zijn. De kinderen maakten tekeningen en gedichten voor me, die ik pas in het ziekenhuis mocht uitpakken. Mijn moeder pakte een koffertje met onderbroeken, pyjama's en stripalbums en ze reden me naar Zwolle.

Ook in Zwolle werden gezichten en stemmen toegevoegd aan het kluwen mensen met witte jassen en makkelijke schoenen. Er waren doktoren die 'zo, stoere man' tegen me zeiden, maar ik weet nog dat ik dacht: ik ben helemaal geen stoere man. Ik ben een weerloos kind van negen dat in een ziekenhuis moet liggen, terwijl de rest van de klas naar school mag.

Dit is wat ik me herinner: ze schoren de zijkanten van mijn hoofd kaal om er elektroden op te kunnen plakken en mijn hersenactiviteit te onderzoeken tijdens een aanval. Er was een zuster die mij *lekker punky* noemde toen er een soort mislukte hanenkam over was gebleven van mijn kapsel. Ik wist niet wat het was, maar parkeerde de woorden *lekker punky* ergens in mijn gedachten om er later onverwachts mee geconfronteerd te worden op momenten dat ik ze absoluut niet nodig had. Ook kreeg ik elektroden in mijn hoofd, waarvoor ze gaten maakten in mijn schedel. Daar had ik erg om gehuild toen ze het me hadden uitgelegd, maar al snel was het normaal, alsof ik al mijn hele leven aan snoeren en apparaten zat, alsof ik een onderdeel was van een gigantische computer en ik met mijn gedachten het hele ziekenhuis en de rest van de stad kon bedienen.

Mijn kamer werd uitgerust met camera's die mijn aanvallen moesten registreren. De medicijnen die ik had gekregen waardoor ik minder vaak wegviel mocht ik niet meer slikken.

'Nu hopen op lekker veel aanvallen,' zei de chirurg tegen mijn vader.

Ik sliep slecht die nachten, was half wakker, half verdoofd van pijnstillers, droomde andere werelden in het vreemde bed met vreemde geluiden. Het idee dat er dingen in mijn hoofd zaten geprikt was het ene moment, bij daglicht en in de aanwezigheid van mijn ouders, volkomen draaglijk, maar maakte me gek zodra het donker werd. Ik was bang dat ik tijdens de aanvallen zou gaan pulken aan de draadjes die uit mijn schedel kwamen. Er liep een spoorlijn niet ver van het ziekenhuis en ik weet nog dat ik 's nachts luisterde naar de treinen, dat ik goederentreinen van intercity's kon onderscheiden, intercity's van stoptreinen en stoptreinen van die eenzame locomotieven met één machinist, van wie ik altijd dacht dat het een particulier was met een eigen trein, op weg naar Duitsland, op vakantie of naar zijn werk in een grote stad.

'Waarom moet dit eigenlijk?' vroeg ik 's ochtends.

'Je hebt last van aanvallen,' zei mijn vader. 'Dat weet je.'

'Nee, ik heb aanvallen,' zei ik. 'Ik heb er geen last van. Ik vind het niet erg.'

'Maar wij wel,' zei hij. 'Wij hebben last van je aanvallen.'

Ik kon de gedachte dat ze dan maar bij hem gaten in zijn hoofd moesten boren niet onderdrukken.

Na vijf dagen van elk 2400 uur mocht ik weer naar huis. Eerst lag ik thuis nog in bed, maar het ging steeds beter en mijn haar groeide weer aan. Toen mocht ik weer naar school. Ik had het idee dat ze een jaar verder waren. De andere kinderen waren gegroeid. De sommen waren in één klap een stuk moeilijker geworden.

Na een paar dagen kwam de uitslag van het onderzoek. De afwijkingen die op de scans te zien waren bleken niet voldoende van één plek te komen, waardoor opereren niet mogelijk was. Dat was de uitkomst van de week treinen luisteren en *Donald Ducks* lezen in Zwolle. Mijn ouders noemden het steeds 'balen', als ze met kennissen of buren spraken, maar ik was allang blij dat ik niet weer dagenlang in ziekenhuisbedden hoefde door te brengen.

Vanaf dat moment slikte ik elke dag pillen. De aanvallen nam ik voor lief.

Het gevolg was dat ik de rest van mijn jeugd vaak de vraag kreeg of ik nog aanvallen had gehad. Als anderen terugkwamen van vakantie, schoolfeesten of het zwembad vroegen hun ouders: was het leuk?

Die van mij niet, het eerste wat mij werd gevraagd was: heb je nog aanvallen gehad?

Ik hoor mensen vaak spreken over hun jeugd en vrijwel altijd voegen ze eraan toe: je wist niet beter dan dat het nooit voorbij zou gaan. Er zijn liedjes over gezongen, boeken over geschreven en steeds maar weer komt die onschuld terug. Het idee dat je als kind denkt dat iets voor eeuwig is. Dat heeft iedereen blijkbaar. En misschien bedoelen ze ook dat volwassen worden inhoudt dat je je begint te realiseren dat alles tijdelijk is. Dat tanden en haren uitvallen, dat weilanden worden volgebouwd, dat auto's naar de sloop gaan. Pas als je dat overzicht hebt, ben je voorgoed geen kind meer.

Ik niet.

Ik wist dat altijd al. Ik ken het gevoel dat iets voor eeuwig is niet. Ik heb dat nooit gedacht, nooit gevoeld. Het is alsof ik me altijd al een beeld kon vormen van de lineaire tijd en haar effect op de wereld. Ik zeg niet dat ik volwassen geboren ben. Ik heb gekotst, in bed geplast, gehuild omdat ik geen legotrein kreeg, ik ben kind geweest, maar ik wist altijd al dat het zou veranderen. Dat alles verandert. Ik heb dat altijd al geweten.

*

Ik was na het gesprek met Frank Gerson terug naar mijn slaapkamer gestrompeld. De woorden die hij had gebruikt dansten voor mijn ogen.

Gröna Lund-pretpark

Sic transit gloria mundi

Veertienduizendvijfhonderdzesentachtig Zweedse kronen

Naast het bed vond ik mijn spijkerbroek en uit mijn broekzak haalde ik mijn portemonnee. De creditcard bevond zich nog in het vakje met passen, waar hij altijd zat.

Misschien was het gebeurd toen ik dvd's en boeken op internet bestelde, dacht ik. Of vorig jaar tijdens een vakantie met Caro naar Canada. Of, en dat leek me op dat moment ineens nog waarschijnlijker, het telefoontje van Gerson was één grote grap en er was iets anders aan de hand. Het was Walter, dacht ik ineens. Walter met een gek stemmetje die mij gek probeert te maken omdat ik zijn gitaarkoffer vol haren heb achtergelaten en uiteindelijk alle aandacht van zijn optreden had afgeleid naar een misbakken vechtpartij met een rijzende ster die mijn vriendin stond te zoenen.

Daarop schuifelde ik naar mijn werkkamer en logde ik in op de website van mijn bank. Het duurde verschrikkelijk lang, gezien mijn staat van zijn. Ik voerde mijn wachtwoord meerdere malen verkeerd in, was na het invoeren van het ene teken alweer vergeten wat ik daarvoor had ingetypt en zag uiteindelijk toen ik opkeek van het toetsenbord dat ik bezig was het wachtwoord in te voeren in het vakje van mijn gebruikersnaam. Ik deed het zo vaak fout dat ik nog een veiligheidscode in moest voeren ook. Pas bij de laatste stap voordat ik zou worden afgesloten en per post een nieuwe code zou krijgen lukte het me om in te loggen.

Er stond inderdaad een bedrag van bijna zestienhonderdvijftig euro bij de afschrijvingen.

-- 5248.****.****.1783- TIVOLI GRÖNA LUND STCKHLM SE -
AF 1641,35 €

Geen Walter die me terug wil pakken, maar echt een Frank Gerson aan de lijn die me vertelde over een dief in Zweden die met mijn geld naar een pretpark ging. Of eigenlijk het geld van De Toneeltuin, zolang ik nog niets had ingeleverd.

Sic transit gloria mundi. Nog afgezien van het feit dat het me nogal veel geld leek om uit te geven in een pretpark, vroeg ik me voornamelijk af waarom dieven van creditcardgegevens überhaupt naar pretparken gaan. Dat waren in mijn eenvoudige ordening van de mensheid twee zaken die niet bij elkaar pasten.

De rest van de ochtend bestond uit uitstapjes naar de keuken en pogingen tot eten en drinken, het vinden van onvindbare lighoudingen die me zouden doen vergeten wat er eerder was gebeurd. Ook verzamelde ik voor het eerst sinds haar vertrek elk item dat Caro had laten staan en dat ik tegenkwam in een plastic tas of kartonnen doos. Het leek onbegonnen werk, omdat onze bezittingen waren gaan mengen als de kleuren in verf. Ergens was nog wel te zien waar iets vandaan kwam, maar er was iets nieuws ontstaan: een nieuwe kleur met een eigen identiteit en een onuitspreekbare naam.

Tegen één uur viel ik toch in slaap op de bank, tot ik opnieuw werd gewekt door het geluid van de brievenbus en de middagkrant die op de mat viel. Het was een klein bericht in de rechterkolom op de cultuurpagina. Het viel me eerst niet op.

Zanger betrokken bij vechtpartij

De Amsterdamse singer/songwriter Ted Robin (31) is vannacht op het Westergasfabriekterrein betrokken geweest bij een vechtpartij met een andere man. Bij het opstootje is de zanger lichtgewond geraakt aan zijn gezicht.

Het management van Robin wil niet ingaan op de kwestie en spreekt over een privéaangelegenheid. Er is geen aangifte gedaan. Ted Robin bestormt momenteel de hitlijsten met het nummer 'Sunday Morning Drugs' en toert door Nederland.

Het ergste was nog niet eens dat mijn wandaden de krant hadden gehaald. Het ergste was ook niet dat Ted Robin kennelijk hitlijsten bestormde, hitlijsten die ik niet volgde, waarvan ik niet wist wie dat wel deed. Het ergste was met afstand dat het bericht met geen woord repte over mijn identiteit. Dat niemand in de groep mensen voor de bioscoop had gezien wie ik was en dat Ted Robin er nu publiciteit aan overhield, dat stak me vooral.

Ook werd nergens geschreven over de aanwezigheid van een donkerblond meisje dat door iedereen jonger dan twintig inmiddels vrouw genoemd zou worden, maar dat zichzelf nog jaren als meisje zou zien. Er stond niet in de krant dat het bloed voor haar had gevloeid, dat ze voorafgaand aan de vuistslag had gevraagd wat de andere man met zijn haar had gedaan en er stond al helemaal niet in de krant dat alles steeds zo *fucking* hetzelfde was.

Ik overwoog een ingezonden brief te sturen, om alles recht te zetten. Niet alleen mijn anonimiteit of de hiaten in het nieuwsbericht over Ted Robin, maar alles. Alles waar opheldering over gewenst was in mijn leven zou ik behandelen in een lange ingezonden brief. Over de absences tijdens de musical *De tovenaar van Alkmaar*, over de systeemplafonds met wenskaarten en de draadjes van de buitenaardse megacomputer die verbonden waren aan mijn brein, over de schreeuwtunnel naar het wegrestaurant bij Nunspeet, over de VN-troepen die aan de overkant van het water in Albanië huishielden, terwijl wij gitaar speelden en Grieks bier dronken. Over de nachttrein door de Alpen, over Caro en hoe er niets was gebeurd in Florence, terwijl ik alles wilde.

Het duurde nog twee weken voor we weer naar school moesten. We gingen naar de zesde klas, het eindexamenjaar waar we alles voor hadden gedaan en gelaten en dat ons tot de oudste lichting op school maakte. Ik weet nog dat het me mistroostig en blij tegelijk maakte. Ik zat op mijn kamer, draaide 'Your Woman' van White Town tot ik dacht dat het nummer over mij ging. Vanaf de seconde dat mijn vader me had opgehaald van het station waar de Florence-groep was aangekomen had ik overwogen Caro te bellen.

Het afscheid was ongemakkelijk geweest.

'Heb je nog aanvallen gehad?' vroeg mijn vader op het station, maar ik negeerde zijn vraag en keek alleen maar naar de groep meisjes verderop. Ik zwaaide in haar richting.

Ze zwaaide terug en riep iets, iets korts dat ik niet goed verstond, maar ik durfde niet te roepen dat ik het niet had verstaan, waardoor ik alleen maar: *oké, dag!* had teruggeroepen. De dagen die daarop volgden had ik een aantal keer op het punt gestaan haar nummer in te toetsen, maar toch hing ik steeds weer op omdat ik bang was in paniek te raken zodra ik haar stem zou horen. Een andere optie was een brief schrijven, maar daar kwam ik ook snel op terug, omdat het minstens drie dagen wachten op antwoord me ondraaglijk voorkwam. Ik deed iets wat nu niet meer kan. Het was 1997, ik stuurde een fax. Een vreemde fax. Een fax met schetsen van gebouwen en routes in Florence, een poging tot een omschrijving van de nacht in de nachttrein naar Milaan, een half gedicht, een zin uit 'Your Woman', woorden met letters in verkeerde volgorde, een zwart geworden foto van mijzelf voor het Uffizi. Ik herinner me kleuren te hebben gebruikt, om er pas tijdens het versturen achter te komen dat een fax zelfs geen grijstinten kent.

Onmiddellijk na het verzenden van de fax begon het grote ijsberen door het huis. Mijn ouders en broer waren er niet. Ik was alleen met de hond en wachtte op een fax. Ik had haar faxnummer in het telefoonboek achter de naam van haar vader zien staan en stelde mezelf urenlang allerlei vreselijke situaties voor: dat hij de fax voor zijn dochter weg zou gooien, dat ze er met het hele gezin tijdens het eten heel hard om zouden lachen, dat ze de fax over een paar weken mee naar school zou nemen en hem op een pilaar in de gang zou hangen. Dat gebeurde allemaal niet. Mijn ouders kwamen thuis, we aten soep, ik ijsbeerde door mijn kamer en keek om de vijf minuten in het kantoor van mijn vader naar het lege faxapparaat.

Pas de volgende ochtend vond ik een fax terug. Vroeg verstuurd, toen ik nog sliep. Ze hield zich aan de faxetiquette zoals die halverwege de jaren negentig bestond, stuurde netjes een voorblad (*Bladzijdes inclusief deze: 2*), bedankte me voor mijn fax, noemde mijn A4'tje een soort 'puzzelpagina' uit een tijdschrift en schreef daaronder: *Het is de eerste keer dat ik een fax krijg! Normaal is het altijd voor mijn vader, maar nu piepte het apparaat voor mij, wat ben je toch bijzonder!*

Die avond durfde ik haar te bellen. De telefoon ging lang over. Ik vergat heel even mijn imaginaire vijanden die altijd op de loer lagen; mensen, dingen, entiteiten die eropuit waren mij te dwarsbomen, voornamelijk samengebundeld in het leven zelf dat nooit het beste met me voorhad.

Haar moeder nam op, ik vroeg naar Caro en het duurde minuten voor ze aan de telefoon kwam. Ik hoorde geluiden in haar huis en daarbuiten, rammelend bestek, dieren, zacht gemompel, een overvliegend vliegtuig. Daarna voetstappen en haar stem.

'Hoi,' zei ze.

'Hé,' zei ik, alsof ik haar toevallig tegenkwam en niet welbewust een telefoonnummer had ingetoetst.

'Ik was in de tuin. Met de kipjes aan het praten,' zei ze.

'Oké,' zei ik en ik visualiseerde een tuin met kippen waar Caro voor stond en zei: *Hallo kipjes. Hoe gaat het vandaag?*

Het gesprek liep haperend, maar uiteindelijk spraken we toch wat af. Ik zou haar bezoeken op een avond dat haar ouders naar een feest waren en pas laat terug zouden komen. Ze legde me uit welke bus ik moest nemen, dan haalde ze me met een auto op bij de bushalte.

'Ik heb mijn rijbewijs gehaald,' zei ze. 'Net na Florence.'

Toen ik een paar dagen later op het busstation in het dorp bij haar in de buurt stond toeterde ze van een afstandje. Ze zat in een klassieke Volvo, ze zwaaide en ik hoopte dat ik er normaal uitzag. Ik stapte in, had me tot ze het door de telefoon zei nooit gerealiseerd dat ze ouder was dan ik en nu auto mocht rijden. Bizarre gedachten over het definitieve einde van onze jeugd drongen zich op, maar ik liet me vooral gewillig meenemen naar haar huis, alsof ik niet alleen mijn fysieke leven in haar handen legde, maar ze op andere wijze verantwoordelijk voor me was geworden. Verantwoordelijk dat het goed met me zou gaan, dat ik oud zou worden, een bijdrage zou leveren aan deze wereld, dat ik er geen puinhoop van zou maken en als ik dat wel zou doen, een mooie puinhoop.

De nazomer was heet, het loof was zonder uitzondering volgroen geworden en we reden het dorp uit met de radio aan. We luisterden naar nummers die toen vooral nieuw en hip waren, maar die nu dwars door mijn lichaam snijden als ze voorbijkomen op de radio, nummers die nu zenuwen raken op alle plaatsen waar sentiment schuilt: hoofd, keel, maag, geslacht. 'Don't Speak', No Doubt. 'Another Day', Buckshot Lefonque. 'Hedonism', Skunk Anansie.

Nog één keer terug, denk ik soms. Eén keer is genoeg, nog één keer in die auto van het busstation naar haar huis. Niet dat het toen zo perfect was, ik lag vast nachten wakker over school, geld en vrienden. Ik had ook toen al gezegd dat het beste nog moest komen, zoals ik nog altijd doe – die verwachting, dat idee, dat is de duivel –, maar in die Volvo met Caro en de liedjes op de radio bestond dat allemaal niet.

Het huis van Caro's ouders lag aan een zandweg in de bossen, het was splinternieuw, maar gebouwd in oude stijl. Caro opende de garagedeur door op een knop op het dashboard te drukken en reed de auto voorzichtig naar binnen.

'Wanneer word jij achttien?' vroeg ze.

'In februari.'

'Dan moet je echt meteen je rijbewijs halen,' zei ze. 'Het is zo gaaf om te rijden.' Toen drukte ze weer op de knop en de garagedeur sloot achter ons. We zaten in het donker in de auto. Ze had het contact en de motor uitgezet. Ik zei niets. Ik wilde zeggen dat ik mijn rijbewijs niet kon halen. Dat ik het niet kon riskeren met 120 kilometer per uur op de snelweg een absence te krijgen, wat te smakken met mijn mond en bij te komen tegen een airbag. Dat mijn neuroloog het niet verstandig vond en dat ik eerst twee jaar aanvalsvrij moest zijn voor ik überhaupt rijlessen mocht nemen en dat ik tussen mijn veertiende en zestiende wel zonder aanvallen was geweest, maar dat er vorig jaar weer een was gekomen. En dat ik dit jaar twee keer met mijn fiets tegen een geparkeerde auto was gereden.

'Hierheen,' riep ze en ze opende het portier.

Ik volgde haar naar binnen. Het huis was groot. Het was alsof ze de afmetingen van normale vertrekken hadden genomen en deze allemaal met drie hadden vermenigvuldigd. Hoger, breder, dieper. In de kamer waren meerdere zithoeken, als in de lobby van een hotel. Aan het plafond hing een gigantische kroonluchter. Vanuit de kamer liepen we via openslaande deuren het terras op, dat zich om het hele huis uitstrekte, en we keken naar het Drentse landschap: weiden, twee paarden, de kipjes waar Caro mee converseerde, bomenrijen, in de verte een vennetje. De tuin ging over in het land, alsof het nooit ophield, alsof je vanaf hier pas echt de wereld in kon trekken, zoals dat in de Middeleeuwen moet zijn gegaan: door de velden, de bossen, langs meren door het riet, heide, moerassen, tot je tegen de schemering eindelijk de vuren van een nieuw dorp tegenkwam.

In een hoek stond een bureautje met daarop het faxapparaat. Ik stelde me voor hoe mijn hersenspinsels waren binnengekomen terwijl het gezin in de verschillende zithoeken had gezeten en was opgestaan om te kijken wat er binnenkwam. Er speelde zich een gênante film af voor mijn ogen, dus schudde ik de gedachten uit mijn hoofd en volgde Caro naar de keuken, waar ze thee zette.

Waar we precies over hebben gepraat die avond weet ik niet meer. Het zal vermoedelijk een verzameling roddels over klasgenoten geweest zijn. Herinneringen aan Florence, verwachtingen over het examenjaar en wat we daarna gingen doen. Dat is ook niet wat me is bijgebleven. De onderwerpen op zich zijn niet relevant, het zijn de reacties en grapjes over de onderwerpen die maken dat je met iemand nog geen vijf minuten in een lift kan staan of juist vakanties lang samen in ingesneeuwde chalets kan doorbrengen. Vaak denken mensen dat je de diepte in moet, moet raken aan onaangeraakte roerselen, dat je die bij de ander omhoog moet halen, maar dat is onzin: de verdieping zit in structuur, in het vormen van gedachten, in absurdisme, in taal, in humor.

Toen haar ouders thuiskwamen veranderde het huis onmiddellijk. Het transformeerde van onze middeleeuwse burcht in een grote villa in de bossen van Drenthe. De kunst viel me op, kinderfoto's van Caro en haar zus, een servies in een kast, foto's van een rally naar Frankrijk om wijn te halen. Haar vader maakte grapjes over de fax die ik had gestuurd en die hij kennelijk uit het apparaat had gevist.

'Ah,' zei hij en hij gaf me een hand. 'Daar is meneer Kaiser, goed zaken met u te doen. Ik stuur u zo snel mogelijk een fax met mijn bevestiging.'

Caro's moeder lachte. Ik lachte. Uit zenuwen, maar ook gewoon omdat ik het wel grappig vond, geloof ik. Mijn vader maakte dit soort grappen nooit.

Onze avond ging over in de avond van Caro's ouders met

het contrast van een trein die een tunnel uit rijdt. Daarna nam ik afscheid. Ik zou de laatste bus nemen en Caro bracht me terug, in een andere auto, een jeepachtige wagen, omdat die nu vooraan stond in de garage. Haar ouders gaven me een hand en vroegen of ik nog eens kwam.

Op de weg naar de bus haalde Caro diep adem. Ze keek me kort aan en ik zag haar gezicht in het licht van het dashboard. We zeiden weinig. Wat mij betreft omdat alles wat er nog gezegd kon worden niets toe zou voegen aan wat er eerder al gezegd was. Wat Caro betreft misschien wel gewoon omdat ze niet wist waar ze het nog met me over zou moeten hebben.

Nog geen vijf minuten vanaf het huis, nog op het zandpad, reed Caro een haas aan. Hij stak in rotvaart de weg over en we hoorden een harde klap. Ze gilde.

'Wat was dat?' riep ze. 'Wat de fuck was dat?' Ze remde en zette de auto stil.

'Een haas volgens mij,' zei ik. 'We hebben een haas geraakt.'

Ze keek stil vooruit. Op de radio klonk het nieuws, kille berichten die niets met deze avond te maken hadden. Ik zette het geluid uit.

'En nu?' vroeg ze.

'Keer om,' zei ik. 'Dan kijken we of hij nog leeft.'

'En dan? Als hij nog leeft?'

Ze keek me verschrikt aan.

'Dan moeten we hem doodmaken?' zei ik.

Caro rilde. 'Neeneeneenee,' zei ze, maar toch keerde ze. Ze stak de auto bij de inham naar een hek achteruit in en draaide links weer terug, het zandpad op. Ze reed langzaam.

'Waar was het?' vroeg ze. 'Ik zie niets.'

'Vijftig meter of zo?' zei ik. 'Zo hard reed je niet.'

Na tweehonderd meter hadden we nog altijd niets gezien. De koplampen van de vierwielaangedreven wagen verlichtten de weg feller dan ooit nodig zou zijn en een bloederige haas hadden we wel zien liggen. Ook in de bermen was niets te zien.

'Dit is al te ver,' zei ik. 'Hier was het niet.'

Ze keerde weer en we reden langzaam hetzelfde stuk terug. Ook dit keer zagen we niets.

'Hij heeft het gered!' riep ze. 'De haas heeft het gered.'

'Ja?' vroeg ik.

'Ja,' zei ze. 'Het was een sterke haas. Hij kreeg een klap, zit nu in een weiland nog bij te komen van de schrik, maar hij heeft het gered!'

Dit was de eerste keer dat ik haar dit zag doen. Iets zo stellig beweren en er ook in geloven, zo heftig dat het een waarheid werd. Zo zat ze jaren later, in een ander leven, aan het ontbijt: *de eindredactie is zo blij met me, ik word waarschijnlijk samensteller.* En dat dan meerdere keren, als een mantra, herhalend tot het vervelend werd, een gebeurtenis in de toekomst waarover haar zegen werd uitgesproken puur door erin te geloven en het te bevestigen met echte woorden: dan moet het wel waar worden, het is immers gezegd.

We kwamen aan bij de bushalte, waar de bus al stond. Door de haas waren we laat.

'Bijna weer naar school hè?' zei ze nog.

'Ja.'

'Ik hoop dat we veel vakken samen hebben,' zei ze.

Ze legde haar hand op mijn schouder en gaf me een kus op mijn wang. Ik gaf haar ook een kus op haar wang. Daarna mikte ik op haar mond. Na een kleine aanraking van onze lippen zei ze: 'Bus!' En ze wees naar de halte. Ik lachte, stapte uit, rende naar de streekbus en liet me dwars door een nazomernacht naar huis vliegen.

Toen ik thuiskwam lag er een fax. Mijn vader had hem voor mijn slaapkamerdeur neergelegd. Mijn ouders waren zelf al gaan slapen. Er lag een fax van Caro, met maar één zinnetje.

Dit keer geen voorblad en het aantal pagina's. Gewoon een wit A4'tje met maar één zin in haar handschrift:

Hij zat op de voorbumper. Dood. Liefs x

*

Het was donderdag geworden. De temperatuur was elke dag een graad of drie gestegen, ik had twee dagen last gehad van mijn neus en de hoofdpijn, maar daarna was alles lucide geworden, was de donkere vettige mist opgetrokken en kon ik weer ademen en zien. Ik zat achter mijn computer, probeerde een synopsis te schrijven voor De Toneeltuin, maar de zinnen stokten al na een aantal regels, alsof er eentje stil was gaan staan en de rest erbovenop knalde. Daarna logde ik uit nieuwsgierigheid weer in op mijn creditcardoverzicht. De uitgaven van de dief maakten me nieuwsgierig, ze gaven me inzicht in een minuscuul onderdeel van het leven van een ander. Iets anders kon ik niet verzinnen als verklaring voor de reden dat ik tegen Gerson had gezegd dat ik het zelf was geweest, daar in Zweden, in het Gröna Lund-pretpark.

Niet alleen was het geld niet teruggestort, ook waren er de afgelopen dagen nieuwe vreemde bedragen afgeschreven.

-- 5248.****.****.1783 - RSTRNG IMPERIET STCKHLM SE - AF 145,30 €

-- 5248.****.****.1783 - M LEVEAU HANDELSBOLAG STCKHLM SE - AF 240,57 €

Ik probeerde de woorden uit te spreken en merkte dat mijn stem schel en krachteloos naar buiten kwam. Daarna schreef ik de omschrijvingen bij de bedragen op een kladblokvel en sloot de website van mijn bank.

In mijn werkkamer stond een grote klerenkast vol met papieren. Ik trok een doos uit de kast en zocht naar een map. Helemaal onder in de doos vond ik hem: een zwarte map met elastiek, ooit gebruikt voor school, voor het vak geschiedenis, getuige de doorgekraste tekst op de sticker. Nu stond er: *Faxen Caro.*

Ik trok het elastiek los en haalde de papieren eruit. Impulsief draaide ik ze om, omdat ik naar witte vellen keek, maar ook de achterkant van de faxen was wit.

Even dacht ik dat ik gek was geworden, maar toen ik ze tegen het licht hield zag ik dat het wel degelijk de faxen van Caro waren geweest: in vage, onleesbare vlekken stond daar nog een deel van haar handschrift. De rest van de woorden was verdwenen. De tijd had het thermisch papier gewist, zoals dat ook met bonnetjes gebeurt die te lang in je broekzak zitten.

Omdat ik dacht dat ik stonk ging ik een uur in bad zitten. Ik had mijn spijkerbroek gewassen, trok hem nu weer aan en voelde hoe onwennig stijf hij om mijn benen zat. Buiten ontweek ik toeristen op huurfietsen. Via de Vijzelstraat en het Weteringcircuit liep ik naar het huis van Walter.

Sinds Caro was vertrokken had ik de anderen maar één keer gezien, op de avond in Pacific Parc. Ik had nooit met iemand een op een gesproken, op een ochtend, met een goede koffie, een croissant, aangelengde jus van een student met een bijbaantje in een Amsterdams café. Het was simpelweg niet in me opgekomen. Walter reageerde sinds de ochtend na het incident met Ted Robin al niet meer op tekstberichten en toen ik hem uiteindelijk opbelde had ik het idee dat hij me expres niet te woord stond en me wegdrukte naar zijn voicemail. Ik zocht de woorden en zinnen die hij had gezegd na mijn aanvaring. Wat ben je nou voor kunstenaar als je de meest cruciale zinnen niet opnieuw kunt oproepen, zei ik tegen mezelf.

Ik had Walter op zich niets aangedaan, hield ik mezelf voor.

Het was Ted Robin die ik op zijn gezicht had geslagen, het was Caro van wie ik had gehouden, ik was zelf degene die zijn haar was verloren aan een tondeuse.

Buiten zijn voelde beter dan ik me had gerealiseerd, ik had me zelfs al na een minuut of twee kunnen weren tegen het idee dat ik Caro overal tegen zou kunnen komen en ik keek rond, in plaats van naar beneden en registreerde, ja, deed misschien zelfs inspiratie op – wat dat dan ook moge zijn.

Ik voelde me voor het eerst weer goed sinds het vertrek van Caro vijf weken eerder. De klap die ik Ted Robin had gegeven was misschien niet heel verstandig, maar het was tenminste iets wat ik zelf had gedaan, zelf had besloten en waar ik verantwoording voor moest dragen. Ik kwam aan bij het huis van Walter, keek naar boven of ik kon zien of zijn gordijnen open waren. Pas na twee keer bellen hoorde ik geluid in zijn trappenhuis. Walter deed open en keek niet blij.

'Hé man,' zei ik.

'Hoi Merlijn.'

Geen koosnaampje. Geen *Merlino, Murlin*, geen *Kaiser van Amsterdam*.

'Ben je druk?' vroeg ik. Hij droeg een bril, had zijn lenzen nog niet ingedaan.

'Ik zit wat te werken,' zei hij.

'Kan ik even binnenkomen?'

Hij haalde adem, zuchtte.

'Ik weet het niet,' zei hij.

'Hoe bedoel je, ik weet het niet?' vroeg ik. 'Heb je een meisje binnen?'

'Merlijn,' zei hij.

Hij zweeg.

'Wat?'

'Ik weet niet wat er is gebeurd met ons. Met ons allemaal, maar vooral met jou.'

Ik kneep mijn ogen tot spleetjes, probeerde nog voor de

werkelijkheid er was duidelijk te krijgen wat me te wachten stond.

'Wat?'

'Ik heb het idee dat het niet meer zo zal zijn als het was,' zei Walter.

'Hoe bedoel je?' vroeg ik. Hij maakte geen bewegingen die erop wezen dat ik echt binnen kon komen of dat hij zijn jas zou pakken en met me naar een café zou lopen, zoals anders, zoals altijd.

'Het is alsof je geen zin meer hebt om te investeren.'

'Wat?' vroeg ik. 'Investeren? In wat?'

Ik probeerde me te herinneren of we misschien een bedrijf waren gestart en ik vergeten was mijn bijdrage van dit jaar over te maken, maar er kwam niets naar boven.

'Ineens sta je in Pacific Parc met de mededeling dat Caro weg is.'

'Investeren in wat?' vroeg ik nog een keer.

'In je vrienden. Je ziet ons wanneer het jou uitkomt. Dan weer maanden niet. Je draagt niet meer bij. Zeg maar. Zoals vroeger. Op school. Op interrail weet je wel.'

'Ik snap het niet.'

'Waarom heb je niets gezegd over Caro?' vroeg hij. 'Dat ze weg was?'

Dat is het, dacht ik ineens, hij heeft voor Caro gekozen. In Pacific Parc had iedereen het allang geweten. Ze hadden om me gelachen, ze hadden me gespaard die avond. Lucas met zijn scheepje, Walter met zijn verbazing. Waarom was Caro vlak bij Pacific Parc naar de bioscoop gegaan? Hadden ze met z'n allen gegeten? Waren Caro en Ted Robin er gewoon geweest die avond? Had Caro gezegd dat Ted wel even naar zijn liedjes zou luisteren en misschien iets voor hem kon betekenen? Hadden ze me op een gegeven moment binnen zien komen en waren ze via de achteringang gevlucht, om naar de film te gaan? Had Walter hun jassen later nagebracht?

'Wist je het al van Caro?' vroeg ik boos.

'Wat? Welnee, daar gaat het niet om, dat is het probleem niet.'

Ik keek naar zijn ogen. Probeerde te peilen of hij loog.

'Wat is dan wel je probleem?' Ik moet nu kwaad hebben geklonken.

'Ja, jezus. Je laat me... laat ons in de steek en dan verwacht je dat we je opbeuren op het moment dat het jou weer uitkomt. Het is schijnheilig.'

'Schijnheilig,' zei ik.

'Ja. Er zit verdomd weinig oprechts meer aan je. Net als die Ted Robin die bij Caro was. Die geloof ik ook niet.'

'Wat heeft dat ermee te maken? Waar slaat dat op?'

'Op jou. Je bent laf geworden. Je wilt dingen maken die werken, die een beetje geld opleveren, die ervoor zorgen dat je in de krant komt. Dat je tegen je vader en moeder en de ouders van Caro kan zeggen dat het goed met je gaat, dat je eenmanszaak goed draait. Of het origineel of schokkend is, dat maakt je niets meer uit.'

'Wat?'

'Voel je wel?'

Hij sloeg me op mijn borst. Niet amicaal, maar om zijn woorden kracht bij te zetten.

'Wat een onzin,' zei ik. 'Wat een fucking onzin.'

Ik hoopte zo dat het inderdaad fucking onzin was, ik hoopte het, maar ik sloot niets uit. Er was de afgelopen jaren nogal veel afgeweken van het oorspronkelijke pad, er waren aftakkingen gekomen van hoe dingen zouden lopen. Misschien was ik wel echt opgehouden met voelen en overgegaan op een automatische piloot die registreert en gebruikt wat hij tegenkomt.

'Waar zijn wij goed voor?' vroeg Walter. 'Waarom kom je naar mijn liedjes luisteren?'

'Omdat ik ze mooi vind?'

'Nee, omdat ze je aan vroeger doen denken.'

'Wat een gelul,' zei ik.

'Misschien is ze wel beter af bij die gast,' zei Walter.

'Wie?'

'Caro.'

Dat was het toverwoord, de doorbraak in de dam van adrenaline. De woede steeg uit mijn maag omhoog, richting de plek waar mijn woorden werden gevormd en zinnen werden gebouwd. Toch lukte het me niet iets te zeggen. Ik kon Walter wel slaan, maar zag in dat dat het einde zou betekenen, niet zozeer van onze vriendschap, als wel van mijn waardigheid, geloofwaardigheid, het zou later aanleiding geven tot zinnen als *en toen begon hij iedereen te meppen die hij tegenkwam.* Daarom deed ik iets dat ik later heb omschreven als het kinderachtigste dat me ooit te binnen is geschoten, maar waar ik niet omheen kon, omdat mijn woorden op waren en ik toch iets terug moest zeggen. Ik spuugde hem in zijn gezicht. Althans, dat was de bedoeling, maar ik zette te veel kracht, waardoor het speeksel voor een deel in zijn haar terechtkwam en voor een deel over zijn hoofd vloog.

Hij keek me een seconde of wat aan, te verbouwereerd om iets uit te brengen, schudde zijn hoofd, riep *gadverdamme,* draaide zich om en sloot de deur.

Mijn wandeling terug was een andere dan die heen. Walter had de spiegel waar ik mezelf in zag toegetakeld met krassen en vlekken; wat overbleef was een variant op hoe ik mezelf bekeek, een spiegelbeeld dat nu leek op Ted Robin.

Ik kwam bij de grachten, slingerde door de verbindingsstraatjes, vervloekte de onmogelijkheid om in Amsterdam in rechte lijnen te lopen, maar altijd in omwegen, waardoor je het idee hebt tijd te verspillen en af te stevenen op plekken waar je nooit hoeft te zijn. Uiteindelijk kwam ik aan bij mijn huis. Ik was nog geen seconde binnen of mijn mobiele telefoon ging.

Walter met excuses, dacht ik. Godzijdank.

De Toneeltuin waar mijn synopsis blijft.

Caro.

Het was een onbekend nummer.

'Merlijn,' zei ik.

'Frank Gerson, Mastercard Nederland.'

'Ja,' zei ik. 'Wat? Alweer?'

'Ja,' zei hij. 'Ik ben hier weer even.'

Alles viel stil, ik, Frank Gerson, Walters repeterende speech.

'Hallo?' vroeg de stem.

'Ja,' zei ik. 'Ja hallo.'

Ik ben hier weer even, zei hij. Wat bedoelde hij daarmee, dacht ik. Hoezo *ik ben hier weer even*? Was dat een poging om vriendelijk over te komen, als klantenbinding? Of maakte hij dagen van een uurtje?

'Komt het gelegen dat ik u even stoor?' vroeg Gerson.

'Ja,' zei ik, 'ik denk het wel.'

'Het is niet gebruikelijk dat we iets dubbel controleren, maar in uw geval is uw creditcardgebruik dusdanig toegenomen dat u opnieuw boven kwam drijven in de computer in de categorie *opmerkelijke uitgaven*. Ik moet u dus nogmaals vragen of u akkoord gaat met de door mij geschetste situatie.'

'Wat? Welke situatie?'

'Hebt u de afgelopen week in totaal meer dan tweeduizend euro uitgegeven in diverse horecagelegenheden, autoverhuren en tankstations in de omgeving van Stockholm, hoofdstad van Zweden?'

Mijn gedachten zweefden opnieuw naar Stockholm, naar de dief die van mijn geld leefde. Ik visualiseerde hem bij tankstations, rijdend in een gehuurde auto, liggend op hotelbedden, drinkend in bars, maar elke keer als ik hem bijna scherp had, in mijn vizier, en ik me een beeld wist te vormen van degene die zich op mijn kosten door het leven bewoog, kreeg zijn gezicht een andere vorm en veranderde het in mijn eigen gezicht, mijn eigen hoofd, zonder haar, met de littekens van de elektroscans op mijn schedel.

'Was u dat?'

'Ja,' zei ik. 'Dat heb ik toch al gezegd? Wat is dit, *1984*?'

Gerson begon te lachen. 'In die dystopie zijn we nog niet beland, meneer Kaiser.'

Dystopie? Wie was dit? Waar sloeg dit op?

'Wie bent u eigenlijk?' vroeg ik.

'Frank Gerson,' zei hij, 'van Mastercard Nederland.'

'Ik snap het niet. Waarom vraagt u mij telkens of ik wel of niet iets heb uitgegeven? Is dat niet mijn eigen verantwoordelijkheid?'

'Zeker wel. Wij zijn er slechts om u te helpen als er verdachte situaties ontstaan.'

'Waarom is het zo verdacht dat ik in Zweden geld uitgeef? Zou ik dat niet kunnen doen? Ziet u mij niet als iemand die daartoe in staat zou zijn?'

Gerson lachte weer.

'Daar ga ik niet over, meneer. Voor zover ik weet kennen wij elkaar niet, toch?'

'Niet dat ik weet nee. Moet dat?'

Ik ging bij het raam staan, keek naar buiten en verwachtte in al mijn achterdocht misschien een Mastercard-bestelbusje te zien van waaruit Frank Gerson dit gesprek voerde. Ik luisterde naar het geluid uit de ruimte bij de man die mij voor de tweede keer in een week belde om een situatie te schetsen. Er waren mensen op de achtergrond. Ze lachten. Dat dacht ik te horen. Ze lachten niet om dingen die in dezelfde ruimte gebeurden, ze lachten om Gerson, om wat hij tegen me zei. Ze lachen me uit, dacht ik.

'Het is een optelsommetje dat de computer maakt. Locatie, bedrag, voorgaand gedrag in verhouding tot het nieuwe, et cetera.'

Een oude man, dacht ik ineens. Een leraar of een grootvader

in een leren stoel. Gerson is niet de inbetweenjobs-werknemer die normaal dat soort vervelende telefoontjes afhandelt. Die klinken verveeld, plichtmatig vriendelijk. Gerson had er zin in. Echt zin.

'Oké,' zei ik.

'Hebt u nog andere vragen?' zei Frank Gerson.

'Nee,' zei ik.

Ik hing op, liep naar mijn computer. Ik checkte eerst opnieuw mijn bankrekening, vergeleek die met het briefje dat ik op mijn bureau had liggen en constateerde dat de dief na de vorige keer nog een paar keer op dezelfde plekken geld had uitgegeven. Ik zocht op internet de namen van de plaatsen waar het was gebeurd en kwam op restaurants, bars en winkels met adressen en foto's van dinerende en dansende mensen. Het bestond niet alleen in de schimmige wereld van Frank Gerson en mijn afschriften, er was daadwerkelijk iemand in Stockholm bezig mijn geld uit te geven. Het waren hippe, goed uitziende plekken waar mijn monetaire alter ego zijn weg door het leven baande.

Van mijn computer liep ik naar de keuken, naar het raam, weer terug naar de werkkamer. Ik beet op mijn vingers, overwoog alle opties die er waren en ging uiteindelijk weer achter mijn laptop zitten.

Van de website van mijn bank klikte ik door naar een website voor vliegtickets. Ik zocht op een ticket naar Stockholm, voor overmorgen.

Wat ga je doen, vroeg ik mezelf, waar ben je mee bezig? Wat lost dit op?

Ik boekte een retour bij Scandinavian Airlines, van Schiphol naar Stockholm Arlanda, terug een week later. Een week moest genoeg zijn. Een week om me een beeld te vormen van de plaatsen waar en de wijze waarop mijn geld werd uitgegeven, om Caro te vergeten, om geen kranten meer te hoeven lezen waarin ik een 'andere man' was, om het spuug in de gang van Walter op te laten drogen en hem te doen inzien dat hij overdreef, om te bewijzen dat alles echt niet altijd hetzelfde was.

Ik dacht aan Caro die me nu zou moeten zien. Zij was degene die aanstuurde op vakanties. Ze zei altijd dat ik nog in huis zou blijven zitten als er gratis vliegreizen vertrokken vanuit de woonkamer.

De dag voor mijn vliegtuig zou gaan, pakte ik mijn spullen. Ik liet niemand weten dat ik ging, mailde niemand, belde niemand en liet de planten die al een maand aan het sterven waren aan hun lot over. Het gevoel in mijn buik groeide naarmate de tijd en datum op het vliegticket dichterbij kwamen: een mix van angst en enthousiasme. De avond voor mijn vertrek dronk ik een fles wijn leeg die ik van een radioprogramma had gekregen waar ik ooit te gast was geweest om over een nieuw toneelstuk te praten, toen ik nog Merlijn Kaiser, veelbelovend toneelschrijver, was.

Ik probeerde wat orde te scheppen in de dingen die Walter had gezegd, maar merkte vooral dat ik ze ordende naar bruikbaarheid en ze uiteindelijk zelfs opschreef in een notitieboekje. In mijn computer zocht ik naar muziek om bij in slaap te vallen en bleef hangen bij 'Summerdaze' van Daryll-Ann.

I'm trying to leave this town for such a long time / since you are gone / the boats in the harbor, the stars in the night / I've been longing for the beach for such a long time / long time gone / and the music's over, still the drums are playing loud.

Tijdens het nummer waste ik de glazen af, zette de verwarming lager, sloot de gordijnen, haalde zo veel mogelijk stekkers uit de stopcontacten, deed alsof ik de spullen van Caro niet zag staan en ging in bed liggen: voor het eerst sinds een maand in het midden, zonder rekening te houden met iemand die later die nacht thuis zou kunnen komen.

This should be my world, my only one / Been tryin' to

leave this town for such a long time / Since you are gone / and the music's over, still the drums are playing loud.

Ik sliep een warme, droomloze nacht, schrok een paar keer wakker van het idee dat ik het vliegtuig had gemist, maar werd uiteindelijk toch door de wekkerradio gewekt.

Bij een winkel achter de douane kocht ik een horloge; een bruin leren bandje met een groot rond uurwerk. Ik droeg al jaren geen horloges meer, maar wilde ditmaal geen seconde missen, geen partjes tijd meer, geen ingeslapen jaren met een vriendin die met haar rug naar de relatie staat, geen verloren maand op een krukje in de keuken en al helemaal geen verwijten van vrienden over het gebruiken van hun leven om zelf een leven mee te vullen.

En toen de SK-552 naar rechts draaide, richting het IJsselmeer, verscheen de stad aan de rechterkant van het vliegtuig, waar ik aan het raam zat, zo af en toe verscholen achter een pluk wolk, maar nog vrij lang helder; het IJ, het Centraal Station, de bewegende hijskranen bij de luxe woonflats van de oostelijke eilanden, mijn eigen huis in het westen, vlak bij het centrum, als je wist waar je moest kijken. Ik zag mijn generatie, zwetend van ambitie en ideeën die allemaal al eerder waren bedacht, waar ik ook door was gegrepen zonder dat ik het door had gehad, ik zag Caro op een fiets, Walter op weg naar een avond in een café en ik dacht: daar ligt mijn leven, daar lig ik; als mijn voetstappen zouden worden verbonden door heldere, lichtgevende lijnen, dan zag ik nu een web van acties die hoofdzakelijk geen enkele zin hebben gehad. Ik had een bestaan gecomponeerd, met alle ingrediënten die nodig waren geweest om te bewijzen dat ik het kon: vrienden, een relatie, werk, een stamcafé, een favoriet pastarestaurant en toen ik alles in de vingers had en wist hoe ik met de verantwoordelijkheden van dat bestaan kon omgaan, toen ben ik het af gaan stoten, niet snel en ook niet heel bewust, maar toch heb ik blijkbaar geen wezenlijke bijdrage meer geleverd om dat leven in stand te houden. Ik verwaarloosde het, als een moestuin vol onkruid en gewas dat elk jaar opkomt, maar niet wordt geoogst en weer verdort, afvalt en compost vormt voor het volgende jaar, zonder gegeten te worden. En nu, terwijl het vliegtuig zich door het wolkendek naar boven duwde en ik in mijn stoel werd gedrukt, werd dat gecomponeerde leven zichtbaar, ook al lag het verdord en verlaten onder me; het leefde zonder mij door in een stad waar ik veel te lang passief had geleefd en niet lang daarna verdween Amsterdam uit het zicht om pas veel later ook uit mijn gedachten te verdwijnen.

de stad, Gamla Stan, naar de andere kant, naar de wijk Södermalm; daar bevonden zich de restaurants en hotels die de dief van mijn creditcard hoofdzakelijk had aangedaan. Het was nog vroeg, amper middag, en omdat ik honger had besloot ik iets te eten. Ik zag de dure hotels die uitkeken op het Koninklijk Paleis en liep langs een klein park richting de Koninklijke Schouwburg. Niet ver daarachter vond ik een restaurant en bestelde een pasta met zalm, de Scandinavische zalm – gravad lax – die ooit in de grond werd begraven, maar zich nu vooral kenmerkt door een bepaalde marinade. Ik dacht aan *Nooit meer slapen* van W.F. Hermans en ik voelde me een Alfred Issendorf, maar dan in de verkeerde stad, zonder een afspraak met professor Nummedal en zonder luchtfoto's.

Ook in Brasserie Elverket werd ik begroet of de obers me terugzagen na een periode van afwezigheid. Alsof deze brasserie mijn vaste restaurant was geweest en ik na een jaar in het buitenland weer eens langskwam om te eten. Opnieuw schrok ik. Ik overwoog de mogelijkheid dat er een plek ter wereld is waar je daadwerkelijk thuis bent, waar het voelt alsof je daar bent ontstaan en daar ook weer zult moeten sterven, waar de lucht die je ademt dezelfde druk kent die het vruchtwater op je longen uitoefende toen je nog in de baarmoeder zat, waar de aarde op dezelfde snelheid draait als de informatie door je hersenen raast en ik wist toen even zeker dat Stockholm die plek was.

Mijn theorie was altijd: als toneelschrijver moet je onzichtbaar kunnen zijn. Je moet kleurloos op kunnen gaan in alle groepen, observeren zonder zelf gezien te worden en als een duivel op de schouders van je slachtoffers plaats kunnen nemen om hun woorden te stelen, om te begrijpen wat het is dat zij wel kunnen en jijzelf niet kunt. In Nederland was ik daar steeds beter in geworden. Ik kon naar feestjes gaan zonder later op te duiken op foto's of in de herinnering van de andere bezoekers. Het lukte me een tijdlang om gedachten te gebruiken van vrienden en ze zodanig te transformeren dat diezelfde vrienden later, na het lezen van een script zeiden: *Godsamme, dat heb je goed bedacht.*

Sociaal gezien was ik niemand meer en dat was precies de bedoeling geweest. Daarom schrok ik zo in de brasserie: ik werd behandeld alsof ik iemand was.

Het duurde nog vier klanten in mijn nabijheid tot ik begreep waarom ze me zo begroetten. Het had niets te maken met wie ik was. Het is de manier waarop de Zweedse begroeting 'hej' werd uitgesproken, zoals het in Nederland klinkt als je een bekende tegenkomt. Met het verschil dat het daar *hallo* betekent en in Nederland daadwerkelijk het verbaasde: Hé?

De ontdekking bracht de grond terug onder mijn voeten. Mijn paranoïde vermoeden dat ik iets op het spoor was geweest had me opgetild en als de wind voortgeduwd over de stad waar iemand mijn financiële identiteit had gestolen en op kosten van De Toneeltuin een leven leidde dat hij normaal misschien niet zou kunnen betalen. Pas nu ik niets meer op het spoor was zag ik waar ik was: in een ander land, een andere stad, weg van waar ik had geleefd, op zoek. Nog niet eens op zoek naar iets helders, eerst alleen nog maar naar de reden van mijn queeste, nog voor ik eraan zou beginnen. Ik herinnerde me mijn medicijnen, vroeg een glas water, slikte de pillen die ik al jaren slikte en vertrok.

Toen ik een brede brug was overgestoken kreeg ik bijna het idee dat ik in het middeleeuwse centrum van Barcelona was verdwaald. De huizen waren oker of diepgeel geschilderd en de helling van de stegen deed Zuid-Europees aan. Vanaf de andere kant van het water had het eerder Kopenhagen geleken en sommige hoge, smalle huizen met trapachtige gevels hadden ook in Amsterdam kunnen staan. Nu werd het ineens weer Spanje, Italië, de middeleeuwse centra van de steden langs de Middellandse Zee.

Ook de zon deed mee met de illusie dat de evenaar veel dichterbij lag dan daadwerkelijk het geval was. Ik trok mijn jas uit, propte die in mijn tas met veel te weinig spullen voor een week en worstelde me als een worm door een appel door de oude stad en langs toeristen om in Södermalm te komen.

Gewoon even kijken, dacht ik. Kijken waar mijn geld wordt uitgegeven. Dan blokkeer ik die kaart wel, maar eerst kijken.

Halverwege de oude stad passeerde ik een voetganger zonder schoenen of sokken. Hij liep snel en keek strak voor zich uit, richting zijn bestemming, het einde van de straat of misschien wel verder als daar geen huizen hadden gestaan. De man had verder geen overduidelijk dakloze eigenschappen, maar was gewoon een man met een zonnebril en een koptelefoon op die in een redelijke vaart op blote voeten de stad doorkruiste. Het verbaasde me dat het me opviel, omdat ik me van al die honderden andere mensen die ik het afgelopen half uur was gepasseerd van niemand het schoeisel nog kon herinneren.

Het deed me denken aan een avond met Caro, een nieuwjaarsborrel van de omroep waar ze haar eerste baantje had gekregen nadat ze was afgestudeerd. Ik had me een week lang afgezet tegen een onbekende grote menigte waar ik me niet zou mogen misdragen en toen het eenmaal zover was en we met de trein naar Hilversum waren gegaan en daar in een grote hal te midden van honderden ambitieuze mensen in het centrum van het leven stonden, zwom ik als een vis in het water, sprak met iedereen, onthield de kleinste details, maakte gebruik van informatie over de mensen die Caro me had gegeven, proostte met de juiste collega's, maakte grapjes met de juiste bazen. Van iedereen wist ik dat ze me zouden vergeten, misschien die avond nog en anders wel een week later. Caro stond verbaasd te kijken van een afstandje.

'Ik heb jarenlang gedacht dat je zo'n hekel had aan grote groepen?' vroeg ze toen ze voorbij kwam. Ze fluisterde het in mijn oor. Haar woorden roken naar witte wijn.

'Heb ik ook,' riep ik terug, terwijl ik lachte naar degene met wie ik stond te praten. 'Maar ik ben er wel heel goed in.'

Ze lachte kort en streek met haar hand door mijn haar.

'Ik kan ook heel goed heel hard op mijn duim slaan,' fluisterde ik nog.

Toen was ze weer weg.

Na tien minuten bereikte ik de andere kant van de Holm, waar de Ridderfjord begon – het water dat van het Mälarenmeer naar de Baltische zee stroomt. Uit het water verrees de wijk waar mijn dief zou rondschuimen. Hoge negentiendeeeuwse gebouwen stonden met hun borst naar voren, naar het noorden, in een poging de oude stad in allure af te troeven. In de brasserie had ik op de plattegrond het adres van Gondolen omcirkeld, het eerste restaurant waar mijn geld was uitgegeven. Pas toen ik opnieuw op de kaart keek om te zien hoe ik nu moest lopen viel me de advertentie op: in groen op rode letters, spiralen en torens van licht, als in een magische wereld, aantrekkelijk gemaakt voor kinderen: Tivoli Gröna Lund, het pretpark waar de diefstal van mijn identiteit was begonnen.

Het restaurant was nu vlakbij. Het lag vlak over de brug in Slussen, het voorste gedeelte van Södermalm. De naam van het restaurant pronkte op het gebouw, alsof het daar voor mij op was geschilderd: GONDOLEN. Naarmate ik dichterbij kwam en de trappen nam die naar de ingang liepen, vertraagden mijn passen en jaagde mijn aanwezigheid in de wereld van de dief mij steeds meer angst aan. Alles leek trager te gaan, kleuren liepen in elkaar over en het werd moeilijk vooruit te komen, zoals in nachtmerries waarin het huis in brand staat.

*

Het examenjaar was begonnen en de zomer liet een paar laatste stuiptrekkingen zien. Toen niemand het meer verwachtte kwam er nog een zomers warme week die alle leerlingen en leraren deed denken aan de vrije maanden waarin alles had gekund. Ze hadden gezwommen in verre rivieren, gesproken in vreemde talen. Ze waren kortstondig verliefd geweest, zoals dat alleen in de zomer kan.

Een vak dat ik samen met Caro volgde was muziek. Tijdens een van de lessen was het zo warm geworden dat de leraar eerst twee leerlingen raketijsjes liet halen voor hij met de les wilde beginnen. Daarna luisterden we naar het *Requiem* van Mozart. De ramen stonden open. Andere klassen die softbal speelden op het sportveld naast het muzieklokaal keken verbaasd omhoog bij het horen van het 'Dies Irae'.

Dat waren mijn favoriete lessen. De lessen die begonnen met vijf minuten theorie over een klassiek stuk, waarna we de rest van het uur alleen maar in stilte luisterden. Ik zat naast haar en probeerde tevergeefs de melodische lijnen te volgen die we in partituur voor ons hadden. Caro gebruikte haar blaadjes vooral als waaier tegen de warmte.

Ergens voorbij het 'Lacrimosa' werd het zo warm dat ik dacht dat we zouden oplossen en daarna als vloeistoffen zouden verdampen in het lokaal.

Caro zuchtte naast me.

Ik dacht aan de zomer, aan Florence, en ik luisterde naar de muziek die versmolt met de stemmen van de sportende leerlingen onder het raam. Ik stoorde me aan de voet van een jongen voor in de klas die buiten de maat mee tikte.

Caro lag met haar hoofd op haar armen en ik voelde een bekend gevoel in mijn buik, de weeë voorbode van een van mijn grootste angsten. Ik dacht aan de medicijnen die ik dagelijks slikte, maar kon me geen dag herinneren dat ik ze was vergeten. Dat kon alleen maar betekenen dat ook deze variant niet meer werkte. Dat ik door mijn leeftijd of de hoeveelheid wijn die ik soms dronk immuun was geworden voor de zoveelste chemische samenstelling die moest voorkomen wat er uiteindelijk gebeurde tijdens het 'Domine Deus': ik verloor de tijd.

Het koor zong en het elektrisch evenwicht in mijn hoofd

raakte verstoord. Grote groepen hersencellen stonden op het punt zichzelf op te laden en te ontladen en ik slaakte onbewust een kreet.

Het eerste wat ik me daarna herinnerde was Caro. Ik voelde haar hand op mijn achterhoofd, ik knipperde met mijn ogen en ik zag dat de rest van de klas leeg was. De leraar zat aan de telefoon die op zijn bureau stond. Het requiem was uitgezet, alleen de stemmen van de klassen die softbal speelden op het sportveld waren nog hoorbaar.

'Hé,' zei Caro. 'Ik schrok me dood.'

Op dat moment kwam mijn mentor binnen, een leraar natuurkunde.

'Hé jongen,' zei hij overdreven amicaal. 'Had je een aanval?'

Ik was nog niet zo scherp dat ik een ironische opmerking kon maken over zijn overbodige vraag.

'Wat voor aanval?' vroeg Caro.

Ik voelde mijn hoofd. Ik was gevallen, met mijn hoofd op het zeil, vermoedelijk via de rand van de tafel. Litteken zoveel.

'Ja,' zei ik. 'Sorry. Epilepsie.'

'Gaat het weer?' vroeg de mentor.

'Ja,' zei ik en ik voelde een bult opkomen. Ik schrok en voelde snel met mijn hand of ik in mijn broek had geplast. Gelukkig was het droog.

'Niet in je tong gebeten?'

'Ik weet niet of ik dan zo makkelijk zou praten,' zei ik.

'Heel goed.'

'Waarom is het *Requiem* afgelopen?' vroeg ik aan Caro. 'Waarom is iedereen weg?'

'Ze begonnen te gillen,' zei Caro. 'Toen mochten ze gaan.'

Ik keek in haar ogen en voelde me een kuiken dat uit een ei komt kruipen en denkt dat de waakhond op de boerderij zijn moeder is. Ik ging met hulp van de anderen op een stoel zitten. Haar hand lag nu op mijn schouder.

'Mozart heeft het einde van zijn eigen *Requiem* zelf ook nooit gehoord,' zei de muziekleraar. Hij keek troostend. 'Het is afgemaakt door Süssmayer.'

'Dan kwam het daardoor,' zei ik. 'Mijn hersenen kunnen alleen Mozart aan.'

Ze lachten.

De rest van de dag kreeg ik vrij. Mijn mentor vroeg aan Caro of ze mij naar huis wilde brengen. We liepen door de bloedhitte naar de bushalte aan de grote weg. Alle anderen zaten binnen terwijl we langs de laan met bomen het schoolterrein verlieten.

'Wat als ik straks nog een aanval krijg en omval?' vroeg ik.

Caro stopte en keek me ernstig aan.

'Ik vang je wel,' zei ze.

*

Toen de herfst verder zonder veel verrassingen en nieuwe aanvallen voorbij was getrokken en de kastanjebomen om de school skeletten waren geworden, organiseerde de school een festival voor het goede doel. Verderop, aan de Hoornse Plas, was een tent neergezet waar leraren, ouders en leerlingen een nacht lang geld zouden inzamelen. Leerlingen zongen, kunstwerken werden verkocht en de helft van het geld van de bar ging naar Afrika. Ik bekommerde me niet per se om het goede doel, maar omdat Caro had gezegd dat ze het heel goed vond dat de school zoiets voor Afrika deed had ik me uiteindelijk opgegeven voor een halve bardienst vroeg in de avond, zodat ik op tijd klaar zou zijn en de nacht door zou kunnen brengen met mijn nieuwste hobby: Caro overtuigen van de absolute noodzaak samen te zijn, al was het alleen maar om te kunnen helpen als ik weer ter aarde stortte en de rest gillend wegrende.

Het strandje bij de Hoornse Plas lag vol met bladeren en

het was een van de eerste echt koude nachten dat jaar. Het meertje imiteerde de branding van de zee, het waaide hard en zo af en toe ramde er een regenbui tegen de circustent en overstemde de optredens van de leerlingen.

Tegen twaalf uur 's nachts was Caro weg. Ze had gezongen op het podium en tijdens mijn bardienst die daarop volgde was ik haar uit het oog verloren. Ik vroeg zo onopvallend mogelijk aan de anderen of ze haar gezien hadden, maar niemand wist waar ze was. Ik zocht buiten verder; onder de afdakjes van de kleedkamers, op de parkeerplaats, bij het speeltuintje. Daar stak een jongen die ook mee was naar Florence zijn hoofd naar buiten. Ik rook de geur van wiet.

'Ik weet niet waar Caro is,' zei hij.

Ik draaide me om, maar was nog dichtbij genoeg om te horen wat daarna kwam. Wat klonk als een onbelangrijke bijzin, het laatste restje lucht in de longen van de jongen die mij te woord stond, zonde om onbenut te laten, maar verder volledig verwaarloosbaar. Zo kwam het eruit.

'Maar Viktor is ook al een paar uur weg.'

Hij was weer verdwenen in het speeltoestel. Ik stond stil op het strandje bij de Hoornse Plas, keek naar die belachelijke tent die ze hadden opgezet, dacht aan dat belachelijke goede doel dat was verzonnen en die belachelijke acties die de leerlingen vooral ter meerdere eer en glorie van zichzelf hadden bedacht, draaide mijn hoofd omhoog, keek vol in de neerslaande regen, zag de druppels die als sterren in een sciencefictionfilm langs mijn hoofd raasden (wat overigens klinkklare onzin is, zelfs al reis je met de snelheid die die films suggereren) en liet de laatste zin in mijn hoofd nagalmen. *Maar Viktor is ook al een paar uur weg.* Hoe weinig tijd er nodig is om de verborgen premissen in een bewering te ontdekken, te interpreteren als volwaardige zinnen.

Ik beende terug naar de tent, ondertussen elk afdakje, elke droge plek waar Caro zou kunnen zitten vermijdend, maar tegelijkertijd alles waarnemend: daar was het; dat bedrog van de ratio, de hypocrisie van het juiste, steeds maar weer in tegenspraak met elkaar, het ene willen, het andere doen, het ene beweren, het andere hebben geleefd. Die constante andere kant van de medaille, eb en vloed.

Toen ik bij de circustent was aangekomen had ik ze nergens zien zitten. Ik sprak nu al over 'ze', dacht ik en ik deed mijn jas uit bij de garderobe, nam plaats achter de bar waar ik eerder die avond uren had gestaan en begon een toren glazen uit elkaar te halen om af te wassen.

'Hé, je hoeft niet hoor,' zei een van de begeleiders, een lerares Frans. 'Je bent net klaar toch?'

'Buiten regent het,' zei ik. 'En het is voor het goede doel.'

Daarop liet ze me mijn gang gaan. Ik werkte als een gek, waste glazen af, bediende vaders in jassen met logo's van de hockeyvereniging die in het kader van het goede doel steeds zatter werden en met hun vingers knipten om mijn aandacht te krijgen. Ik vroeg routineus aan leerlingen of ik hun schoolkaart met hun leeftijd mocht zien, verstrekte cola aan lagere klassen, tapte grote hoeveelheden bier voor de eindexamenscholieren, alsof het om kommetjes rijst voor ondervoede Afrikaanse kindjes ging, en onderging de optredens op het podium zonder ze te registreren. Playbackshows, streetdancegroepjes, poetryslammers, freestylerappers; het failliet van de kunst als vak, als roeping, maar dat wist ik toen nog niet. Ondertussen dronk ik zelf ook door, als de verhouding in het recept voor ongeluk: tien glazen tappen, één glas drinken en verder alleen maar blijven ademen. Ik had nieuwe anti-epileptica gekregen die beter aansloten bij mijn leeftijd, maar toch dacht ik aan de mogelijkheid dat de elektrische balans opnieuw verstoord zou raken en dat degene die beloofd had mij op te vangen ergens onder een afdak lag te rommelen met Viktor.

Na een uur was ik zo duizelig dat ik even moest gaan zitten op het bankje achter de bar.

'Gaat het wel?' vroeg de lerares Frans. 'Heb je je medicijnen wel ingenomen?'

Iedereen op school wist van mijn insult eerder die maand.

'Beetje hoofdpijn,' zei ik.

'Je werkt ook al heel lang,' zei ze. 'Hou er nu maar mee op. Je hebt echt genoeg bijgedragen.'

De lerares glimlachte. Ik glimlachte terug. Niet omdat ik ook vond dat ik genoeg had bijgedragen. Ik glimlachte omdat ik het grappig vond dat een school een circustent opzet voor de rijke ouders van leerlingen met een zorgeloze toekomst en ik lachte om de illusie dat hun streetdancepoetryslamfreestyles ook maar een fractie van een promille van het probleem zouden kunnen oplossen. Ik glimlachte omdat ik op dat evenement een aantal uur achter de bar bier in sta te schenken, daarvan een substantieel deel zelf opdrink omdat ik vermoed dat degene die mij faxen stuurt er met een ander vandoor is en dat ik op een gegeven moment zelf zo dronken ben dat ik niet meer kan werken en dat ik dan te horen krijg dat ik genoeg heb bijgedragen aan de bestrijding van de honger in Afrika. Zo werken bijna alle misvattingen over de gul- en goedheid van de westerse wereld. En ik glimlachte omdat ik geen haar beter was.

Toch hield ik op met werken. De alcoholinname had het vermoeden dat Caro met Viktor weg was gegaan iets gerelativeerd. Het was maar een uitspraak geweest van een scholier in een speeltuinhuisje. Ze kon overal zijn, thuis, bij een vriendin in de buurt, misschien gewoon wel in de tent zelf, in een hoekje waar ik niet had gekeken. Ik trok een fles rode wijn uit een doos, stopte die onder mijn jas en op weg naar buiten, langs de vrolijke vaders en moeders, zag ik het zanggroepje van Caro staan. Ze hadden de teksten in hun hand, droegen T-shirts met het goede doel erop over hun truien en oefenden toonladders, wat alleen maar kon betekenen dat ze weer zouden gaan zingen. Mijn blik ging door de tent, speurde alle gezichten af, maar ik vond Caro nergens. Ook het zanggroepje keek bezorgd om zich heen om te zien of hun alfavrouw er al aan kwam. Bijna buiten, bij de opening van de tent passeerde ik ze. Caro kwam binnen. Nat van de regen. Vlak daar achteraan kwam Viktor. Zijn hand in haar hand.

Viktor.

Ted Robin.

Net als jaren later op het Westergasfabriekterrein in Amsterdam richtte de eerste vlaag van woede zich op degene die ik niets kwalijk kon nemen, wilde ik mijzelf niet hetzelfde kunnen verwijten: van Caro houden. Dat deden we allemaal, dat deden ze allemaal. In die tijd deed iedereen dat. En Viktor had gewonnen.

Ze passeerde me. Lachte naar me.

'Hoi,' zei ze. 'Ik moet weer zingen.' En ze mimede dat ze op haar vingers beet, als teken van zenuwen.

Ik moet hebben gekeken alsof de lust tot leven door een wals uit me was geperst, want zelfs zij bleef na de halve seconde dat ze me aankeek stilstaan en vroeg: 'Gaat het wel?'

'Ja,' zei ik. 'Moe.'

Ze raakte mijn schouder aan.

'Ik moet!' riep ze.

'Ja!' riep ik terug.

Daarop liep ze naar het podium, kondigde zichzelf aan, kreeg applaus van alle hockeyouders en zong 'Son of a Preacherman', gevolgd door 'I Alone' van Live, terwijl ze afwisselend naar haar blaadje, naar Viktor en naar mij keek. Halverwege 'I Alone' draaide ik me om en vertrok naar buiten. Ik liep de regen in, en hoorde door het doek heen flarden van het liedje, zonder al te veel hoog, vooral veel bas, maar nog steeds duidelijk haar stem die zong wat ik zou moeten zingen, die predikte wat ik vond. *I alone love you / I alone tempt you / I alone love you / Fear is not the end of this.*

Ik heb een paar uur in een bushokje gezeten, aan de weg

naar Paterswolde. Er was in de verste verte nog geen licht te bekennen. Het uur was somber en diep, het najaar had de korte nachten van de zomer uitgerekt tot natte, zwarte stroken, en die over het leven gelegd. Medescholieren fietsten voorbij, besteedden weinig aandacht aan me, maar probeerden zo snel mogelijk door de slagregen thuis te komen. Hongerige kinderen of niet, het is niet de bedoeling dat je altruïsme je een longontsteking oplevert. Ik duwde met mijn duimen de kurk in de fles wijn, waardoor er vlekken kwamen op alle kledingstukken die ik droeg. Ik dronk met grote slokken. Twee keer reed er een politie-Golfje voorbij en stopte ik de fles onder mijn jas. In het bushokje dacht ik allerlei dingen die je denkt op die leeftijd en die Kurt Cobain en Jim Morrison al voor je hebben verwoord en als het zou kunnen liet ik nu een man op een fiets arriveren met een brief van mij, degene die ik later zou zijn, een brief uit de toekomst. Hij draagt een hoed, een doorweekte regenjas, stopt bij het bushokje, noemt mijn naam: *Merlijn Kaiser? – Ja? – Een brief voor u. – Voor mij? – Ja.* Dan geeft hij mij de brief, in een verregende enveloppe die al uit elkaar valt voor ik hem kan openen. Het is een brief van mij, Merlijn, degene die door Stockholm loopt, de brug van Gamla Stan neemt richting restaurant Gondolen, in Slussen, in het noorden van Södermalm. Degene die zich afvraagt of hij genoeg geld heeft om in het Hilton te slapen, dat daar boven alles uittorent. Die de stad heeft verlaten waar de jongen uit de bushalte nog niet eens naartoe is gegaan. Ik heb hem een brief gestuurd, dwars door alle jaren heen. Het zijn maar acht zinnen. Meer is niet nodig. En Merlijn in het bushokje leest de zinnen traag, onder invloed van alle tapbiertjes voor het goede doel en de gestolen fles wijn, maar met aandacht en zonder verbazing.

Het blijft zo. Sleep jezelf erdoorheen. Je valt rechts noch links van de weg af, je raakt soms de berm aan, rijdt met twee wielen in het gras, dan weer aan de ene kant, dan weer aan de andere, maar nooit zul je daadwerkelijk ontsporen of tegen een boom tot stilstand komen. Dat zit niet in je. Ook zul je nooit perfect in het midden rijden. Sleep jezelf erdoorheen. Ze zullen je verwijten dat je te weinig doet, maar meer doen kan altijd nog. Het houdt nooit op.

Ik vraag me af of de Merlijn van toen dat langer dan een etmaal zou onthouden. De Merlijn van toen deed andere dingen. Die zat op het smalle houten bankje tot het zwart van de nacht werd ingeruild voor het zwart van de slaap, tot hij in perioden van kwartiertjes sliep en uiteindelijk werd opgepikt door dezelfde lerares Frans die langsreed in haar Snoek, op weg naar Paterswolde, om het meer heen, langs de vuurtoren in de jachthaven, langs de kano's en het softijs bij het Friesche Veen, langs het surfstrandje richting Haren, langs alles waar de zomer ooit was. Hij liet zijn fiets achter bij het bankje, stapte in, maakte de oldtimer vies, maar kreeg hier geen commentaar op, werd thuis afgezet en kon zich de volgende ochtend niet meer herinneren of hij nou daadwerkelijk heel hard had zitten huilen in de warme auto van de lerares of dat hij het heel hard had gewild en geprobeerd, maar dat het niet was gelukt.

Het weekend na het evenement had ik zere handen van het schrijven van alle faxen die ik niet had gestuurd. Ik had rode oren van de telefoon die ik tegen mijn hoofd had gedrukt, zonder uiteindelijk haar telefoonnummer in te durven toetsen om haar stem te horen. Ik was op zaterdag in de stad geweest, in de buurt van de winkels waar ze graag kwam, maar ik had niemand van school gezien, laat staan Caro. De zondag had ik in bed gelegen en toen ik uiteindelijk was opgestaan had ik oude videobanden bekeken van films die ik ooit had opgenomen en al duizend keer had gezien, waardoor er slijtsporen boven in beeld verschenen en er vreemde bochten zaten in de hoofden van de acteurs: *Coming to America*, *Ferris Bueller's Day Off*. En nu was het maandag. Die dag bracht het lot van alle liefdes op school: welke besluiten je ook neemt, hoe hard je ook deuren achter je dichtslaat, brieven verbrandt, gênante dingen schreeuwt na mislukte avondjes eten, op maandag zit je weer in de klas met je object van begeerte terwijl een man met een baard de formule voor de valversnelling op een krijtbord schrijft.

Ik was vroeg op school die maandag, bleef in de buurt van de fietsen en de plek waar leerlingen werden afgezet. Uiteindelijk verscheen de grote Jeep-achtige wagen waar Caro en ik een haas mee hadden aangereden. Daar was niets meer van te zien, van de haas, alsof het nooit was gebeurd. Caro stapte uit, haar zusje ook. Haar vader zag me staan, toeterde kort en stak zijn hand op. Ik zwaaide terug. Caro liep naar me toe, haar zusje zei gedag en liep verder, richting de ingang.

'Goeiemorgen,' zei ze. 'Kom je ook net aan?'

'Ik ben er al even.'

'Hoe is het?' vroeg ze.

Andere leerlingen passeerden ons. Het was nu echt najaar aan het worden, voor het eerst zag ik ademwolkjes om de met sjaals ingepakte hoofden. Neuzen waren rood, bomen kaal. We doken de onderwijstunnel in, weken les aan elkaar geregen zonder einde in zicht, zoals we dat al meer dan vijf jaar kenden. Next stop: kerstvakantie.

'Caro?' zei ik.

'Ja?'

'Ik vind eigenlijk alles goed,' zei ik.

'Wat bedoel je?'

'Ik vind het allemaal prima. Viktor. Mij faxen, mij vangen, mij missen, maar met hem een nacht verdwijnen. Dat vind ik allemaal prima. Getroost worden door een lerares in een Snoek.'

'Merlijn...' zei Caro.

'Echt, ik vind dat allemaal prima. Ik heb maar één verzoek.'

Ze was stil. De bel voor het eerste uur klonk over het

schoolplein. Leerlingen begonnen te rennen, ontweken ons, riepen naar elkaar, deelden kleine herinneringen aan het onvergetelijke evenement dat hun geweten had gezuiverd. Wij stonden stil en ik wist zeker dat niet de uiterste Noord- of Zuidpool de plek was waar de wereld nagenoeg stilstond, het was waar onze voeten het schoolplein raakten, die tegels, dat stuk aarde op de scholengemeenschap in Haren.

'Wat dan?' vroeg Caro.

'Ik wil niet dat hij je ontmaagdt.'

Haar mond viel open. Ze lachte kort, alsof dat de kans vergrootte dat ik een grap had gemaakt. Maar ik maakte geen grap en dat had ze meteen daarna door. Daarop zuchtte ze diep, trok zich los van de top van de aarde, liep langs me heen en verdween zonder omkijken door de deuren van de hoofdingang.

Daarna duurde de zesde klas tergend lang. Ik dronk tegen alle advies van mijn neuroloog in veel te veel wijn waarvan ik toen niet wist dat het slechte wijn was. Ik leerde de examenstof niet of op het nippertje en ik leed aan Caro, aan haar afwezige schoolaanwezigheid. De winter kwam ik door met schrijven, lezen en het luisteren naar metal; Orphanage, Life of Agony, Dark Tranquillity; als het maar melodisch en heel hard was.

Na het goededoelenfestival had ik af en aan nog wel met Caro gesproken en je zou kunnen zeggen dat er vooral in de periferie van andere vriendschappen ook tussen ons weer een vorm van vriendschap was ontstaan, maar de potentie die ooit had bestaan toen we hoog door de Alpen zweefden of in de terreinauto van haar vader reden en we elkaar faxen stuurden alsof we bezig waren met een belangrijke bedrijfsovername, die was eruit geslagen op het moment dat ik op het schoolplein had geïnformeerd naar haar maagdelijkheid.

De winterse buien sneden diep door alles wat ooit warm was geweest: mijn verwachtingen, mijn hart dat moedig doorklopte terwijl ik me op een oude fiets meerdere keren per dag op het fietspad langs de Rijksstraatweg naar school of de stad Groningen bewoog; heen en weer, zwaar trappend, in één lijn. Langs de Fina, langs de straat waar W.F. Hermans had gewoond, de hortus met de Chinese tuinen, het kleine stukje groen dat Haren nog van Groningen afsneed, en ik keek niet naar voren, maar naar de grond. Mijn walkman draaide gaten in mijn trommelvliezen en ik kon aan elke stoeprand, haaientand of boomwortel zien waar ik reed. Ik verloor alles aan mijn vel dat ooit bruin was geweest door de zon en werd één met de witte sneeuw die dat jaar in grote hoeveelheden viel. Ik rookte. Het liefst van anderen. Ik dronk met Walter, haalde keer op keer herinneringen op aan onze interrail van een paar jaar daarvoor en we wisten toen al allebei dat het nooit meer zo zou zijn. Je zou het kunnen proberen: dezelfde reis nog eens overdoen op je dertigste, maar dat heeft geen zin. Dan zeg je vroeg of laat dat de kleren eens naar een stomerij zouden moeten. Of dat je dat kinderlijke gejengel met die gitaren op campings en treinbalkons nu wel zat bent. Of dat je wel weer eens een goede maaltijd zonder ketchup zou kunnen gebruiken. En alle mensen die je tegenkomt zijn of tien jaar jonger en praten met anderen die tien jaar jonger zijn, of ze zijn net zo saai als jij zelf geworden bent.

Uiteindelijk ploegden we ons door de winter. Ik zag Caro op school, op feestjes, soms bij toeval in de stad, maar we stuurden geen faxen meer en ze vroeg niet meer of ik naar het huis in Drenthe kwam. Het eindexamen kwam dichterbij en ik voelde niets. Geen angst, geen vertrouwen. De examens zag ik als een aantal weken regen: nuttig voor dingen die buiten mij om plaatsvonden en ze gingen vanzelf weer voorbij. Ik had epilepsie overleefd, ik had Caro en Viktor overleefd, de examens konden er ook nog wel bij. Ze vonden plaats in een sporthal, ver van de school, in het zuiden van de stad. Iemand die bij mij in de buurt woonde mocht de kleine Volkswagen van zijn moeder lenen. Hij haalde ons elke dag op, steeds dezelfde groep van vijf mensen, mensen die later geen vrienden zijn gebleven en met wie ik ook geen ruzie heb gehad, alhoewel ik niet kan ontkennen dat ik jaren na de examens weleens voor een of twee van hen ben weggedoken in de stad of op het station. We voelden ons hecht. We deelden een leeftijd, een lichting en een kleine Volkswagen. Dat was het. Meer is er niet nodig. Na afloop van een examen reden we naar de snelweg, de A28, en haalden een topsnelheid op een stuk zonder snelheidscamera's. Alle ramen stonden open. We gilden zo hard als we konden en draaiden 'AM 180' van Grandaddy. Dan dronken we koffie en aten we gevulde koeken bij Shellstation de Witte Molen, voelden ons heel volwassen omdat je hier alleen maar met een auto kon komen, en reden weer naar huis om te leren voor de volgende dag. Na een paar weken was dat voorbij. Alle examens waren gemaakt. We zakten weg in de leegte van lente, vrijheid en dronkenschap om de blinde paniek te verdoezelen die sommigen van ons voelden met het zicht op de toekomst.

Ik had tijdens dat leerlimbo met Caro afgesproken in de tuin van 't Feithhuis, in het centrum van Groningen. Ze had aan de telefoon gevraagd wie er nog meer zouden komen. Toen ik had gezegd dat alleen ik er zou zijn dacht ik iets van teleurstelling te horen.

Toch kwam ze.

Caro kende geen paniek. Ze wist al wat ze ging doen. Alle jaren die voor haar lagen zag ze felverlicht voor zich, met bewegwijzering op meters nauwkeurig, plekken om te slapen, eten en haar paarden te stallen.

Ik was te vroeg en bestelde roerei met zalm. Bijna al mijn geld ging in mijn laatste weken als scholier op aan wijn en roerei met zalm in 't Feithhuis. Omdat ik te vroeg was en Caro te laat kwam, zat ik lang alleen. Ik dacht aan de examens, of er een mogelijkheid bestond dat ik was gezakt en daarna aan wat erger zou zijn: wel of niet geslaagd zijn. Ik probeerde me voor de geest te halen wat er allemaal was gebeurd het afgelopen jaar, maar ik kwam niet tot een duidelijk overzicht. Van het recente dagboek in mijn hoofd was de inkt gaan vloeien en was slechts hier en daar een woord zichtbaar: Caro, haas, Walter, absence, Florence, fax, ik, vang, je, wel. De pagina's met dagen waren aan elkaar geplakt, de weken en maanden vormden samengeklonterde blokken papier.

Toen Caro uiteindelijk kwam, keek het hele terras. Ze leek het niet op te merken, of het was gewenning, maar ze liep in een rechte lijn naar mij toe en zoende me voor ze ging zitten. Caro droeg duizend sjaals, terwijl het toch erg warm was. Ze wilde kruidenthee, hoefde niets te eten. Ik was altijd de jongste in 't Feithhuis. Nu ook. Om ons heen zaten Groningers die het voor het zeggen hadden aan het eind van het millennium.

'Wat ga je doen?' vroeg ik na een aantal minuten geklets over de examens en klasgenoten.

'Ik moet een cadeautje kopen voor mijn zusje,' zei ze. 'Die is bijna jarig.'

Ze rommelde met een theezakje, wrong het uit aan de rand van haar glas.

'Nee, ik bedoel: wat ga je na de zomer doen?' vroeg ik.

'O. Had ik dat nog niet verteld?' zei Caro. Ze leek blij iets nieuws te kunnen vertellen. 'Ik word au pair. In Genève.' Ze zei het snel, op routine, dit was al enkele dagen haar antwoord geweest aan familie, vrienden, leraren. Alleen ik wist het nog niet, ik was dom gehouden, misschien om me te sparen of gewoon omdat het niet belangrijk genoeg was.

'Wat ouderwets,' zei ik. 'Au pair.'

'Het is heel handig. Ik studeer, let overdag op wat kinderen, krijg kost en inwoning en zakgeld en ben een jaar weg. Precies wat ik wil.'

Ik was jaloers op haar stelligheid. Ze plukte van mijn roerei.

Ze had zelf niets willen bestellen, maar nu ik klaar was at ze mijn restjes op. Ik was bang dat het personeel zou denken dat we geen twee maaltijden konden betalen en keek om me heen of we in de gaten werden gehouden.

'Wanneer ga je?' vroeg ik. Alsof we, wanneer ze 'eind augustus' had geantwoord, dan nog een lange zwoele zomer samen hadden gehad. Hoop is gemaakt van het sterkste draad dat er is. En het snijdt in alle waarheid.

'Volgende week. Die familie kon gelijk iemand gebruiken. En dan leer ik Genève alvast wat kennen.'

Zo vertrok Caro naar Zwitserland. Maar eerst ging ze nog naar de stad, om een cadeautje te kopen voor haar zusje, om daarna de bus naar het Drentse dorp te pakken, nog een paar keer wakker te worden in het gigantische huis in de weilanden, haar koffer te pakken, nieuwe kleren te kopen in het dorp, mij een laatste fax te sturen waarin ze me aanspoorde 'er iets van te maken', waarop ik antwoordde en vroeg wat ze met 'er' bedoelde, waar geen reactie meer op kwam.

Als eerste van onze lichting was ze vertrokken. Er zouden anderen volgen: naar Guatemala, naar Maastricht, naar een gevangenis, maar zij was de eerste. Dat een jaar niet lang duurde, verwaarloosbaar kort zelfs, dat wist ik toen nog niet. Jaren betekenden toen nog absolute verwijdering, vervreemding. Caro stapte uit mijn leven.

*

Suikerwitte wolken schoven op hoge snelheid over mijn hoofd, over Stockholm, onder het verder blauwe plafond van de lente. In de straten met woonhuizen zag ik gezinnen hun auto's volstoppen met tassen en dozen levensmiddelen en toeterend de straat uit rijden, naar de felgekleurde zomerhuisjes ergens in het gigantische land. Ik liep tot mijn voeten pijn deden. De uren en uiteindelijk ook dagen die volgden zijn in mijn gedachten blijven hangen als een kluwen van bezoeken aan restaurants, hotelbars en winkels die op mijn creditcardafrekeningen waren verschenen. Een onopgelost doolhof door een wijk in Stockholm, waar steeds weer nieuwe T-splitsingen verschenen, maar nergens een uitgang. Ik moest wennen aan de hoogteverschillen in de wijk. Een wandeling leek op de kaart soms iets heel anders dan die in werkelijkheid was. Sommige straten bleken eigenlijk trappen die tussen gebouwen door naar andere straten leidden. Auto's doken soms huizen in om weer op andere plekken in de wijk te verschijnen.

Onder het lopen dacht ik soms kort aan thuis, aan de anderen, aan wie we waren geweest, wat ze deden, of ze aan me zouden denken. Ik probeerde een manier te vinden om alles wat ik had achtergelaten te vergeten of in ieder geval te begrijpen, maar kwam tot niets, dacht alle gedachten steeds opnieuw, tientallen keren, tot ik moe was en het tobben afwisselde met vragen over mijn creditcard. Ook dacht ik: wat als dit veel langer gaat duren dan een week? Een maand? Een jaar? Een leven?

Het eerste bezoek aan Gondolen, waar het meeste geld was uitgegeven, had me onmiddellijk gedemotiveerd, alsof het realistisch was om te denken dat de dief bij de ingang zou staan met een grote fluorescerende, naar beneden wijzende pijl boven zijn hoofd. Ik was aarzelend naar binnen gestapt, maar had niets bijzonders opgemerkt en had daarom eerst maar een tafel gevraagd en een dure lunch besteld. Ik luisterde naar gesprekken die ik niet verstond, kon geen wijs worden uit het soort mensen dat hier zat, terwijl ik in Amsterdam vrij snel doorhad in welke wereld mensen werkzaam waren en of het types waren met wie ik langer dan een paar minuten in één ruimte door wilde brengen. Toen ik uitgegeten was betaalde ik en stapte weer naar buiten, zonder iets opgeschoten te zijn. Ik stond op straat, liet alle hoop op toeval uit me sijpelen in de goten die naar het water stroomden. Ik had één ding nodig: een goed idee.

Bij een elektronicawinkel aan Götgatan kocht ik een goedkope digitale camera. Van alle plaatsen die ik zou gaan bezoeken, zou ik een aantal foto's maken, met zo veel mogelijk mensen erop. Als dan later bleek dat ik op hetzelfde tijdstip als de creditcardafschrijving aanwezig was geweest, zou de dief op de foto's moeten staan. Ik glimlachte kort, dacht aan de kinderboeklogica die zich van mij meester maakte, maar het was het beste dat ik op dat moment kon bedenken, waar ik niemand anders voor nodig had. Ik had gemerkt dat de creditcarduitgaven steeds minder groot en frequenter voorkwamen, zodat ik een steeds beter beeld kreeg van het uitgavenpatroon. De bedragen verschenen een dag of twee na de daadwerkelijke uitgave op de website van de bank.

Na mijn eerste dag als amateurdetective, veertig foto's later, sliep ik op een boot. Dat was een enorme vergissing. Een ober had het me aangeraden. Ik realiseerde me dat ik er door de maand verwaarlozing vermoedelijk had uitgezien als iemand die graag sliep in hostels op het water, maar het gesnurk van echte backpackers en de buigzaamheid van mijn matras had me alleen maar vermoeider gemaakt dan ik al was. De volgende ochtend boekte ik een kamer in de wijk waar ik op zoek was: in Hotel Rival, een viersterrenhotel dat uitkeek op een plein met een standbeeld van Joris en de Draak. Van binnen had het hotel nog het meest van een cruiseschip uit de jaren tachtig. Pilaren waren bekleed met glitter en aan de wanden hingen rode gordijnen. Ik eindigde die middag – vermoeid en lamgelegd door de hoeveelheid mensen die ik had gezien – in de donkere bar van het hotel. Ik bestelde witte wijn uit Italië en dronk die als limonade.

'Ben je een reisjournalist?' vroeg het meisje achter de bar. Ze sprak Engels met een accent dat anders klonk dan dat van de Zweden die ik had ontmoet.

'Reisjournalist?'

'Ja. Van die eenzame types met een net iets te slechte camera en een computer.' Ze wees op mijn spullen. 'Ze zitten hier vaak. De pittoreske bed-and-breakfasts te beschrijven, terwijl ze zelf in een viersterrenhotel slapen. En aan het eind van de middag zetten ze het op een zuipen.'

'Krijgen ze korting? In dat geval: ja.'

Ze lachte. 'Nee. Dat niet.'

'Ik had me nooit gerealiseerd dat dat zo'n aparte categorie was,' zei ik. 'De reisjournalist.'

'O ja. Echt. Ik herken ze inmiddels wel. Ze zijn somberder dan anderen. Hun werk is in niets wat ze ervan hadden verwacht. En hun informatie is altijd binnen no time gedateerd, iets waar ze dan in boze lezersbrieven verantwoordelijk voor worden gehouden. Ik denk dat er hier wel veertien aan de bar hebben zitten zeuren.'

'Goede analyse,' zei ik.

Ze lachte. 'Dus het klopt?'

'Nee. Dat niet.'

'Niet? Shit.'

Ik schudde mijn hoofd, glimlachte terug.

'Ben je Nederlands?' vroeg ik in het Nederlands. Ik dacht eindelijk het accent te hebben kunnen plaatsen.

'Hé! Vlaams,' riep ze nu in het Nederlands. 'Shit! Ik dacht dat je Duitser of Deen was of zo.'

'Nee. Ik kom uit Amsterdam. Althans, Groningen, daar in die buurt. Maar nu Amsterdam.'

'Gent,' zei ze.

Ik boog me over de bar heen en gaf haar een hand. 'Merlijn,' zei ik.

'Krista,' zei ze en naast mij verscheen een Amerikaans echtpaar dat bier bestelde.

'Even helpen,' zei Krista en ze verdween, terwijl ik haar lichaam bestudeerde.

'Wat doe je dan wel?' vroeg ze toen de Amerikanen hun bier hadden en ze weer bij mij aan de bar stond.

'Ik schrijf toneelstukken. Maar nu ben ik rechercheur. Lang verhaal. Laat maar.'

Ze trok de kurk uit de fles witte wijn. 'Glas wijn ruilen voor je verhaal?'

Ik was blij met iemand te kunnen praten. Wat ik aan het doen was leek in niets op wat ik de jaren daarvoor had gedaan. Niemand zou het geloven en daarom was het goed dat ik het aan iemand vertelde, dacht ik, om ook mezelf te overtuigen van waar ik mee bezig was.

Krista trok een barkruk bij en ging zitten.

'Ik ben er klaar voor,' zei ze.

Losgeslagen wrakstukken van mijn recente geschiedenis kwamen bovendrijven en het moet volkomen onsamenhangend hebben geklonken, maar toch bleef ze aandachtig luisteren. Ik vertelde haar over mijn creditcard. Over Frank Gerson, het bizarre plan om in mijn eentje achter mijn geld aan te jagen. Sommige dingen vertelde ik niet, hele coupletten in het lied dat ik aan het zingen was sloeg ik over. Niets over de haas, niets over mijn ziekte en de absences, niets over het ingewikkelde plan met foto's. Een onvolledige dwarsdoorsnede van wie ik op dat moment was, daar aan de bar van Hotel Rival.

Toen ik uitverteld was had ik vier glazen wijn gratis gekregen. De fles was leeg. Ze was er stil van.

'Jeetje. Van het huis,' zei ze uiteindelijk. 'Ook al mag dat eigenlijk niet.'

'Tja.'

Ze kneep met haar ogen, misschien om beter te kunnen zien of ik de waarheid sprak.

'Merlijn, was het toch hè?' Misschien wilde ze nogmaals mijn naam weten om een identiteit aan al die onwaarschijnlijkheden vast te knopen. Dat helpt. Een leugenaar met een naam is makkelijker te ontwijken.

'Ja.'

'Zal ik je helpen?'

'Nee. Nee. Misschien is het beter als we het hier verder met niemand over hebben,' zei ik en ik kreeg spijt dat ik haar alles had verteld. Ik was niet langer een gek die zomaar naar Stockholm was vertrokken toen het hem in Amsterdam te heet onder de voeten werd, ik was nu echt iemand op zoek naar een ander. Pas nu het gezegd was kon het echt mislukken.

'Oké,' zei Krista. Ze leek teleurgesteld. Aan de andere kant van de bar verscheen een man in een capuchontrui. Hij klapte zijn laptop open, sloeg op zijn eigen wangen om wakker te worden en plugde een fotocamera in.

'Reisjournalist op twee uur,' zei ik zacht tegen Krista. Ze draaide zich om.

'Verdomd, ja,' zei ze, lachte aandoenlijk naar mij, liet haar lach van haar lippen vallen in de zwaai van haar hoofd, nam een andere, dienstbare, professionele lach aan en liep naar de man toe om zijn bestelling op te nemen.

*

Die avond bleef ik in mijn kamer. Ik bewerkte een dialoog voor De Toneeltuin waar ik al mee bezig was geweest toen mijn leven zich nog meer dan duizend kilometer verderop afspeelde, maar ik merkte dat mijn zoektocht in een onbekende stad de dialoog binnensloop, stil, met pootjes als kussentjes en ingetrokken nagels, als een kat kwam hij binnen en ging in een hoekje zitten. De Hollandse personages hadden ineens gedachten over foto's, dieven, wandelingen, paleizen, bedrog en okergele huizen telden acht verdiepingen. Ik dacht met enige kracht terug aan het initiële idee, maar het kwam er niet meer uit. Ik liet toen iemand een reis maken, weer terugkomen en honderduit vertellen over wat hij had meegemaakt. Ook dat sloeg nergens op en ik sloot de gordijnen, dronk een flesje wodka uit de minibar en viel in slaap.

De dagen daarna bestonden uit het maken van foto's, het

Tegen de tijd dat het echt midzomernacht zou zijn, was mijn vliegtuig al teruggevlogen naar Amsterdam, waar niemand iets deed aan de langste dag van het jaar, behalve een enkeling die de datum herkent op de kalender in de keuken aan het ontbijt en het tegen een ander zegt.

Vijf dagen later had ik meer dan vierhonderd foto's gemaakt en in mapjes gestopt die de namen droegen van het tijdstip en de locatie waar ik ze had gemaakt. Als het geen doel diende was ik heel verdrietig geworden van het willekeurige archief van mensen in mijn omgeving de voorgaande week. Zoveel huid, ogen, haar, ledematen, verstilde beelden waar toch zoveel herrie uit sprak. Nog meer dan anders werd het mij duidelijk dat we dieren zijn. Dieren die weten hoe ze roomservice moeten bestellen, hoe ze in metalen kisten hoog in de lucht grote afstanden kunnen afleggen, hoe ze kip of rund kunnen klaarstomen door elektrogolven en dat ze met muziek emotie op kunnen roepen, maar als het erop aankomt blijven we dieren.

Na het ontbijt ging ik terug naar mijn kamer en klikte de internetkabel die uit het bureau kwam vast aan mijn laptop. Mijn bankafschriften lieten elf nieuwe afschrijvingen met mijn creditcard zien. Hiervan kwamen er zes qua locatie overeen met foto's van mijn bezoekjes en vier ook qua tijd. Van alle tientallen, bijna honderden keren dat ik die week vriendelijk had gelachen naar obers en receptiedames, waren er vier bezoeken geweest waarop de dief in de buurt was. Ik opende de mapjes en haalde acht foto's tevoorschijn, gemaakt tijdens de keren dat we allebei aanwezig hadden moeten zijn, en zette ze in de vensters achter elkaar.

Een gevoel van angst steeg op in mijn lichaam. Ineens was ik in de buurt, had mijn bezopen plan kans van slagen. Er was een optie dat ik iemand zou zien op meerdere foto's. Sterker nog: de logica bepaalde dat het zou moeten. Het besef dat ik dit niet alleen moest doormaken drong zich op en ik overwoog kort mijn e-mail- of chatprogramma te openen om het te delen met iemand in Nederland, met wie er dan ook maar zou reageren, maar ik had geen idee hoe iemand daar het zou kunnen snappen. Ik zou alles moeten uitleggen en ik wist zeker dat het niet gesnapt zou worden, niet binnen een paar minuten, niet op de manier die ik wilde. Daarom draaide ik me om, ging op de rand van het bed zitten, pakte de telefoon en zocht in de bruine hotelmap het nummer van het café beneden op.

'Café Rival, hallo,' hoorde ik. Alleen aan de telefoon zeggen Zweden overtuigd hallo.

'Krista?'

'Vänta lite,' zei een meisje. Daarna hoorde ik gerommel. Ze waren net open, ze hadden vast net de vitrines gevuld met nieuwe kaneelbroodjes, cakes en andere zoete rommel die de Zweden nodig hebben om hun slootkoffie te kunnen drinken. Er bestaat zelfs een werkwoord voor de complete handeling van het drinken van koffie met iets zoets erbij en water uit een tapje in de bar: *fika*.

'Krista,' hoorde ik.

'Met Merlijn.'

'Ja?'

'De detective,' zei ik.

'Ja, ik weet wie je bent,' lachte ze.

'Ik heb misschien iets,' zei ik.

'Ja?' vroeg ze.

'Ik heb misschien iets gevonden waar ik naar zocht. Mogelijk.'

'Echt?'

'Zou kunnen. Ik heb een paar foto's die overeenkomen qua tijd en uitgaven.'

'Ik kom eraan.'

'Kamer 302.'

'Weet ik.'

Daarna verbrak ze de verbinding. Ik liep naar het raam, helde naar rechts en keek over de lagere bebouwing richting het water, naar de masten van grote zeilboten. Ik probeerde nog verder te kijken, mijn verbeelding nam het over, ik keek dwars door gebouwen heen naar de oude stad, de overkant, de lucht boven de Holmen, oude paleizen en brede stenen bruggen die er al eeuwen lagen. Onoverzichtelijk lang zou deze stad hier nog liggen; op deze breedtegraad, op deze lengtegraad, maar toch is de tijd dat de stad er niet heeft gelegen langer dan de tijd dat hij er wel ligt. Dat stelde me gerust en maakte me verdrietig op hetzelfde moment. Toen werd er op de deur geklopt.

'Kom binnen.'

'Hoi,' zei Krista. Ze droeg haar zwarte serveersterskleding nog. Ik vond haar op dat moment aantrekkelijk, misschien wel alleen omdat er weer eens iemand aanwezig was in de ruimte waar ik sliep, waar ik leefde.

'Wat heb je?' vroeg ze.

Ik ging op het bed zitten en opende het scherm met de foto's. Krista trok een stoel bij en zat voorovergebogen. Ze ademde snel, ze had vast gerend om hier te komen.

'Dit zijn de enige acht foto's die ongeveer overeenkomen.'

Een tijd keken we allebei zwijgend naar de hoofden op de foto's. We zochten overeenkomsten in haarkleur, ik legde zonder te spreken de grijze hoofden bij de grijze hoofden, kinderen bij kinderen, baarden bij baarden en knappe vrouwen bij knappe vrouwen. Er kwam niets uit. Ik hoorde kinderen spelen op het grasveld van Mariatorget. Ze gilden, hun stemmen kaatsten tegen het Rival en de andere gebouwen op het plein.

'Als dit niet werkt, weet ik het ook niet meer,' zei ik.

Krista zei niets. Ze boog steeds verder naar voren. Ik zag haar blote rug door de zwarte serveerstersblouse heen en stelde me voor hoe ik de knoopjes openmaakte. De seconden duurden langer. De geluiden kwamen nu van verder. Niet alleen die van de kinderen beneden, maar ook die van de meeuwen boven de haven buiten, een scheepshoorn tussen de hoge gebouwen. Mijn raam stond open.

'Daar,' zei Krista en ze sprong op van de stoel, bij mij op het bed. Ze ging vlak voor de computer zitten en vouwde haar benen onder haar lichaam. Haar stem steeg een paar tonen, ze sprak snel en enthousiast.

'Wacht,' riep ze. 'Ik zie het. Ik zie het.'

Ze duwde mijn vingers van het toetsenbord en nam de cursor over.

'Daar onder die lamp.' Ze wees op een foto en klikte door naar de volgende. 'En daar, bij de uitgang.'

Toen klikte ze twee foto's door. De duidelijkste verscheen, een scherpe foto van een dertigtal gasten in het Clarion Hotel, eergisteren. Een groep oudere toeristen staat bij de balie, het personeel helpt een zakenman met een zware koffer, de jonge kinderen van een Aziatisch echtpaar spelen bij een plantenbak en in het midden betrapt de foto een man in zijn snelle pas van de ingang naar de liften achter me. Hij kijkt recht in de camera.

'En daar!' Krista brulde nu zo hard dat ik me zorgen maakte over geluidsoverlast. 'Dat is diezelfde vent!'

'Ja?' riep ik en ik duwde op mijn beurt Krista aan de kant.

Ik keek de man in zijn ogen, klikte een paar keer heen en weer tussen de foto's en herkende zijn blik van de andere beelden, zijn haargrens, lichte inhammen en een dunner wordend plukje op het midden van zijn hoofd. Hij draagt een goed pak, op twee foto's draagt hij een das, op de derde niet. Meteen daarna vond ik hem nog op een vierde foto, in een kleiner café. Van achteren, met zijn ene hand in zijn haar, zijn andere zwaaiend naar iemand die binnenkomt.

'Sapristi!' riep Krista.

'Wat zeg je?' vroeg ik.

'Dat zei mijn vader altijd als iets lukte.'

Ik lachte hard, half omdat ze zo Vlaams klonk en half om het feit dat het misschien allemaal niet voor niets was geweest.

IMMEDIATE BOARDING

Het overzicht ontvouwt zich naarmate ik meer vertel. Ik had de vondst op de foto's met Krista gevierd in mijn hotelkamer, ook al was het nog niet honderd procent zeker dat de man op de foto's echt iets te maken had met mijn geld. Krista zat in haar serveerstersuniform naast me op de onopgemaakte lakens. Het zonlicht scheen naar binnen en ze had een klein flesje wijn uit de minibar in twee plastic badkamerglazen geschonken.

'Ik moet zo weer terug hoor,' bleef ze maar zeggen. 'Ze denken dat ik onwel geworden ben. Dat hou je maar heel even vol.'

'Ja,' zei ik.

'Dat rokje zit in mijn billen,' zei ze toen.

'Bedankt dat je wilde komen,' zei ik.

'Natuurlijk. Dan beleef ik weer eens wat.'

Ze verplaatste zich, draaide haar bekken en kwam dichter bij mij te zitten. Ik hoorde vogels. Ik dacht even dat we zouden gaan zoenen, maar er gebeurde niets. Toch bleef het een erg sensueel moment, de optie, het bed als belangrijkste onderdeel in de vierkante kamer, de drank die op onze ochtendmagen een vreemde roes teweegbracht, de stofdeeltjes die in het licht van de zon om ons heen dansten.

'En nu?' vroeg Krista.

Ik dacht na. Ik wist het echt niet. 'Geen idee eigenlijk.'

'Laat me weten wat je gaat doen,' zei ze. Ze gaf me een kus op mijn wang en rende de hoteldeur uit, alsof die twee meter versnelling nog iets zouden uitmaken. Ik goot het laatste restje wijn in mijn glas, dronk het op en viel achterover op bed.

Nu ik een beeld had van degene die ik al dagen zocht, leidde de logica mij in gedachten naar manieren om hem te spreken te krijgen, maar elke keer als ik had bedacht hoe en wanneer we elkaar zouden treffen, merkte ik dat mijn gedachten van koers veranderden, dat ze vlak voor de oplossing uitweken en uitkwamen bij voorstellingen van heel andere zaken: seks met Krista op mijn hotelkamer, mijn afgeschoren haar in de gitaarkoffer van Walter, mijn voorraadje medicijnen op het kastje in de badkamer in mijn huis in Amsterdam en herinneringen aan veel eerder, die pas de laatste weken weer boven waren komen drijven. Ik durfde niet te denken aan de ontmoeting met het blonde spook dat ik op de foto's had gezien, maar wist dat ik er toch aan zou moeten geloven, wilde ik niet terugvliegen met slechts een paar vage foto's en een idee van de geur van de gerechten, de kleur van de drankjes en het noordelijke licht in de hotelkamers waar mijn geld aan was besteed.

De week was bijna om. Er waren nog twee nachten en één dag over. In werkelijkheid was er natuurlijk een heel leven over, maar mijn vlucht vertrok overmorgen en in Nederland wachtte een deadline. Om mezelf wijs te maken dat ik actie ondernam en dat mijn plan doorging zoals gepland zat ik de rest van de dag aarzelend en half alert in Gondolen en daarna nog een half uur in de lobby van het Clarion Hotel, maar ik zag niemand die me deed denken aan het beeld op de foto. Pas toen het donker was geworden, ik in slaap was gevallen en ik weer wakker was geworden door het licht, realiseerde ik me dat het de laatste dag was voor ik terug zou gaan. Ik wist dat er iets zou moeten gebeuren wilde ik niet opnieuw een week van mijn leven, een hap uit mijn spaargeld en de hoop op avontuur in het niets zien opgaan.

Ik hernam mezelf, trok schone kleren aan, at roerei in de ontbijtzaal, poetste mijn tanden langer dan normaal, nam een nieuw potlood mee uit het bureau in mijn kamer en dacht aan de colleges logica die ik had gevolgd. Ik probeerde me te herinneren of het nu juist goed was om van plek te wisselen en steeds om het uur in een ander restaurant te wachten, of dat je vol moest houden op dezelfde plaatsen. Raadsels met quizmasters en geiten achter deuren doemden op, maar ik kwam niet op een beter idee dan toch maar zo veel mogelijk van de plaatsen die ik eerder had bezocht opnieuw af te struinen.

De koffiebar van Rival zelf leverde niets op. Ook Krista was er niet. Haar collega's keken me vreemd aan. Daarna liep ik via Sankt-Paulsgatan langs de huizen die de kerk van Maria Magdalena verstopten, rechts Götgatan af richting het zuiden, dieper de wijk in. Ik sloeg linksaf op Blekingegatan en stapte restaurant Pelikan in. In de hoek van de grote hal bevond zich een kleine bar. De meeste mensen zaten aan de tafels, maar ik ging aan de bar zitten. De obers droegen smokings en strikjes. Dit waren beroepsobers.

Vrijwel in dezelfde seconde als ik was gaan zitten bracht een barman een glas bier dat ik niet had besteld. Ik dronk toch. Toen ik het al half op had bleek het voor een Duitser die vlakbij aan een tafel zat. Nu ik eenmaal aan het drinken was, bestelde ik zelf maar een nieuwe.

De foto's die Krista voor me had uitgeprint staken uit de plattegrond van Stockholm.

Ik probeerde de kenmerken van de man uit mijn hoofd te leren zoals ik de Franse woordjes op school had geleerd. Terwijl ik wist dat het zo niet werkte, je kunt niet op basis van woorden een beeld vormen, het moet eerder andersom zijn.

Ze hadden brood voor me neergezet. Er zat anijs in, dacht ik te proeven. Ik at het brood en luisterde naar de ruimte: geen muziek, alleen de hoge plafonds, galmende stemmen, stoffen servetten om alles te absorberen dat overbodig was geworden.

Ik zat nog geen kwartier toen de deur van het restaurant met zo'n snelheid begon te draaien dat ik haast vermoedde dat er een orkaan over Södermalm raasde. Na twee lege kwartjes deur verscheen een man.

De man.

Mijn man, de bewegende versie van de beelden die ik de afgelopen dagen had bestudeerd alsof het röntgenfoto's waren en ik een radeloze arts was. Hij stormde de draaideur uit, dwars door het restaurant, richting mij, en ik kon me niet aan de gedachte onttrekken dat hij niet alleen in het restaurant deze koers had gehad, maar ook al een uur zo door de stad had gelopen, alsof hij eerder die dag van huis was vertrokken en in één rechte lijn was gelopen, door tuinen, perken, fonteinen, over daken van gebouwen, met zijn neus vooruit, als een stripfiguur met haast richting het restaurant, om hier binnen te komen en aan de bar naast me te gaan zitten.

Voordat hij zat had de ober al een fles wijn neergezet. Hij keek om zich heen en zag me zitten, met de kaart van Stockholm voor me.

'Deze dag mag er zijn,' zei Magnus in het Engels.

Dat was het eerste wat ik uit zijn mond hoorde. Ik wist toen nog niet dat hij zo heette. Hij was nog niet meer dan wat ik had gezien: een lange jas, een streepjespak, haar dat over zijn ogen viel, ogen die zich telkens scherp stelden en dan weer in een staar schoten, als een automatische lens van een camera, en nu dus die vijf woorden: *deze dag mag er zijn.*

'Er was een tijd dat ik bijna niets anders dronk,' waren de volgende woorden. 'Een flesje Portugese wijn. En melk. Hele koeien heb ik leeggedronken.'

Hij zei dat tegen mij, dacht ik toen. In het Engels. De ober was te ver om het te kunnen verstaan en de andere mensen aan de bar waren met elkaar in gesprek. Dagenlang zoek ik naar iemand, dacht ik, en uiteindelijk weet hij mij eerder te vinden dan ik hem. Mijn hart wist niet of het moest kalmeren of extra snel moest kloppen. Ik had de kaart met de foto's in mijn binnenzak gestopt.

'Toerist?' vroeg hij.

Ik slikte en bedacht een antwoord.

'Reisjournalist,' zei ik en ik luisterde naar wat er over was van mijn stem. Een gesmolten geluid stroomde over de bar naar de man die ik had gezocht.

'Waar woon je?' vroeg hij. Niet: waar kom je vandaan? Of: welke nationaliteit heb je? Alsof dat onbelangrijk was. Ik dacht na, nam geen risico.

'Antwerpen,' loog ik. 'België.'

'Ah mooi,' zei Magnus. 'Vaak geweest.'

Ik was even bang dat hij zou informeren naar straat, kroeg en wijk en of ik hem nu eindelijk na al die jaren kon vertellen hoe dat plein heette waar vroeger die en die winkel zat, waar hij de dochter van de eigenaar had gekend enzovoorts, zodat ik onmogelijk kon volhouden dat ik daadwerkelijk in Antwerpen woonde en ik op het toilet met Krista had moeten bellen. Hij vroeg niets. Hij nam een slok en wenkte de barman. Ik dacht te verstaan dat hij om nog een glas vroeg en toen de ober ook voor mij een wijnglas neerzette wist ik dat het klopte.

'Proef,' zei Magnus. 'Proef de wijn die van een van de zuidelijkste landen naar een van de noordelijkste is gereisd om ons in een roes te brengen.'

Hij schonk mijn glas vol en ik voelde het moment waarop ik had gewacht, de confrontatie, de uiteindelijke eindstrijd om mijn geld, dat moment voelde ik van me af schieten, de toekomst in. Ik had gedacht dat het klaar zou zijn. Ik was de deur van het Pelikan binnengestapt om het te beëindigen, maar nu ik naast Magnus zat en zijn Portugese wijn dronk, voelde het meer als iets dat begon.

'Dank je,' zei ik en ik proefde de wijn waar Magnus die dag op leefde. De dag die er mocht zijn.

Hij wachtte niet op mijn oordeel, maar besloot al voor ik zelf iets kon zeggen.

'Het is een goede wijn,' zei hij nogmaals.

'Woont u in Stockholm?' vroeg ik.

'Nog wel,' zei hij.

Ik wilde een vervolgvraag stellen.

'O?' zei ik. De kortste vraag denkbaar.

'Maar je weet maar nooit hoelang zoiets duurt. Mijn dochter studeert in Uppsala. Drie kwartier met de trein van hier. Ik zei nog tegen haar: ga naar Azië, daar staat alles te gebeuren. Ga naar Amerika, daar is alles net gebeurd. In Uppsala is niets behalve oude gebouwen. Linnaeus ligt er begraven. De man die alle planten een naam gaf. Maar dat is ook alweer eeuwen geleden.'

Ik zocht naar de zwarte randjes onder zijn nagels, de bruine tanden, de stoppels die impliceren dat hij zich niet meer regelmatig scheert, het soort verschijnselen dat mensen kenmerkt die zo ongeremd als hij met vreemden spreken in een restaurant. Ik vond niets. De randjes waren er niet, zijn gebit leek perfect, zijn kin was gladder dan de benen van een baby. Hij deed zijn zonnebril af en stopte hem in een hoesje. Magnus zag er verzorgd uit. Toen dacht ik aan Linnaeus, ik zocht iets dat ik over hem wist waardoor het gesprek gaande zou blijven, waar ik op in kon haken, zodat ik zijn aandacht niet verloor. Er kwam niets. Behalve dat Linnaeus in Leiden was gepromoveerd bleef mijn encyclopedische kennis beperkt tot wat al door Magnus was gezegd.

'En wat is je oordeel?' vroeg hij.

'Oordeel?' vroeg ik geschrokken.

'Over Stockholm,' zei hij. 'Je bent toch reisjournalist?'

Ik zuchtte. 'Ja,' zei ik. 'Maar ik ben er nog maar net.'

'Wie maakt je foto's?'

Ik dacht aan wat Krista zei over de reisjournalist met zijn slechte camera.

'Ikzelf,' zei ik.

Hij begon te lachen. Harder dan nodig leek me, harder dan ik had verwacht. Zo hard dat ik wel mee moest lachen, wilde ik niet vreemd overkomen. Ik zag ons van een afstandje zitten. Twee mannen: een oude jongen en een man. Ze lachen; vrienden misschien, ze hebben lol, kennen elkaar al langer, delen een fles wijn. Zo wordt alle waarheid vertekend.

'De dood voor ons vak,' zei hij. 'Die digitale rommel.'

'Bent u fotograaf?'

'Dat zeggen ze,' zei Magnus. 'Maar ik heb het van mijn visitekaartje laten halen. Daar staat alleen nog maar mijn voornaam. Magnus.'

Dat was de eerste keer dat ik zijn naam hoorde. Ik was even bang dat hij zijn hand uit zou steken en dat hij verwachtte dat ook ik mijn naam zou noemen, maar het bleef godzijdank een eenzijdige kennismaking. Een mededeling; een introductie alsof ik het publiek was dat hem kwam bekijken. Hij was niet het type dat er een probleem van maakte dat dat publiek maar uit één persoon bestond.

'En wat doet u nu?'

'Ik ben makelaar in politieke risico's,' zei Magnus. Het kwam er zo snel uit dat het leek alsof hij het antwoord altijd klaar had, ergens in het voorste gedeelte van zijn mond, onder zijn tong misschien, als een goochelaar die linten of pingpongballen bewaart om ze te pas en te onpas tevoorschijn te laten komen.

'Dat klinkt spannend.'

Ik moest denken aan het begin van *Max Havelaar*. Een makelaar in politieke risico's.

'Ja, dat is het. Heel erg spannend.'

Daarna verscheen er een andere stamgast aan de bar. Een man. Ouder, groezeliger. Eentje die ik beter kon plaatsen, in deze bar, in de wereld, ondanks het feit dat ik nog een stuk minder over hem wist dan inmiddels over Magnus. Samen begonnen ze een gesprek dat ik niet kon verstaan. Na een paar zinnen wees Magnus op mij en zei iets wat klonk als *reisjournalist*. Ik heb zitten wachten tot ik meer te weten kon komen, maar het gesprek hield aan en doorliep alle emoties die er bestonden. Van een felle discussie gingen de mannen binnen enkele seconden over op een lachsalvo en weer terug naar een weemoedige zucht.

Het duurde lang. Ik kwam er niet meer tussen. Gasten kwamen, bestelden eten, lokale gerechten zo te zien, ze aten en vertrokken. Ondertussen sprak Magnus met de andere man. Hij oreerde, vertelde meer dan de ander. Het duurde zo lang dat Magnus op een gegeven moment opstond. De fles was leeg. Hij stond op, opende zijn portemonnee, wenkte de barman en gooide een creditcard op de bar. Ik had, voor de barman de kaart weg kon grissen, niet meer dan een halve seconde om te lezen wat ik al wist, wat ik moest weten, waarvoor ik was gekomen:

MJ KAISER

Met daarboven het zestiencijferige nummer van mijn creditcard, het logo van Mastercard en de naam van een voor mij volstrekt onbekende bank.

Magnus draaide zich naar mij toe, stak zijn hand uit. Ik herhaalde zijn gebaar en gaf mijn hand.

'Magnus,' zei hij. 'Magnus Rosenqvist.'

En ik kon niets. Ik zat als bevroren op mijn kruk, dacht na en opende mijn mond.

'Walter,' zei ik. Meer niet.

'Tot de volgende dag die ons samenbrengt, Walter,' zei Magnus. 'Nu ga ik een vogelhuis kopen. Daar wordt mijn dochter vrolijk van.'

Daarop verdween hij door de draaideur.

'Tot de volgende ronde,' dacht ik dat de barman nog naar hem riep, maar dat hoorde hij niet meer.

*

Nu weet je het, zei ik tegen mezelf terwijl ik over Medborgarplatsen terug naar het Rival liep. Een plein met een moskee, een bibliotheek, een bank, een apotheek. Alles wat nodig blijkt als je een commissie loslaat op de vraag wat de mensen nodig hebben. En ik sprak mezelf toe, terwijl ik langs de terrassen liep. Merlijn, zei ik, niet Walter. Mijn achternaam was gestolen. Mijn voornaam bleef van mij. Dus, Merlijn, het is duidelijk: je weet wie het geld heeft uitgegeven; blokkeer de account en verdwijn uit deze stad waar je niets te zoeken hebt. Pak je zwarte rolkoffer, zeg Krista gedag, of juist niet, en vlieg terug naar Amsterdam. Je hebt nu je verhaal om te vertellen als je over twintig jaar niets anders meer te zeggen hebt: *Ik ben ooit de dief van mijn creditcard gaan zoeken in Stockholm. En ik heb hem gevonden.*

Ik liep terug naar mijn hotel, stond in de kleine lift naar boven, hoorde de Zweedse vrouwenstem de etages aankondigen alsof het stations waren en dacht aan Magnus. Ik hoorde nog altijd zijn stem, als een blijvende echo van een half uur eerder en ik voelde de alcohol in mijn hoofd; eerst het glas sterkbier dat voor de Duitser was geweest, toen het glas dat ik zelf besteld had en daarna de Portugese wijn die Magnus mij had aangeboden, maar die ik uiteindelijk ook zelf had betaald.

Die nacht sliep ik nog onrustiger dan de andere nachten. Toen het eindelijk ochtend was en ik onder de douche stond om alles af te wassen wat niet weg te denken was, begreep ik nog steeds te weinig. Hoe kwam Magnus aan het nummer van mijn kaart en aan mijn naam? Wie had de nepcreditcard voor hem gemaakt?

Ik belde vanuit mijn hotelkamer de creditcardmaatschappij.

'U spreekt met Merlijn Kaiser,' zei ik. 'Ik zoek Frank Gerson.'

De vrouwenstem moest lachen.

'Die is niet beschikbaar,' zei ze.

'Een collega van hem dan,' zei ik en ik vroeg me af waarom ze zo moest lachen.

'Iemand die ook iets weet over de fraude die gepleegd wordt op mijn creditcard?' vroeg ik.

'Daar kan ik u mee helpen. Wat is het probleem?'

'Mijn gegevens zijn gestolen,' zei ik. 'Iemand in Zweden geeft mijn geld uit.'

'Moment. Mag ik uw nummer en geboortedatum?'

Ik gaf haar waar ze om vroeg.

'Even kijken. Volgens mijn gegevens hebt u naar aanleiding van de vorige fraudedetectie zelf aangegeven dat u in Zweden was en het geld had uitgegeven?'

'Ja,' zei ik. 'Dat was een vergissing. Ik was het toch niet. Ik was helemaal niet in Zweden.'

'Hebt u een momentje?' vroeg de vrouw.

'Ja,' zei ik.

Ze verbrak het contact. Niet de verbinding, maar de geluiden hielden even op, alsof er een stuk watten in mijn oor werd gestoken. Na twintig seconden hoorde ik weer een klik.

'Meneer? Niet om het een of het ander,' zei de vrouw. 'Maar ik zie aan het nummer waarmee u op dit moment belt dat u wel degelijk in Zweden bent?'

'Ja ik ben er nú,' zei ik. 'Ik wás niet in Zweden, maar nu wel.'

'Een momentje,' zei de vrouw weer. Het radiocontact werd verbroken. Een statisch suizen ging door, de echo van alles wat eerder heeft geklonken. *Groundcontrol to Major Tom.* Ik hoorde de schoonmaakkarren op de gang van het hotel. Stofzuigers in andere kamers.

'Meneer?'

'Ja,' zei ik.

'Als ik het goed begrijp zijn alle bedragen die in Zweden met uw creditcard zijn betaald fraudebedragen?'

'Ja,' zei ik. 'Ja, dat klopt.'

'Waaronder dat van vorige week woensdag, Hotel Rival, drieënvijftig euro?'

'Ja,' zei ik. 'Dat ook.'

'Maar waarom zegt onze computer dan dat u momenteel belt met een nummer van Hotel Rival te Stockholm?'

Ik zuchtte. 'Dat komt omdat ik daar nu ook ben. Ik ben gaan kijken wie mijn geld uitgaf. Ik wilde dat weten.'

De stem was stil. Ze moest mijn informatie verwerken. Het was blijkbaar voor het eerst dat iemand zoiets deed.

'U had toch gewoon vorige week kunnen zeggen dat het fraude betrof? Dan hadden we de kaart geblokkeerd.'

'Ja, dat had ik kunnen doen,' zei ik. 'Dat had gekund. Maar dat heb ik niet gedaan. Ik had ook gewoon thuis kunnen blijven. In bed kunnen blijven liggen. Ik had ook Ted Robin met rust kunnen laten. Hem een hand kunnen geven en kunnen zeggen: gefeliciteerd met mijn vriendin. Ze houdt van eierkoeken, witte port en seks als ze nog niet helemaal wakker is.'

Het was even stil.

'Meneer, ik weet niet wat u bedoelt.'

'Dat merk ik.'

'Voor de zekerheid blokkeren we de kaart en stellen een onderzoek in.'

'Dat is prima,' zei ik. 'Ik ben al bezig met een onderzoek, maar zo blijven we allemaal bezig. Laten we elkaar op de hoogte houden over de vorderingen. Ik ben al vrij ver,' zei ik. 'Ik kan het onderzoek al bijna sluiten. U?'

'Ik wens u nog een prettige dag,' zei ze.

'Ik u ook.'

Het begon een gewoonte te worden. Vroeg op de dag drinken, dan in slaap vallen in de hotelkamer, als de zon op zijn hoogst staat. Ik droomde halve waarheden. Locaties in Zweden, maar dan met mensen die daar nooit waren geweest. Of juist terug in Nederland, maar dan met Magnus aan een bar.

Aan het eind van de middag pakte ik mijn koffer, at een salade in Café Rival en wachtte op Krista om te vertellen wat ik had meegemaakt. Ze verscheen niet. Ik vroeg haar collega's of ze nog kwam, maar volgens hen stond ze die avond niet op het rooster. Op een briefje van het café schreef ik een bericht.

Lieve Krista, gevonden wat ik zocht. Ik ga nu terug naar Nederland. Dank voor al je hulp. Hierbij mijn e-mailadres, mocht je ooit nog nieuwsgierig zijn naar wat er is gebeurd. Kus, Merlijn.

*

Een metro bracht me twee haltes van Slussen naar het centraal station en terwijl we via de spoorbrug de oude stad in reden bekeek ik Södermalm voor het laatst. De rijzige paleisachtige gebouwen, de letters van Gondolen, het chique restaurant waar ik Magnus had gezocht, de zon van achteren, uit het oosten nog, op het water tussen Gamla Stan en de wijk waar ik Magnus had gevonden. Op het station aangekomen nam ik de snelle trein naar de luchthaven en checkte mijn bagage in.

Achter de douane at ik een getoast broodje met kip en bekeek mijn medereizigers, medelanders, de mensen die in tegenstelling tot mij werkelijk iets te doen hadden gehad in Stockholm; een afspraak met de Zweedse vestiging van het bedrijf waar ze werkten, een gepensioneerd echtpaar dat een week op vakantie was geweest, de studente Zweeds die nu voor de zomer terugging naar Nederland.

Ik keek door de ramen naar de vliegtuigen. Het grondpersoneel riep de passagiers op om aan boord te gaan. Ik zag de zakenmannen eerst opstaan, door de priority-lane verdwijnen met een extra glimlach van de dames in uniform. Daarna de gewone passagiers; de ouderen die sowieso overal als eerste staan; bij bakkers, huishoudbeurzen, de gratis witte fietsen op de Veluwe. Dan de onervaren vliegers die denken dat je nu echt op moet schieten, wil je je vlucht niet missen. Daarna de mensen die weten dat je toch in de slurf weer in de rij staat en tot slot de enkeling die te laat is en nog door de securitycheck aan komt rennen om het vliegtuig in te gaan.

Ik at mijn kipbroodje. De grondstewardessen vergeleken lijsten, keken rond in de omgeving van de gate, ook naar mij. Toen pakte eentje een telefoon, hield die bij haar mond met de hoorn naar beneden, zoals admiraal Adama in *Battlestar Galactica* dat doet als hij iets belangrijks gaat zeggen en ze riep mijn naam om. Ik dronk mijn koffie en dacht aan Amsterdam. Hoe ik daar morgen weer in het keukentje zou zitten met de ijsbeersloffen aan. En hoe ik Walter zou moeten bellen. En een afspraak had met de regisseur van De Toneeltuin. Ik dacht aan de muziek van Ted Robin die hier godzijdank nog niet uit de radio stroomde, maar daar wel. En ik dacht aan Stockholm, aan Magnus, die rond deze tijd, of misschien gisteravond al voor het eerst merkte dat zijn nagemaakte creditcard niet meer werkte. Ik baalde dat ik Krista niet meer had gesproken en ik er niet achter was gekomen hoe Magnus aan mijn gegevens was gekomen. En terwijl de vrouw met de telefoonhoorn door het vliegveld schalde en de mededeling deed dat mijn bagage van boord werd gehaald, stond ik op en verdween door het niets-aan-te-gevengedeelte van de douane, stapte in de lift naar beneden, naar de snelle trein die onder het vliegveld vertrok naar de stad.

In mijn handbagage zat: een computer, *Wolkenatlas* van David Mitchell, pennen, een koptelefoon, een bankpas waarmee ik kon pinnen, mijn paspoort, de plattegrond van Stockholm. In mijn grote tas die van boord was gehaald en die nu ergens in een hoek in een depot op niemand stond te wachten zaten al mijn kleren en toiletspullen.

*

Het duurde even voor ik Magnus weer had opgespoord. Ik voelde me als een verdwaalde motorcameraman op zoek naar de kopgroep, zonder enig idee hoe ver naar voren ze al reden, maar ik wist dat hij uiteindelijk ergens in een van de gebruikelijke bars of restaurants op moest duiken. En nu zou ik hem herkennen. Ik struinde door de straten en parken van Södermalm waar het inmiddels was gaan regenen; eerst hard, toen zacht en nu een onophoudelijk midden van druppels; net te weinig om voor te schuilen, maar te veel om lang in te lopen. Langs de trappen en hellingen ontstonden stroompjes. Op het water bij de sluis bij het Mälarmeer verscheen een reliëf van inslaande regendruppels. De Zweden staken paraplu's op of liepen met exemplaren van *Aftonbladet* boven hun hoofd richting metrostations, cafés en winkels.

Die avond nam ik een kamer in een ander hotel, omdat het feit dat ze bij Mastercard inmiddels wisten dat ik in Rival sliep me onverklaarbare zorgen baarde. Ik had geen idee wat dat mogelijk voor consequenties kon hebben. Geen enkele waarschijnlijk, helemaal nul, ik had niets gedaan, maar als mensen je op de hielen zitten moet je in beweging blijven.

In de bar van het hotel waar ik die nacht sliep dacht ik aan mijn bankrekening, dat er van het voorschot van De Toneeltuin steeds minder over zou blijven, terwijl ik daar nog de zomer en het najaar mee had moeten doen. Ik durfde niet te kijken hoeveel er nog was. Op een dag zou het op zijn. Die dag kwam vanzelf.

Na een avond zoeken in de regen en een nacht uitzonderlijk goed slapen in een nieuw, droog en warm bed, vervolgde ik mijn zoektocht weinig succesvol, overwoog te pauzeren in Café Rival, om te zien of Krista aan het werk was en om als uit de dood herrezen weer voor haar te staan, maar ik liep het plein voorbij en pauzeerde in plaats daarvan aan het water, op een bankje. Ik at mijn zoveelste *kanelbulle* en dronk slootkoffie in de koffietenten die Magnus doorgaans bezocht, maar waar hij alweer weg was of op het punt stond te arriveren. Ik overwoog de mogelijkheid dat dit voor altijd zo zou zijn: ik, op zoek naar een man die met mijn achternaam op een creditcard rond had getrokken, beiden in dezelfde wijk in een voor mij vreemde stad, maar door een merkwaardig toeval elkaar nooit treffend, altijd op gepaste afstand van elkaar verwijderd. Als de een opstond, deed de ander hetzelfde. We passeerden elkaar op seconden, steeg in, steeg uit. Beneden in de metrotunnels, terwijl de ander vier meter hoger op een muffin kauwde. Regen kwam en ging. Het water bevroor en ontdooide. Gebouwen werden nat en droogden op. De zon verkleurde de bewoners in de zomer en hun warme kleren in de winter maakten ze weer wit. Zo zou het altijd kunnen zijn. Jaar in jaar uit. Dat zou mijn leven zijn.

Pas tegen het eind van de middag zag ik hem zitten in Kvarnen. Het restaurant deed me denken aan Pelikan. Het was ook een oud restaurant, kleiner. Hij zat alleen, las een krant en at een bord aardappelen met stoofvlees. Ik twijfelde er niet aan dat hij het was. Er was niemand anders zoals hij. Ik zwaaide naar hem van een afstand. Hij kneep zijn ogen dicht en leek moeite te hebben zich te herinneren wie ik was. Uiteindelijk zwaaide hij terug. Hij wenkte niet, riep niet, maar boog zich weer voorover en ging verder met de krant en het stoofvlees.

Ik liep naar zijn tafel en zei: 'Merkwaardig toeval hè?'

'Wat?' vroeg hij.

'Dat we elkaar weer treffen.'

Hij keek langs me heen naar de andere bezoekers, slikte een hap stoofvlees door met een glas van zijn ijswater.

'De reisjournalist,' zei hij.

'Ja.'

'Het concept toeval is zwaar overschat.'

'Wat?'

'Jij onderzoekt de stad als journalist. Ik leef hier. Je vergeet dat je alle mensen die je gesproken hebt had kunnen tegenkomen, alle mensen die je kent uit Antwerpen of waar dan ook. Hoeveel zijn dat er? Duizend? Tweeduizend? Die had je al die tijd sinds je vorige bewust ervaren toevalsmoment kunnen treffen. Hoelang geleden was dat? Vier jaar? Drie? En hoeveel momenten zijn er intussen verstreken?'

'Ja,' zei ik. Bij gebrek aan beter.

Hij legde zijn krant weg, keek me over zijn leesbril aan en sprak rustig, maar zeer gericht. 'Moet je je dit voorstellen; het zou pas vreemd zijn als je aan het eind van je menselijk bestaan eenzaam op je sterfbed concludeert: wat vreemd, ik ben sinds ik me iets kan herinneren nooit meer iemand tegengekomen die ik eerder heb gezien.'

Ik lachte.

'Snap je? Dát zou pas merkwaardig zijn. Dit juist niet,' zei hij en hij maakte ronde bewegingen met zijn armen om onze situatie te omvatten. 'Dit hier is volstrekt normaal.'

Ik was even stil.

'Je hebt gelijk,' zei ik.

'Absoluut,' zei hij en hij nam weer een hap. 'Hoe gaat het met je verslag?'

'Goed,' zei ik. 'Maar ik dring niet echt makkelijk tot de Zweden door, heb ik het idee.'

Magnus lachte.

'Heeft niemand je dat verteld? Wij bouwen muren om ons heen met zware eiken deuren die alleen opengaan na weken of maanden kloppen.'

Hij nam een hap aardappel en een slok van een glas wijn.

'Jij niet,' zei ik. 'Jouw deur staat volgens mij nogal open.'

'Ja, maar dat komt omdat ik over de hele wereld gewoond heb. Ik ben geen echte Zweed meer. Mijn gereserveerdheid is van me afgesleten.'

'Interessant,' zei ik en ik deed alsof ik mijn opschrijfboekje zocht om iets in te noteren. Ik had de indruk dat ik bij een bovenmatige interesse in wie hij was en wat hij had gedaan in ieder geval niet het risico liep hem kwijt te raken, hem weg te jagen.

'Noem eens een land,' zei hij.

'Wat?'

'Gewoon een land. Ergens ter wereld.'

'Zuid-Afrika,' zei ik.

'Heb ik gewoond. Kaapstad.'

'Canada,' zei ik toen.

'Ook. Sherbrooke.'

'Wat deed je daar dan?' vroeg ik.

Hij legde zijn krant weg, schoof het bord met eten opzij en zei: 'Neem eerst iets te drinken alsjeblieft. Zo kunnen we niet praten.'

Ik trok mijn jas uit, ging zitten en bestelde wijn. Daarna luisterde ik naar Magnus en zijn omschrijvingen van de foto's die hij overal ter wereld in opdracht van tijdschriften had gemaakt. Eerst journalistiek werk, daarna portretten en weer later kunstfoto's. Zijn verhalen gingen alle kanten op, waren doorspekt met levensfilosofieën die elkaar een paar zinnen later tegen leken te spreken, soms omschreef hij minutenlang foto's die hij had gemaakt. Vrouwen. Naakte vrouwen met alledaagse voorwerpen. Dat kan ik me nog herinneren. Vrouwen met keukenspullen, vrouwen met kantoorspullen. Later alleen nog maar de vrouwen, zonder de voorwerpen. En uiteindelijk niets meer, omdat hij niet meer tegen de vereeuwiging van de vergankelijkheid kon. Dat wilde hij niet op zijn geweten hebben.

Hoewel ik hem niet zo had ingeschat, wilde hij ook van alles van mij weten. Ik worstelde me met horten en stoten door de fictieve geschiedenis van Walter, een jonge reisjournalist uit Antwerpen die van zijn hobby zijn werk had gemaakt door vanaf zijn backpacklocaties verslagen naar websites en kranten te sturen, om zo uiteindelijk een vaste betrekking te krijgen bij een krantenkatern over reizen. In het begin had ik moeite met het onthouden van mijn eigen leugens, om een lijn vast te houden waar ik niet van af mocht wijken, maar uiteindelijk kwamen de details over het leven van Walter, de Walter die ik had verzonnen, net zo makkelijk als de details uit mijn eigen leven. We wisselden ervaringen uit over verschillende landen en toen ik klaar was met alle landen waar ik met mijn ouders op vakantie was geweest, of met Walter op interrail, of waar ik ingewikkelde arthousefilms over had gezien, leidde ik het gesprek naar een ander onderwerp.

Ik at niets. We dronken samen een fles wijn leeg en Magnus nam nog een toetje. Hij vertelde veel en uitbundig, maar niet op zo'n manier dat het was alsof hij het eindelijk eens kwijt kon. Hij las het voor uit het boek dat hij al lang geleden had geschreven en nu meedroeg in zijn gedachten. Wie het maar horen wilde kon zijn verhalen krijgen. En nu was ik aan de beurt.

Na een uur of anderhalf keek Magnus ineens op de klok die aan de achterwand van het restaurant hing.

'Goed. Ik moet naar huis. Mijn dochter is er.'

'O,' zei ik.

'Ik maak eten voor haar, omdat ze honger heeft. Dat heb ik beloofd.'

Hij stond op. Ik was erop voorbereid dat er een nieuwe creditcard uit de portemonnee van Magnus tevoorschijn zou komen, maar hij legde een paar bankbiljetten op tafel.

'Dit is ongeveer de helft,' zei hij. 'Doe jij de rest?'

Hij was minder gul dan eerst, misschien omdat ik een einde had gemaakt aan zijn geldvoorziening van de laatste weken.

'Goed,' zei ik en ik stond op om hem een hand te geven.

'Zweden kunnen best gastvrij zijn,' zei hij. 'Zo gesloten zijn ze niet, maar het duurt gewoon even.'

'Dank je,' zei ik en ik construeerde opties en zinnen in mijn hoofd om iets te weten te kunnen komen over mijn creditcarddiefstal, maar alles wat we hadden besproken stond mijlenver af van vragen over criminaliteit of hoe hij op dit moment aan zijn geld kwam.

'Mijn dochter heeft honger,' zei hij weer, alsof het een baby was die al een nacht lag te huilen.

'Ja,' zei ik.

'Ze doet haar was bij mij. En soms komt ze om te slapen. Een heel weekend. Dan spreek ik haar niet, ze ligt daar maar in haar bed dat we voor haar hebben gekocht toen ze zeven werd, onder de lakens met de vissen erop, en dan gaat ze maandagochtend weer weg. Vind je dat niet laf?'

'Laf?'

'Ja. Laf. Dat ze in Uppsala woont heb ik toch verteld?'

'Ja,' zei ik. 'De vorige keer.'

Hij zweeg even en leek diep over iets na te denken.

'Ga anders mee,' zei hij uiteindelijk. 'Ze praat toch niet meer met me. Ik vraag van alles, maar de antwoorden die ze geeft zijn antwoorden op andere vragen.'

'Ik?'

'Ja. Schrijf daar maar over in je reisgidsje. De gastvrijheid van de Zweden. Ik neem je gewoon mee naar huis en stel je voor aan mijn gezin. Zo kunnen we ook zijn.'

We verlieten Kvarnen in haast. Magnus sprintte naar buiten, ik volgde hem op de voet. De manier waarop hij auto's en mensen ontweek deed me nog het meest denken aan Frogger, het computerspel dat ik speelde toen de wereld nog in Nederland lag en compact, eindig en overzichtelijk leek. Hij sprong op tijd weg, trok sprintjes, dook tussen geparkeerde auto's, en daalde uiteindelijk af naar het metrostation op Medborgarplatsen.

'Vier stops,' zei hij. 'Heb je een kaartje?'

'Ja,' zei ik. 'Nog een paar ritten.'

In de metro ging hij zwijgend zitten, met zijn tas op zijn schoot. Hij nam een metropose aan: sprak niet meer, maar leek zich te moeten concentreren, alsof hij bang was voor de ondergrondse en door rustig ademen het ritje door kon komen. Andere mensen waren net zo stil. Bijna niemand sprak. Zelfs niet degenen die overduidelijk samen reisden. De metro stopte nog een keer op Södermalm, bij Skanstull, en dook toen bij het water aan de andere kant van de wijk uit een tunnel. Het licht stroomde het treinstel binnen. Mensen knipperden met hun ogen en toen we waren gewend aan de ondergaande zon zag ik de uitvalswegen die als tentakels uit de stad waren gegroeid. Mijn hart klopte snel en ik moest tegen mezelf blijven zeggen dat het zin had wat ik deed.

We passeerden een molen die ingesloten was geraakt door het spoor en de snelweg. De gebouwen werden industriëler, maar ook landelijker. Tussen de bedrijven en fabrieken stonden veel bomen, in de verte lag een grote koepel van iets dat op een sportstadion leek en later doken flats op, die in tegenstelling tot de flats die ik uit Nederland kende puntdaken hadden en waren geverfd in rood of geel. Het waren geen woonblokken, het waren gewoon heel hoge huizen.

Bij station Sockenplan stond Magnus ineens op; vrij laat, pas toen de deuren al opengingen, en stapte uit. Ik volgde nog steeds, ook al kon ik maar net uitstappen voor de metro weer verder reed.

'Bijna, Walter,' zei hij. 'We zijn bijna bij mijn huisje.'

Na een paar honderd meter langs een grote weg te hebben gelopen, sloegen we af en werden de wegen lanen. De tuinen van de huizen stonden vol met bomen. De huizen zelf waren allemaal anders van kleur en ontwerp en ik had het idee dat we in een dorp waren beland, terwijl het toch maar vier stops van de chaos van Södermalm was. Magnus sloeg dan weer rechts, dan weer links af, tot hij zijn pas vertraagde bij een huis dat roze geverfd was. Er stond een zonnewijzer naast het huis en een klimop groeide aan een houten stellage langs de buitenmuur.

'Thuis,' zei Magnus. 'Voor zover dat nog bestaat.'

Ik knikte. Hij pakte een sleutelbos uit zijn tas en zocht de juiste sleutel.

'Schrijf je dit wel allemaal op?' vroeg hij streng en ik haastte me om een opschrijfboekje te pakken en aantekeningen te maken. Als je maar lang genoeg gelooft dat je reisjournalist bent, word je het vanzelf, dacht ik.

Toen hij de haast in mijn ogen zag zei hij: 'Ik maak maar een grapje. Doe rustig aan. Je bent nu mijn gast. Even niet aan het werk, dat komt later wel.'

Ik twijfelde en overwoog de mogelijkheid dat ik mijn Zweedse gastheer verkeerd inschatte. Misschien leefde hij van het geld van anderen, maar was dit net zozeer oprecht. Of geldt dat voor alle criminelen? Dat ze het ene moment de handtas van een oud vrouwtje afpakken en hetzelfde vrouwtje een dag later helpen oversteken als ze haar bij een zebrapad zien staan twijfelen?

Magnus opende de deur en deed in de gang zijn schoenen uit. Het huis was ruim, schoon. Er stond een bos bloemen op de eettafel. Niet lang geleden had iemand iets gebakken. Een taart of koekjes. Alsof ik iemand was die het huis bezichtigde en overtuigd moest worden door de sfeer. Er hingen gele krantenknipsels aan de koelkast, in de gang hing een reproductie van Picasso. Er was niets wat erop wees dat hier een dief woonde. Overal stonden objecten uit andere landen. Ivoren olifantjes, samoeraizwaarden, Afrikaanse beelden van krijgers met speren, maskers uit culturen waar ik ooit de namen van had geleerd, maar nu weer was vergeten. Een indianentooi, Japanse theekopjes, een alpenhoorn.

Hij riep iets in het Zweeds. Ik dacht dat het 'ik ben thuis' was, al maakte ik dat meer op uit de manier van roepen en het feit dat hij net thuis was gekomen.

'We zijn alleen, denk ik?' zei hij tegen mij.

Toen beende hij door de kamer en zag de tuindeuren openstaan.

'Ah,' zei hij en hij stapte de tuin in. Op het terras deed hij nu ook zijn sokken uit en gooide deze naar binnen.

'Kom,' zei hij en hij wees op mijn sokken.

Ik deed hem na. Magnus liep het gras op en ik volgde. De bomen achter in de tuin en langs de zijkanten waren diepgroen, het gazon leek net gemaaid. De tuin liep schuin af, er waren trappetjes langs de bloemperken gemaakt. Achter in de tuin stond een tuinhuisje in Scandinavische stijl, met daarvoor een gietijzeren tafel met daarop een theepot.

Ik keek om me heen, zag Magnus op zijn blote voeten voor me uit lopen. Boven onze hoofden trokken vliegtuigen strepen in de blauwe lucht.

Toen pas viel ze me op. Een stuk rechts van het tuinhuisje zat een meisje in kleermakerszit in het gras. Ze droeg een grote zonnebril en las in een boek. Magnus liep op haar af en draaide zich halverwege de tuin naar mij om.

'Dit,' zei Magnus luid. Hij stond stil en liet een pauze vallen. 'Dit is Cecilia. Mijn ongehoorzame wolvendochter.'

Het meisje wilde haar boek wegleggen en opstaan.

'Blijf zitten,' zei ik. 'Blijf zitten.'

'Dit is Walter,' zei Magnus en het duurde een seconde of twee voor ik weer in mijn eigen leugen trapte en begreep dat ik dat was: Walter, de reisjournalist uit Antwerpen. Ik boog voorover, gaf haar een hand en herhaalde mijn geleende naam.

'Cecilia,' zei ze en ze glimlachte terwijl ze haar kin omhoog stak om mij aan te kijken. Daarna hield ze haar hand boven haar ogen, want ze keek tegen de zon in. Een wolvendochter, dacht ik terwijl ik naar Magnus keek, dat maakt jou de wolf.

Ik keek naar Cecilia in het gras en dacht aan de trein naar Florence, toen Caro me had weggeblazen en alles uit balans had geslagen. Het kon opnieuw gebeuren, dacht ik. Draai je om nu het nog kan, loop door het huis, de straat uit, de wijk uit, de stad uit, het land uit. Vertrek voor alles weer opnieuw begint en je weer terug bij af bent, in de regen op een bankje in een bushalte een fles wijn leegdrinkt en maar moet hopen dat er weer een lerares komt die je naar huis brengt. Verdwijn nu het nog kan, Merlijn, Walter, wie je ook bent geworden.

'Hej,' zei ze. Op z'n Zweeds. Zoals ik had gehoord toen ik net aankwam. Alsof je elkaar al jaren kent en elkaar toevallig, nee, onvermijdelijk tegenkomt.

'Hej,' zei ik terug.

Ik keek naar Cecilia in het gras, had nog niet eens haar ogen gezien, maar het was niet te stoppen: ik werd door precies hetzelfde getroffen als toen in die slaapcoupé die door Duitsland en Zwitserland raasde, op weg naar een warme Italiaanse stad. Ik probeerde me te verzetten, daar in Magnus' tuin, op de dag dat mijn Stockholm eindelijk was gegroeid, op de dag dat ik Cecilia voor het eerst zag. Ik zette me schrap, hield me vast aan alles wat in de buurt was, aan al mijn beperkingen, medicijnen, de taalbarrière, happen uit de werkelijkheid, alle vliegtuigen die ik had laten gaan sinds dat eerste, het vliegtuig boven ons hoofd in de tuin in het zuiden van Stockholm, waar ik natuurlijk gewoon in had kunnen zitten — maar het had geen zin.

'Waar heb je hém nou weer gevonden, papa?' vroeg ze.

En ik dacht: wacht even, nee, ik heb hém gevonden. Je vergist je. Ik heb eindelijk iets bereikt. Misschien niet de roem waar ik naar gestreefd had, misschien niet iets waar de kranten over zouden schrijven, maar dit wel, omdat ik zelf in actie ben gekomen.

Ze glimlachte en ik wankelde in de achtertuin van de dief van mijn creditcard, sloeg een mug voor mijn ogen weg. Ze zal ook ongeveer even oud zijn als Caro toen ik haar voor het eerst zag. Zestien, zeventien. Magnus had gezegd dat ze in Uppsala studeerde. Achttien dan misschien.

'Hij is hier om onze stad te beschrijven voor mensen die te lui zijn om zelf te komen kijken.' Magnus lachte hard.

'Nou ja. Ik ben journalist. Voor een krant,' loog ik tegen het meisje in het gras.

'Cool,' zei ze.

Ik voelde me trots. Ze vond het cool dat ik journalist was. Trots op een verzonnen functie. Het voelde niet veel anders dan echte trots. Het was placebo-trots. Emoties hebben geen controleerbare feiten nodig, die bestaan omdat je ze toelaat.

'Drinken,' zei Magnus. 'We staan hier verdomme te praten zonder glas in ons hand.'

Daarop liep hij het huis weer in. Ik had al zoveel gedronken. Magnus ook. Ik snapte niet hoe de mensen hier het volhielden, de hele dag drinken en toch functioneren. Het meisje in het gras bleef zitten, ze hield nog steeds haar hand boven haar hoofd.

'En?' vroeg ze. 'Heb je wat inspiratie?'

Tegen de tijd dat ik een antwoord had geformuleerd dat zowel in overeenstemming was met de leugens als voldeed aan de strenge eisen die ik stelde aan de antwoorden op vragen van meisjes die je doen wankelen, kwam Magnus alweer terug. Hij droeg een blad met drie glazen en opnieuw een fles wijn.

'Gaan we ook nog eten?' vroeg Cecilia. 'Ik heb honger.'

Magnus knipoogde naar me. 'Zei ik toch?' zei hij. En toen hij het blad op de tafel bij het huisje had gezet, draaide hij zich om en zei: 'Goed. Ik maak wat eten. Drink wat. Walter, vraag aan haar wat je nog moet zien in Stockholm en wat je moet weten over de Zweden.'

Daarop liep hij opnieuw het gazon omhoog, richting het roze huis. We keken hem na.

'O god,' zei Cecilia. 'Ben je bezig met een stuk over de Zweden? Hoeveel heb je er al gesproken?'

'Te weinig,' zei ik.

'Ter illustratie: ik ben expres een Engelstalige studie gaan doen,' zei ze. 'Om tenminste met wat variatie aan mensen te kunnen omgaan. Niet alleen met Zweden. Die zijn zo gesloten.'

'Dat hoorde ik ja,' zei ik en ik dacht aan het volk dat dichtstond. Dat zweeg. Ergens had het wel iets. Ik houd niet van mensen die zichzelf direct in een ruimte plaatsen en niet eerst de ruimte laten spreken.

'Maar als ze losgaan,' zei Cecilia, 'dan houden ze juist weer geen maat. Er zit iets enorm hypocriets in hun omgang.'

'Je praat net als Magnus. Alsof je er niet echt bij hoort.'

'Dat is omdat we in zoveel landen hebben gewoond, denk ik,' zei ze. 'Ik heb de eerste vijf jaar van mijn leven in het Spaans gedroomd. Dat moet iets doen met alle dromen die volgen.'

Ik glimlachte.

'Ja,' zei ik en ik dacht aan een nieuwsbericht dat ik op het vliegveld had gelezen. Een astronaut werd vader terwijl hij in de ruimte verbleef. Ik moest denken aan het kind op aarde, hoe dat later onherroepelijk zijn verhaal zou gaan worden: 'Mijn vader cirkelde om de aarde toen ik werd geboren.' Daarna dacht ik aan mijn vader, die niet in de ruimte had gevlogen, maar gewoon in Groningen aan het kraambed van mijn moeder had gestaan, haar hand vast had gehouden, hopend op tien vingers, voldoende chromosomen, nog onwetend over de echte afwijking die ik had, die zich pas acht jaar later openbaarde: de korte, onverbiddelijke happen uit mijn tijd.

Cecilia stond op en liep naar de tafel waar de wijn op stond. Ze droeg een rokje. In haar benen zaten de afdrukken van grassprietjes. Ze was niet heel groot, maar ze domineerde al het andere. De tuin, Magnus die ineens binnen als een vreemde familievader stond te koken, de oude tuinwijk in Stockholm, de tien dagen dat ik nu weg was zonder iemand in Nederland te spreken. Geen Caro, geen ouders, geen vrienden, geen Toneeltuinmensen. Alleen maar nieuwe mensen. Cecilia verdrong de rest, legde alle andere onderwerpen in een lade, waar je rommeltjes verzamelt die je nergens anders kwijt kunt en die je in een schoonmaakwoede een paar jaar later gewoon weggooit.

'Proost,' zei ze. In het Zweeds. Ik herhaalde het woord.

'Bijna goed,' zei ze en ze nam een slok. Ze lachte en zette haar zonnebril in haar haar.

'Ik vind dat leuk, zo'n kort kapsel,' zei ze.

Ik greep met mijn hand naar mijn hoofd, alsof ik was vergeten dat ik mezelf twee weken eerder kaal had geschoren.

'Ja,' zei ik. 'Lekker koel in de zomer.' En ik dacht: waarom zeg je zoiets, waarom in godsnaam zeg je zoiets?

Ze kneep weer met haar ogen tegen de zon.

Ze kwam dichterbij, keek me aan en zei: 'Welkom.'

En ik dacht: welkom waar?

In haar ouderlijk huis?

In Kolonivägen?

In Zweden?

In haar leven?

In mijn leven?

CECILIA

De ochtend begon in het kraakheldere bed van het nieuwe hotel. De gordijnen waren nog dicht. Ik kwam terug in een Saab, dacht ik. Een Saab-taxi. Die had ik in Nederland nooit gezien. Daar zitten taxichauffeurs tegenwoordig in alles wat rijdt, behalve in Saabs.

Ik dacht aan de avond die was begonnen op het diepgroene gazon van het huis van Magnus en was geëindigd in dit bed in de stad. Een middelbare man en zijn dochter hadden me onder de tafel gedronken. Ik herinnerde me alles, maar de beelden kwamen net als die ene bepalende avond op het Westergasfabriekterrein opnieuw met enige vertraging voorbij. Dit keer geen zere handen of steken in mijn maag, en toen ik me oprichtte en in de spiegel boven het hotelbureau keek zag ik zelfs een aanzet tot een glimlach onder mijn dichtgedronken ogen.

Magnus had gekookt. Het leek alsof hij zich ten doel had gesteld al het keukengerei te gebruiken voor deze maaltijd. Na een uur zette hij twee ovenschalen op tafel. Ik kon uit de smaak niet opmaken wat het was.

Tijdens het eten waren vader en dochter begonnen aan een opsomming van de omzwervingen die ze als gezin hadden gemaakt.

'Mijn moeder woont nu in de stad,' had Cecilia gezegd toen Magnus even van tafel was. Ze fluisterde. Het moet haar zijn opgevallen dat ik me dat afvroeg. Er ontbrak iemand. De verhalen van vroeger gingen over Magnus zelf, *mijn vrouw* en *mijn dochter*.

'O wat vervelend,' fluisterde ik terug. 'Wanneer zijn ze uit elkaar gegaan?'

'Nee nee. Ze zijn niet uit elkaar gegaan,' zei ze. 'Ze woont gewoon in de stad, maar ze zijn nog steeds samen.'

Ik was even stil, maar er volgde geen uitleg.

'Oké,' zei ik uiteindelijk.

De wijn was vol. Heftig van smaak. Er leek geen einde te komen aan alle *unieke flessen voor bijzondere momenten* die uit de kelder werden gehaald. Ook het eten smaakte me goed die avond, na weken van maaltijden bereid in keukens met koks die extra suiker en roomboter gebruiken omdat dat moet van hun baas. Dit smaakte weer naar een keuken in een huis, een oven, porties voor vier personen. Het smaakte naar gezin.

'Mij werd vroeger altijd gezegd dat je dertig keer moest kauwen op elke hap,' zei Magnus met zijn mond vol. 'Maar daar heb ik helemaal geen tijd voor. Wie heeft daar tijd voor? Dan sta je de hele dag te malen.'

Ik knikte, omdat ik mijn mond vol had.

Toen het eten op was liep Magnus naar de grote Afrikaanse kast in de kamer. Hij zette muziek op en bleef bij de kast staan, als een radio-dj draaide hij muziek. Uit elk land waar ze hadden gewoond had hij cd's of elpees meegenomen die hij aan elkaar praatte met anekdotes die gaandeweg steeds ongeloofwaardiger werden, maar door Cecilia werden bevestigd.

Soms boog Cecilia zich naar mij toe en zei iets als: 'Let op, nu komt het verhaal over de spastische zangeres uit Johannesburg, die haar bouvier piano had leren spelen.'

We wachtten allebei in spanning af.

'Wacht nog even,' zei ze.

Magnus vertelde verder en van klassiek geschoolde adellijke musici in Wenen kwam hij via Cubaanse pianisten en Afrikaanse trommelaars uit bij de zin die Cecilia me eerder in had gefluisterd.

'Dit lied doet me denken aan een zangeres in Johannesburg,'

zei Magnus. 'Zo spastisch dat ze haar Border Collie piano had leren spelen.'

Ik stootte Cecilia boos aan.

'Je zei bouvier,' zei ik verontwaardigd tegen haar.

Ze lachte. 'Sorry, sorry,' zei ze.

Magnus keek geërgerd en riep: 'Waar hebben jullie het over? Luister naar mijn verhaal of ga lekker ergens anders eten.'

Ik heb pogingen gedaan het gesprek op creditcards en geld te brengen, maar het lukte me niet. Het was niet mijn avond. Het was de voorstelling die dit gezin vaker opvoerde. Toen Magnus in de tuin had gestaan en Cecilia had gevraagd waar hij mij nu weer had gevonden, was de voorstelling begonnen. Aanvang. Licht uit, doek open. Iedereen kent zijn rol: Magnus maakt het eten, vertelt de verhalen, draait de muziek, Cecilia wakkert nieuwe verhalen aan, maar schudt zo af en toe haar hoofd ten teken dat hij overdrijft.

En de moeder is te laat. Of ze staat in een ander theater te spelen.

'We zijn inmiddels redelijk gewend aan gasten,' zei Magnus zelf ook, na het hoofdgerecht. 'Als je een land wil leren kennen, dan kan dat het beste via de mensen. Daarom hadden we in het buitenland altijd gasten.'

'Waarom zijn jullie weer in Zweden gaan wonen?' vroeg ik. 'Wanneer is het reizen gestopt?'

'Toen de foto's stopten,' zei hij.

'Oké,' zei ik.

'En ik kreeg in elk land waar we woonden problemen met religie.'

'Religie?'

'Ja.'

Daarna stond Magnus op. Hij maakte zijn verhaal niet af. Hij zette een nieuwe cd op en liep de eetkamer uit, misschien om iets te halen om te laten zien, of om van het onderwerp af te zijn, dat weet ik niet. Pas een kwartier later kwam hij weer terug.

'Hoe oud ben je?' vroeg ik ondertussen aan Cecilia.

'Bijna negentien,' zei ze.

'Wanneer ben je jarig?'

'Februari,' zei ze, '16 februari.'

Ik begon te lachen. Niet alleen omdat dat niet echt *bijna* was, maar omdat ze mijn verjaardag noemde.

'Ik ook,' zei ik.

'Echt?' vroeg ze. 'Wat vreemd.'

Het was de manier waarop ze het zei, dat ik er extra waarde aan hechtte, want verder had het natuurlijk geen enkele zin om willekeurige gebeurtenissen en leeftijden aan elkaar te linken alsof het een soort mystieke code is. Dat is het risico als je zoekt naar iemand of antwoorden: dat er in alles aanwijzingen voor je schatkaart te vinden zijn. Ik zocht degene die van mijn geld leefde en ik had hem gevonden. Nu probeerde ik erachter te komen waarom het juist mijn geld was geweest waar hij van leefde en ondertussen vond ik zijn huis, zijn verleden, zijn dochter. In de donkere kamer waar ik naar Magnus had gezocht, had ik de cirkel licht vanuit mijn zaklamp verplaatst van Magnus naar Cecilia, liet ik haar vader achter in het donker waar ik hem was tegengekomen en scheen ik Cecilia recht in haar ogen.

Ik merkte dat ik was stilgevallen. De vragen over Uppsala waren op. Dankzij de wijn en het belang dat ik eraan hechtte om goed over te komen op het meisje aan de andere kant van de tafel, was ik niet goed meer in staat mijn gebruikelijke grapjes of opmerkingen te maken.

'Als je nog meer wilt weten over andere steden en je bent in Uppsala, dan moet je maar bellen,' zei ze om de stilte te doorbreken.

'Goed,' zei ik. 'Wat is je nummer?'

'O,' zei ze, alsof ze er niet op had gerekend dat ik daadwerkelijk op haar aanbod in zou gaan. 'Ik schrijf het even op, moment.'

Ze gaf me een post-it met een Zweeds telefoonnummer erop.

Daarna ontstonden de gaten in de avond. Ik verkrampte eerst, omdat ik bang was dat ik mezelf Merlijn zou noemen, of verhalen over Amsterdam zou ophangen en zou vertellen over mijn toneelstukken. Het eindigde met een bizarre giechelbui over iets dat ik probeerde recht te breien. Ik vertelde een anekdote uit de interrailreis met Walter en toen ik het op zeker moment had over 'Walter, die elk meisje kon krijgen', vroeg Cecilia terwijl ze me vreemd aankeek: 'O, kon Walter dat?', waarop ik mijn fout inzag en het gênante giechelen begon.

Om mezelf te redden zei ik uiteindelijk met een vreemd, overdreven Brits accent: 'Please call a taxi. It was a lovely evening, but I have to go now.'

We stonden voor het roze huis, ik rook de bloesem van de bomen en luisterde naar de geluiden in de nacht. In de verte reed een trein, krekels maakten lawaai alsof het Zuid-Europa was. De lucht was zeer donkerblauw, maar zeker nog niet zwart. Indigo, dacht ik, dat is het woord, maar ik was zo dronken dat ik aan alles twijfelde.

Magnus maakte nog wat grappen die ik ben vergeten, ik weet alleen nog dat ze over de buren gingen en dat ik er hard om heb gelachen.

'Voorzichtig,' zei Cecilia.

Ik wilde haar het allerliefste vasthouden en haar kleine lijf voelen, haar botten door haar blauwe gebreide truitje heen en ik wilde vooral weten hoe ze rook; in haar nek, in haar haren, in het kuiltje tussen haar sleutelbenen. In minder dan een seconde had ik me haar hele fysiek voorgesteld, alle plaatsen op haar lichaam gevisualiseerd, haar alle mogelijke kleren aangepast en weer uitgetrokken.

Zowel Magnus als Cecilia gaf me ten afscheid een hand.

'We hebben van je geleerd, Walter,' zei ze. En ik dacht alleen maar: wat kan jij in godsnaam van mij leren? Ik besta niet eens.

*

Het was zondag. Ik lag het grootste gedeelte van de dag in bed. Ik sliep of was half wakker en keek naar de muur boven het bureau waar een grote foto op gedrukt was. Een fragment van een zomers tafereel. Af en toe las ik een stuk in het boek van David Mitchell. Het bestond uit een stuk of vijf verschillende verhalen die allemaal met elkaar te maken hadden. Ik vergat de tijd, zakte diep weg in het bed en in het boek. Buiten leefde Södermalm, buiten woonde de wereld.

Tegen de middag werd ik gestoord door het geluid van de telefoon naast het bed. Het was een man van de receptie.

'Hoeveel nachten bent u nog van plan te blijven?' vroeg hij.

'Nog één nacht,' zei ik. 'En dan ben ik weg.'

Ik luisterde naar mijn eigen woorden, schrok zelf, maar wist dat ik de waarheid had gesproken. Södermalm was op. Sommige mensen wonen er een leven, ik had aan anderhalve week genoeg. Ik had het doorkruist, ik had er geslapen, gegeten, gedronken. Ik was er op zoek geweest en ik had er gevonden. Nu moest ik door. Of terug.

Nadat de man van de receptie had opgehangen belde ik mijn ouders. Ik stelde me de elektronische golven voor, die via een telefoonkastje bij Slussen naar een verdeelpunt in de stad gingen, naar een schotel op een gebouw of in een weiland en dan door de lucht, door de blauwe lucht boven de stad, naar een satelliet die meedraaide met Europa en vanaf daar weer naar beneden, naar een schotel in Nederland, in de weilanden van Friesland of op het ziekenhuis in Groningen en vanaf dat punt loodrecht naar beneden, de grond in, dan in een hoek van negentig graden een paar meter onder de aarde, onder het leven, door de grond, onder de fietspaden waar ik vroeger had gefietst, alleen of met Walter en Lucas. En uiteindelijk ging de telefoon in het huis van mijn ouders, waar de klok tikte, waar de wasmachine draaide, daar ging de telefoon op het moderne tafeltje onder het raam en daar stond een van hen op om te antwoorden.

Het was mijn moeder.

'Met Merlijn,' zei ik.

'Wat klink je ver weg?' zei ze. En ik dacht: dat is helemaal niet zo. Ze liegt. Je hoort daar niets meer van tegenwoordig, dat je in een andere Europese stad zit. Vanuit Japan is het nog kraakhelder telefoneren, het kan niet zo zijn dat mijn moeder hoort dat ik in een ander land zit.

'Ik ben wat aan het researchen,' zei ik.

'Waar ben je dan?'

'In Scandinavië,' zei ik. Alsof mijn moeder niet zou weten waar Stockholm ligt. Alsof ze aan de mensen van Mastercard of aan mijn vrienden door zou gaan geven waar ik zat. Alsof dat wat uitmaakte. Ik sloeg tegen mijn eigen wang om deze dwanggedachten een halt toe te roepen.

'O lekker,' zei ze. 'Zie je wel. Met Caro?'

Even dacht ik: heeft Caro dat gezegd? Dat ik met haar naar het buitenland ging om te researchen?

'Wat?'

'Ben je daar met Caro?' vroeg ze.

En ik dacht: o god, ze weten het nog niet. Mijn ouders, die Caro al bijna net zo lang kennen als ik, die weten nog niet dat Caro met een singer-songwriter naar filmvoorstellingen gaat en achter op zijn fiets naar een ander stadsdeel verdwijnt.

'Nee nee,' zei ik. 'Niet met Caro.'

'Die moet zeker wél werken?' vroeg mijn moeder.

'Ik ben toch ook aan het werk,' zei ik.

'Ja. Ja. Natuurlijk. Doe maar voorzichtig.'

'Goed,' zei ik.

'En liefs voor Caro,' zei ze. 'Kom maar snel weer eens.'

Ik zei niets. Zolang er mensen zijn die denken dat we nog samen zijn, is ze niet helemaal weg, dacht ik. Zolang mijn moeder nog verwacht dat we binnenkort met de trein of Caro's kleine autootje langs zullen komen om rollade te eten en naar de verhalen van mijn ouders over de uitbreiding van de schuur te luisteren. Ik dacht aan het huis in Amsterdam. Ons huis dat niets veranderd was sinds het vertrek van Caro. Aan een prikbord hingen de lijstjes met dingen die we moesten doen. Caro had ook een papier opgehangen, boven de deur van de woonkamer, om niet te vergeten dat we bezig waren met het opknappen van het huis. Op het papier stond: HET HUIS WACHT.

Ik had me voorgenomen om, nu ze weg was, al die dingen in een dronken nacht van de muur te trekken, zoals acteurs in films foto's omklappen en kleren uit het raam smijten, maar die nacht was nooit gekomen. Ik leefde in een toekomst die niet meer bestond.

'Lieverd?' hoorde ik mijn moeder zeggen.

'Ja. Goed,' zei ik ook.

'Dag,' zei mijn moeder en voor ze ophing hoorde ik nog het begin van een zin van mijn vader op de achtergrond: 'Heeft hij genoeg medicijnen...' en toen had ze pas echt de hoorn op de haak gelegd.

Toen Caro terug was van haar jaar in Zwitserland werd alles anders. Ze kwam eerder dan we dachten. De Zwitserse familie had haar naar huis gestuurd met een goedkope vliegtuigmaatschappij en oververmoeidheid en nu sliep ze weer in het landhuis in Drenthe tussen de autovrezende hazen en de eiken langs het zandpad.

Wij waren ondertussen naar Amsterdam gegaan, Walter, Lucas, Antoni, ik, iedereen die ertoe deed. De klas van 1998 had zich verspreid over de wereld, maar wij waren naar Amsterdam gegaan. Wij deden alsof we begrepen hoe alles werkte en probeerden de laatste restjes regionale tongval die onherroepelijk in je stem sluipen als je een leven lang ergens woont – hoezeer je ook kind bent van chique dokters of hoogleraren – uit onze stem te krijgen. Walter en ik woonden aan het Roelof Hartplein in Oud-Zuid. Het gebouw heette het Nieuwe Huis. Het was een vooroorlogs gebouw dat onderdak moest bieden aan *gegoede vrijgezellen*. Mijn kamer lag op de derde verdieping, die van Walter op de vijfde. Over de kamer van Walter ging het verhaal dat er in de jaren zeventig een dichter uit het raam was gesprongen op de dag dat zijn nieuwste dichtbundel uitkwam. Over mijn kamer deden geen verhalen de ronde.

Ik deed een poging Wijsbegeerte te studeren aan de Universiteit van Amsterdam. Walter studeerde rechten. Mijn voorkeur voor melodische death metal veranderde. Ik luisterde naar Nederlandse alternatieve bandjes: Daryll-Ann, Johan. Als ik aan Caro in Zwitserland dacht, zette ik vaak een liedje op dat begon met de zin Write Me A Line. Toch schreef ze nooit iets. Vanuit de computerruimte op de universiteit mailde ik haar een paar lange, doorwrochte winterverhalen, die ik vooral 's nachts thuis al had geschreven en op een floppy had gezet. Ze schreef niets terug.

Andere meisjes sliepen in mijn kamer. Ik zoende in een nachtcafé, in een park, op verjaardagsfeestjes van studiegenoten. Ik had gewacht op Caro, maar liet me uiteindelijk ontmaagden door een meisje dat Spaans studeerde.

Dat was de winter van 1998-1999. De een na laatste winter van het millennium. Ik bracht de maanden door zonder mijn grote liefde, afstevenend op een toekomst die niemand had gepland, als een oceaanstomer in de dikke mist terwijl alle kompassen zijn stukgeslagen door een supergolf.

Op een ochtend in het vroege voorjaar stond Walter in zijn kamerjas voor mijn deur. Hij vroeg of ik koffie had. Ik zat te werken. Ik schreef korte bijdragen voor de Filosofie Scheurkalender. Dat ben ik blijven doen, ook nadat ik gestopt was met mijn studie. Ik liet Walter binnen.

'Caro komt in Amsterdam wonen,' zei hij. Hij wachtte mijn antwoord niet af en liep door naar mijn keukentje.

'In september?' vroeg ik.

'Nee. Eerder. Ze is terug uit Zwitserland.'

Ik verplaatste wat lucht, opgestegen uit de binnentuin waar de dode dichter ooit lag, via mijn raam omhoog mijn longen in en weer naar buiten, in de richting van Walter. Alles wat sneller dan normaal.

'Hoe weet jij dat?'

'Gehoord van haar zusje. Die kwam ik gisteravond tegen in de *Tuin*.'

'Wanneer komt ze terug?'

'Ze is al terug,' zei hij. 'Ze zit bij haar ouders. Die gaan een huis voor haar kopen hier.'

Hij opende mijn bus met koffie. Ik stond voor het raam, keek naar de lucht en de binnenplaats. Aan de overkant waren kranten tegen de ramen geplakt. Ik was ervan geschrokken hoe weinig impact het jaar op me had gehad. Dat het mogelijk was om te verhuizen en jezelf een ander leven aan te meten, alsof het een paar Italiaanse schoenen is en je jezelf wijs kan maken dat de dingen van vroeger er niet meer toe doen. Maar dat er dan maar één schaduw uit het verleden op hoeft te duiken om alles weer te resetten en je weer in de gang van je ouders staat, bijna op weg naar school, doodzenuwachtig omdat Caro het eerste uur naast je zit. Alle nachten Amsterdam, kroegen die we hadden ontdekt, scripts die ik had geschreven en colleges die ik had gevolgd, ze deden er ineens niet meer toe.

'Later even wat spelen?' zei hij en hij wees op mijn gitaar in de hoek van de kamer, die ik al maanden niet had aangeraakt.

'Goed,' zei ik.

Daarna verdween hij weer naar boven met een van mijn diepe borden waar hij de koffie in had gedaan.

Twee weken later zat ik met Caro in een restaurant in de Pijp. Ik had mijn best gedaan om door middel van mijn kleren en kapsel te laten zien dat ik een jaar verder was, dat mij van alles was overkomen, dat ik had geleerd, geleefd. Zo erg kennelijk, dat Caro begon te lachen toen ze binnenkwam.

'Jij bent veranderd,' zei ze.

'Echt?' vroeg ik. 'O.'

'Nou eigenlijk valt het wel mee,' zei ze. 'Nu ik je zo hoor praten.'

Zelf was ze amper veranderd. Ik hield haar even vast, iets langer dan normaal is in een restaurant.

'Hoi,' fluisterde ik door haar haren in haar oor.

'Hoi,' lachte ze.

'Heb je mijn e-mails niet gekregen?' vroeg ik. Het was nog in het oude millennium. E-mail kwam soms wel, soms niet aan, mensen namen hun accounts niet altijd even serieus.

'Ik gebruik dat niet echt,' zei ze. 'Ik snap er niets van.'

'Oké,' zei ik. 'Dat geeft niet.'

We praatten veel. Ik vertelde over de studie, over Amsterdam. Ik vroeg haar naar Zwitserland, maar behalve wat algemeenheden over het gezin en de talencursus die ze had gevolgd, had ze weinig te vertellen. Ook op de vraag waarom ze was ontslagen kwam niet echt een duidelijk antwoord.

'We lagen elkaar gewoon niet. Het waren heel andere mensen dan ik ben.'

Ook zei ze om de zoveel zinnen: 'Ik ben moe, Merlijn. Zo moe. Alsof ik al een jaar wakker ben.'

Omdat ik het idee had dat ze liever over de toekomst sprak, hadden we het over haar studie, het huis dat haar ouders hadden gekocht en over wat er van iedereen die we nog van school kenden zou gaan worden. We lachten veel. Het was een goede avond. Aan het eind hield ze me extra lang vast. Ik dacht aan de keer dat ik een aanval had gekregen in het muzieklokaal en ze als enige was gebleven.

'Het is heel bijzonder hoor,' zei ze. 'Snap je dat wel?'

'Wat?' vroeg ik.

'Dat je iemand echt kan vertrouwen,' zei ze.

'Ja,' zei ik. 'Dat snap ik wel.'

We liepen door de Pijp, staken het water over bij de Eerste Jan Steenstraat en kwamen uit bij Wildschut en het plein waar mijn gebouw aan lag. Ze stak haar hand door mijn arm en ik voelde hoe ze zwaarder werd. Dat was anders. Toen we nog op school zaten, toen ze me haar huis liet zien, toen we door Florence liepen, toen had ze als een sciencefictionrobot naast me gezweefd, alsof ze de zwaartekracht de baas was geworden. Het leek haar nooit echt moeite te kosten te bewegen, te praten, te leven. Nu hing ze aan mijn arm en ik voelde dat ze het afgelopen jaar was geland, neergekomen op de grond en nu net als alle andere mensen een hoop spieren in beweging moest zetten om de ene voet voor de andere te zetten en zo de meters af te leggen die iedereen maakte.

'Heb je een schoon bed?'

'Hoe bedoel je?' vroeg ik.

'Hoelang zit je beddengoed al op je bed?'

'Een paar dagen,' loog ik.

'Dan slaap ik wel bij jou vannacht,' zei ze.

Mijn buikspieren trokken samen en ik wist dat ik was ontploft als ze dat een jaar eerder had gezegd. Nu niet meer. Mijn enthousiasme was afgezwakt, zoals wanneer je eindelijk de puppy krijgt die je was beloofd, maar de hond al bijna volwassen is geworden in de maanden dat er geen tijd was geweest om een hok te bouwen en hem op te halen.

'Goed,' zei ik. En het klopte wat ze zei: ze trok haar kleren uit, en met alleen nog een onderbroek en een T-shirt aan stapte ze in mijn bed en viel in slaap.

*

De laatste avond in Södermalm zocht ik Krista op. De dag was heet geweest. Toen het wat begon af te koelen liep ik over Bellmansgatan naar Hotel Rival. Ik zag buiten al dat ze aan het werk was in het café naast het hotel. Ze schrok niet toen ik binnenkwam, zoals ik had gedacht. Ze keek blij en een beetje verbaasd.

'Ben je er nog? Of weer?' vroeg ze.

'Nog,' zei ik. 'Ik heb hem gevonden.'

'Wat?' Ze zette het blad met glazen dat ze aan het verplaatsen was op de toonbank. 'O mijn god. En?'

'Ik heb met hem gegeten,' zei ik.

Ze kwam achter de toonbank vandaan. Het was niet druk in Café Rival. Er zaten twee toeristen en een local die de krant las. Ze trok me mee en zette me neer op een bankje. Zelf ging ze tegenover me zitten.

'Waar heb je met hem gegeten?'

'In restaurants, en later bij hem thuis. Ik heb zijn dochter ontmoet.'

'Bij hem thuis?'

'Ja,' zei ik.

'En het geld dan? Hoe kwam hij aan je creditcard?'

'Dat weet ik niet,' zei ik.

'Maar daar ging het toch allemaal om?'

'Ja,' zei ik. 'Ik weet het. Ik weet het.'

En ik dacht: je vergeet de opmerking die voor mij nu het belangrijkste is geworden. De zin: *Ik heb zijn dochter ontmoet.* Die hoorde ze niet.

'Ben je niet benieuwd meer?' vroeg ze.

'Jawel,' zei ik. 'Ik wil het nog wel weten, maar het heeft allemaal niet zo'n haast meer.'

Ik keek naar Krista en snapte eindelijk wat ik wilde, waarom ik Krista opzocht. Ik snapte ook eindelijk wat Caro kwam doen toen ze voor het eerst in mijn kamer aan het Roelof Hartplein was. Het was niet de bedoeling dat ik seks met Krista had. Dat ik later aan Walter of Lucas zou schrijven dat ik toen die ene avond in Stockholm nog snel even dat Vlaamse meisje had geregeld. Daar ging het niet om. Wat ik het meest had gemist sinds Caro weg was, waren momenten die zich tegelijkertijd het moeilijkst en simpel lieten omschrijven. De momenten om vijf uur 's ochtends, als het al half licht was geworden en ik slaapdronken uit bed stapte, de trap af liep, naar het toilet ging, even de keuken in liep en zag waar de zon op zou komen als we maar bleven ademen, terwijl ik luisterde naar de vogels in de binnentuinen en ik heel even stil stond, heel even alleen was, met mijn blote voeten op het hout in de gang. En dat het allemaal goed was, omdat ik zeker wist dat wanneer ik de trap weer op liep en de donkere slaapkamer binnen zou gaan, dat ik in bed zou gaan liggen en er een onbewuste zucht zou klinken uit het lichaam dat er al lag, en dat dat lichaam zich zou omdraaien en haar benen over mijn benen zou slaan, een arm op mijn borst zou leggen, zonder wakker te worden, zonder iets te zeggen, haar neus in mijn hals zou steken en dat het lichaam dan weer verder zou slapen.

Dat was verdwenen. Dat was het ergst.

'Hoe laat ben je klaar?' vroeg ik.

'Bijna,' zei ze. 'We gaan zo dicht.'

'Gaan we wat drinken?' vroeg ik.

'Ja,' zei ze. 'Jazeker.'

Ik wachtte in de bar van Rival, waar ik nu niet meer sliep, maar waar ik toch nog werd behandeld als vaste gast. Krista kwam na een klein uur naar de bar. Ze had haar haar los gedaan. Ze lachte verlegen. Aan het eind van de avond sliepen we samen, niet in Rival, maar in het hotel waar ik mijn laatste nacht verbleef.

Krista was mooier dan ik me haar herinnerde. Op haar initiatief hadden we seks. Omdat we geen van beiden condooms bij ons hadden was het vooral een uitwisseling van diensten. We praatten niet, zoenden plichtmatig en toen ik klaarkwam over haar handen dacht ik aan bijna niets.

Ik sliep diep omdat ik wist dat het klaar was. De nacht klonk als een oceaan, verstopte mijn oren en duizenden vissen in alle kleuren en vormen zwommen door mijn hoofd.

Toen ik wakker werd stond Krista al bij de spiegel. Buiten was het licht. Ze deed haar haar in een staartje.

'Ik ga,' zei ze en pas toen ik haar zachte Vlaamse g hoorde, dacht ik weer: o ja, Krista.

Ze gaf me een kus op mijn wang en zei dat ze me die middag zou bellen. Ik wist dat ik niet op zou nemen. Ik wist dat ik haar niet meer zou e-mailen, niet meer zou bellen, niet meer op zou zoeken in Café Rival aan Mariatorget. De kans was klein dat ik haar bij toeval tegen zou komen in Antwerpen of waar dan ook. Dit was het en ik wist het en misschien wist zij het ook wel. Daarom lachte ik zo lief als ik kon. Ze sloot de deur achter zich.

Binnen vier minuten stond ik naast het bed. De schoudertas pakte ik in. Net als de paar T-shirts die ik een dag eerder had gekocht vouwde ik de weken die achter me lagen op in overzichtelijke porties van een dag en propte die met alle andere bezittingen in de tas. Ik stelde me voor hoe ik ook de wijk opvouwde, eerst van oost naar west, met Götgatan als vouwlijn. Dan de andere kant op, vanaf de brug bij de ringweg die naar het huis van Magnus leidde, sloeg ik de wijk om naar Slussen en ik vouwde net zo lang tot het in mijn tas paste. Daarna gleed ik zelf uit het vouwsel en liep door de oude stad naar het station. Ik liep snel, ontweek toeristen met kaarten en fototoestellen op weg naar de wisseling van de wacht bij het Koninklijk Paleis. Ik passeerde het Vreeswijkmuseum, gewijd aan de Nederlandse zanger Cornelis Vreeswijk, die in Zweden een volksheld werd en zoals het een volksheld betaamt overleed voor men hem zat was. Vlak bij de oude kerk, in de straatjes vol wisselkantoortjes en restaurants met foto's van het eten op verlichte borden zag ik de man op blote voeten opnieuw. Hij liep snel, de andere kant op. Passeerde me op dezelfde manier als toen ik hem voor het eerst had gezien, in bijna dezelfde straat, bijna twee weken geleden. Hij keek naar niemand, maar stapte op zijn blote voeten met zonnebril en koptelefoon over de middeleeuwse klinkers. Het was nog altijd zomer in de stad. Niet broeiend heet, maar een Scandinavische zomer: goed uit te houden.

Op het station stond ik lang stil. Mijn tempo was traag, de forenzen bewogen zich weer om me heen in lange kleurige sporen, als tijdens een sequentie in een film waar de hoofdpersoon verdwaald is. Het leek alsof ik droomde. De trein bracht me door de groene heuvels met hoofdzakelijk naaldbomen naar een soort Zweeds Leiden: Uppsala. Het duurde niet lang. Een half uur of drie kwartier misschien.

Het station van Uppsala was klein. Het deed me denken aan de langwerpige stations in sommige middelgrote steden in Noord-Nederland: Leeuwarden, Groningen, Meppel. Ooit waren het de belangrijkste en meest imposante gebouwen in de stad, waar alles begon en eindigde, maar dat was lang voor er ringwegen, snelwegen en V&D's waren.

Ik ademde diep in, de zon scheen fel. Ik had nu een nog magerder missie dan bij mijn eerste stappen in Stockholm. Had ik daar nog gezocht naar degene die mijn geld uitgaf, hier zocht ik bijna niets. Een herhaling van een gevoel dat ik een paar dagen eerder had gehad. Een verslaving bevredigen, of eigenlijk: een verslaving beginnen. Mezelf bewijzen dat ik gelijk had gehad toen ik op het gazon van het roze huis was gestapt en haar in kleermakerszit had zien zitten: ze kan alles veranderen.

De weg van het station leidde naar een inwisselbare winkelstraat met H&M's, Pressbyrån, een McDonald's en de

staatsdrankwinkel. Ik strompelde zo af en toe ergens naar binnen, zonder iets te kopen, zonder iets aan te raken, zonder met mensen te praten en ik nam me per minuut iets anders voor:
— maar één middag blijven
— teruggaan naar Stockholm
— nog noordelijker reizen tot het weer zuidelijker wordt
— van een gebouw afspringen

Ik deed zoals gebruikelijk niets anders dan afwachten, me laten duwen door de tijd.

Na een kwartier slenteren door het centrum van Uppsala kwam ik aan bij een smalle rivier waar weinig water in stond. Langs de rivier waren steile, stenen wanden gebouwd waar mos op groeide, en op de bodem lagen stenen en rotsen. Bomen stonden in bloei en helden over naar het water. Alles was hier gemoedelijker dan in Stockholm. Auto's stopten voor zebrapaden, de straten waren schoon. Niemand lokte je een restaurant in, de huizen hoefden zichzelf niet te bewijzen. Het meeste lawaai werd nog gemaakt door toeristen of zomerstudenten. Een groepje meisjes kwam voorbij gelopen en ik dacht te horen dat ze Nederlands spraken. Ze lachten. De universiteit had zich als boomwortels in een stuk rots vastgebeten, overal waren gebouwen van de een of andere faculteit of studentenvereniging en ik dacht aan mijn eigen, onvoltooide, studietijd en de gebouwen in Amsterdam die ik associeerde met regen op het atrium van de Oudemanhuispoort en het blinde verlangen om iets te gaan betekenen.

Het huis dat Caro's ouders voor haar hadden gekocht was niet ver van het gebouw waar Walter en ik woonden. Feitelijk was het één keer links, maar dat zegt niets als je de lengte van de straat niet kent. Amsterdam was in het eerste jaar dat ik er woonde van *bijzonder* en *opwindend* naar *gewoon* en *thuis* gegleden, maar het nieuwe besef dat Caro er nu ook was, dat ze ergens als speldenprik op de kaart in mijn hoofd van de ene naar de andere plek bewoog, dat maakte het in één klap weer de meest bruisende en spannende plek ter aarde. Ik kon haar elk moment van de dag of nacht waar dan ook tegenkomen. En als dat gebeurde, dan zou alles beginnen.

In Amsterdam wurmde ik me die tweede zomer dat ik er woonde door het leven als een fan door de menigte om maar vooraan bij het podium te komen, terwijl ik geen flauw idee had wat er stond te spelen.

Het was alleen nog maar zaak om alles naar dat moment te dirigeren, zodat alles in hetzelfde ritme liep en op dezelfde toonhoogte gebeurde.

In werkelijkheid ging alles anders, zoals altijd.

Caro was uit Zwitserland teruggekomen als een ander. In de zomer was ze veel in Drenthe, op het platteland. Ik koos ervoor om in de warme stad te blijven die van de toeristen en dagjesmensen werd. Ik haalde wat vakken in en werkte aan een toneelstuk dat zou worden opgevoerd in Crea, het culturele studentencentrum vlak bij de faculteit. Ik was gevraagd naar aanleiding van een script dat ik had geschreven voor een kort satirisch filmpje dat was vertoond op een avond voor nieuwe studenten. Die zomer dat ik eraan werkte wist ik zeker dat het stuk alles zou veranderen. De noodzaak en vernieuwing zou uit Crea druipen en zich door de stad verspreiden, dat kon niet anders. Zoals Pinter en Beckett na de oorlog de bezem door de toneelwereld hadden gehaald, zo ging dit studentenstuk alles veranderen op de valreep van het millennium. Ik zou de weg vrij maken voor de nieuwe eeuw, vanuit mijn kamer op de derde verdieping van het Nieuwe Huis.

Het stuk ging in première, er kwam bijna niemand, de acteurs gingen weer studeren en ik schreef aan iets nieuws.

Aan het eind van de zomer was Caro steeds vaker en langer in de stad en toen het studiejaar begon zag ik haar inmiddels bijna drie keer per week. Ik kan me de blauwdruk herinneren van de avonden waarvan er minstens dertig geweest moeten zijn: we eten iets – biologisch, zeevis uit de oven – we drinken witte wijn, we praten over vroeger, de school die nu zo klein en onbeduidend lijkt, de intriges die we ooit zo belangrijk vonden, we zappen langs tv-programma's waarvan we zouden willen dat we later konden zeggen dat we er nooit naar keken.

En dan blijft ze slapen. Ze valt van de ene op de andere seconde om, kruipt naar mijn bed en zegt: ik slaap hier wel eventjes, als ik zo wakker word ga ik wel naar huis. En ze wordt niet wakker, althans, niet die avond. Ik doe ook geen poging haar wakker te maken, sterker nog, ik sluip als een panter door mijn oerwoudkamer en ga naast haar liggen op haar tak, onder de sterren en de geluiden van de evenaar, waar de aarde het snelst draait. Ze wordt de volgende ochtend wakker, vroeg, nog vroeger dan ik, en gaat naar huis zonder te douchen, zonder wat te eten. 's Nachts lig ik klaarwakker tegen haar aan en denk alleen maar: ze moet mijn erectie toch voelen? Maar er gebeurt nooit wat. Dat was het eind van het millennium, zo herinner ik me de laatste restjes leven die uit die duizend jaar werden geperst.

En toch dacht ik: *het is meer dan eerst*. Ik had niet mijn best gedaan, ik had geen faxen hoeven sturen, ik had helemaal niets bijzonders tegen haar gezegd dat ze nog niet had gehoord en nu sliep ze regelmatig in mijn bed. Het enige dat me tot haar definitieve bezit zou leiden werd me steeds duidelijker: ik moest nog minder doen dan niets.

*

Na een late lunch in een deels over de rivier gebouwd restaurant, liep ik naar buiten, omcirkelde de domkerk van Uppsala en beklom ik de heuvel naar het Vasaborg-slot. Daar keek ik uit over de stad en vervloekte de vlakheid van Nederlandse steden. Ik ging zitten op een antiek kanon en dacht een aantal scènes uit voor het script waar De Toneeltuin zo langzamerhand een eerste versie van verwachtte. Ik schreef de artistiek leider dat het nu eindelijk erg vlotte, dat ik me had afgezonderd in het buitenland om eraan te werken. Daarna keek ik weer uit over de stad en overwoog meerdere keren mijn telefoon te pakken en Cecilia te bellen.

Toch duurde het nog een paar uur. Ik had me moed ingedronken in een café in een modern gebouw in de grootste winkelstraat. Op een bankje bij een standbeeld ging ik zitten. Ik pakte het briefje waar ze haar nummer op had gekrabbeld en toetste het in, zonder zeker te weten of ik er nou het Zweedse landnummer bij moest toetsen of niet.

Ze denkt dat je Walter heet. Dat moest ik een paar keer tegen mezelf zeggen.

De telefoon ging over.

'Hallo?' hoorde ik.

'Cecilia?'

'Yes?' Ze schakelde over op Engels. Waarschijnlijk omdat ze aan hoe ik haar naam uitsprak hoorde dat ik niet Zweeds was.

'Met Walter,' zei ik.

Ze was even stil.

'Van laatst bij je vader thuis?'

'Ja hoi?' antwoordde ze.

'Ik ben in Uppsala,' zei ik.

'Wat?' vroeg ze. 'Hoezo?'

'Dat zei je toch?'

Ze wachtte even met antwoorden. Mijn T-shirt plakte tussen mijn rug en het bankje, terwijl ik normaal bijna nooit zweette. Ik concentreerde me op de geluiden uit de mobiele telefoon die ik zo hard tegen mijn hoofd duwde dat het pijn deed. Toen begon Cecilia weer te praten.

'Nou, ik zei: "Als je óóit eens in Uppsala bent moet je bellen." Ik zei niet: "Wacht één dag in Stockholm en kom dan als een idioot naar Uppsala."'

Ik bleef even stil. 'O,' zei ik toen.

We zwegen allebei en ik huilde inwendige tranen om alle achttienjarige meisjes ter wereld.

Ik hoorde haar lachen. Heel even. Niet hard, niet uitbundig, het was meer een soort grinniken. Uitlachen, lachen om, toelachen, uiteindelijk maakt het niet uit. Het gaat erom dat er gelachen werd.

'De krant belde,' zei ik snel. 'Ze willen ook nog wat steden in de buurt van Stockholm.'

'O,' zei zij nu. 'Oké.'

'Kun je me niet wat over de stad komen vertellen?'

Ik bekeek het standbeeld, voelde hoe ik niet werd bekeken, door niemand. Ik was in Uppsala net zo afwezig als op dit moment in alle andere steden van de wereld.

Cecilia haalde adem. 'Goed,' zei ze. 'Voor zover ik iets over de stad weet.'

'Wanneer?' vroeg ik.

'Eh. Wacht even.' Ik hoorde gerommel. Ook in de verte stemmen in een hal. Misschien zat ze op de universiteit, of in het gebouw waar ze woonde.

'Even kijken,' ging ze verder. 'Ik kan overmorgen wel koffie met je drinken.'

Overmorgen? dacht ik. Wat nou als ik ondertussen doodga?

Ik haalde adem. 'Goed,' zei ik. 'Dan ben ik er denk ik nog wel.'

'Oké,' zei ze. 'Leuk.'

Dat vond ze dan wel weer, dacht ik. Ze vond het in ieder geval leuk. Ze had gelachen en ze vond het leuk om me over meer dan veertig uur te treffen.

'Als ik al eerder weg moet, dan laat ik het wel even weten,' zei ik, maar ik wist dat ik nergens heen zou gaan. Ik zou wachten, alle uren en minuten, wolken en hemellichamen zouden aan me voorbij trekken en dan zou ik haar weer zien. Ik hoefde nergens heen.

Die avond. Weer een hotel. De receptiebalies in alle hotels waren één superlange desk geworden met tientallen medewerkers in verschillende pakjes die allemaal tegelijk vroegen of ze me ergens mee konden helpen. Liftbelletjes klonken in harmonieën als ik op een verdieping aankwam, kamermeisjes werden één neutraal kamermeisje met een internationale identiteit en ondefinieerbare leeftijd. Ik werd misselijk als ik dacht aan het geld dat ik de afgelopen weken aan bedden had uitgegeven.

Ik had mezelf in navolging van schrijvers die hiermee koketteerden altijd als een hotelmens gezien, maar nu ik al weken uit een rolkoffer en later een schoudertas leefde kreeg ik zo langzamerhand genoeg van de stickers met milieuadviezen ten aanzien van handdoeken en de kleine koelkastjes waar alles vier keer duurder was dan in de supermarkt. En elke ochtend als ik wakker werd bracht de plek waar het licht vandaan kwam me in verwarring.

Het hotel lag aan Dragarbrunnsgatan in Uppsala. Het was minder luxe dan Rival in Stockholm, maar voor een middelgrote stad nog altijd erg netjes. Het was koud op de kamer toen ik binnenkwam; de airconditioning stond aan alsof we in Zuid-Spanje waren.

Ik belde het vliegveld, betaalde vierhonderd kronen om mijn koffer in Uppsala te laten bezorgen. De volgende dag bleef ik binnen, met uitzondering van het half uur dat het kamermeisje bezig was in mijn kamer. Ik at een broodje in een café om de hoek en ging weer terug. Ik werkte aan het toneelstuk voor De Toneeltuin, dat eindelijk een beetje begon te leven.

Na honderdduizend dagen werd het dan eindelijk overmorgen. Ik had aan het eind van de middag met Cecilia afgesproken. Ze vroeg of ik naar een kleine koffiebar wilde komen, vlak bij de rivier in het centrum, iets meer naar het noorden. Omdat ik niet wist wat erger was: te vroeg of te laat komen, deed ik een poging om precies op tijd te zijn, met de nauwkeurigheid van een militaire operatie. Uiteindelijk zat ik toch nog tien minuten op haar te wachten.

Om me een houding te geven had ik een opschrijfboekje voor me neergelegd en in het hotel al drie pagina's volgeschreven. Zinnen in het Nederlands, niets bijzonders, dingen die pas in me opkwamen toen de eerste letters van de zin al waren geschreven. Een dagboek zonder noodzaak, woorden met het gewicht van lucht, waar men indien ik dood gevonden zou worden over zou praten alsof het met een bedoeling was opgeschreven.

Cecilia kwam binnen met dezelfde energie als haar vader een paar weken eerder restaurant Pelikan. Het was een vreemde combinatie van volledige aanwezigheid, het dragen van de omgeving als een jas en tegelijkertijd volkomen autonoom handelen, alsof er niemand anders was en alles zich voegde naar jouw bestaan. Het was zo ongeveer het tegenovergestelde van hoe ik door de wereld kruip: in de ruimtes die me geboden worden, waar niemand anders is. Ik praat in de lege minuten, als anderen zwijgen. Ik adem de lucht die anders toch door niemand geademd zou worden.

Ze droeg een rokje en slippers. En een T-shirt met een tijger erop. Ze was nog blonder dan ik me haar herinnerde en een beetje rood van de zon.

Ik stak mijn hand op, ze zag me, maar liep eerst nog naar een ander tafeltje om twee andere mensen gedag te zeggen. Een jongen en een meisje. Daarna wees ze op mij. Ik wist dat die anderen nu zouden zeggen: 'Cecilia, pas op. Hij zit daar al tien minuten.'

'Hij verscheurt servetten en kijkt nerveus naar de deur.'

'Hij trekt de vouwen uit zijn T-shirt.'

'Hij repeteert de zinnen die hij wil gaan zeggen.'

'Hij oefent op zijn uitspraak.'

'Hij veegt de kruimels uit zijn baard.'
'Hij krabbelt aan de littekens op zijn hoofd.'
'Hij schudt schilfertjes uit zijn kortgeschoren kapsel.'

Ik wist niet zeker of ze dat zeiden, maar het zou kunnen.

Daarna liep je naar mijn tafeltje en ging je zitten. Op het puntje van je stoel. Je ging op je handen zitten.

'Walter,' zei je.

'Hoi,' zei ik.

Je lachte. 'Wat ben je precies van plan?' vroeg je.

Ik deed een poging verbaasd te kijken. 'Van plan,' zei ik en ik aarzelde. 'Ik moet wat weten over de stad.'

'Ja,' zei je.

'Dat is het. Meer niet.'

Je keek door de spleetjes van je ogen, krabbelde even aan je wang. 'Ja. Officiële lezing. Blabla,' zei je. 'Dat zeg je maar tegen de anderen. Ik ben niet gek. Wat is je plan?'

'Ik heb geen plan,' zei ik.

De ruimte bewoog mee met het gesprek. Het lawaai liet ruimte open voor jouw woorden, de andere mensen vormden zich naar jouw aanwezigheid, in onscherpte maakten ze een decor bij het meisje dat jouw naam droeg. Het rook er naar zoete broodjes, geperste sinaasappelen en slootkoffie. En ook een beetje naar zweet en zonnebrand, want net als jij waren de meeste Zweden te wit om niet te verbranden.

'Nee. Echt niet,' zei ik. 'Behalve mijn werk heb ik geen plan.'

Je keek me aan. Glimlachte toen. 'Jammer,' zei je.

En dit weet je al. Vanaf hier weet je alles. Bijna alles.

Je weet net als ik waarom Magnus mijn creditcardgegevens had. Je weet waarom hij leefde alsof hij mij was. Je weet waarom we zijn weggebleven tot ik niet anders kon. Je weet wat ze hebben gezegd. Je weet wie we waren. Je weet dat ik geen Walter heet. Je weet dat er elektroden in mijn schedel hebben gezeten, je weet dat ik uit Nederland kom, je weet hoe mijn ouders heten, je weet dat ik als kind in het weiland achter de huizen lag, in het hoge gras, naar de vliegtuigstrepen keek en me toen al realiseerde dat dat voorbij zou gaan. Dat er eindigheid aan onschuld zit. Dat ik niemand anders ken die zich altijd al bewust is van de tijdigheid van alles. Je weet van het ziekenhuis in Zwolle, de onderzoeken, de treinen die ik 's nachts hoorde. Je weet van mijn keuken in Amsterdam. Je weet van Ted Robin, dat mijn haar eerst langer was, dat De Toneeltuin op een toneelstuk wachtte en je weet als geen ander hoe ik kan begeren tot het pijn doet. Je weet bijna alles.

Je weet ook waar we een half jaar later waren, toen de seizoenen waren gewisseld en het tijd werd om naar huis te gaan.

Maar dat moest allemaal nog komen. In het koffiehuis wist je nog niets.

*

We zijn gaan lopen. Ze trok me mee, dat was het vooral. Ze zwaaide naar de jongen en het meisje in het koffiehuis die verbaasd keken met hoeveel haast we naar buiten liepen. Ze zweefde en ik had moeite haar bij te houden. Langs de universiteitsgebouwen, langs de kerk, bij de Engelse begraafplaats naar links, richting de botanische tuinen. De dampkring voelde extra hoog die dag. De moleculen in de lucht braken het witte zonlicht en maakten de hemel extra blauw. En ik zag de toppen van de naaldbomen in de parken van de stad rustig bewegen. Vogels die ik niet gelijk thuis kon brengen floten harder dan ik me uit Amsterdam of waar dan ook kon herinneren en langzamerhand had ik het idee dat ik aanwezig werd in de stad.

Ze vertelde over Uppsala, maar gaf gelijk een voortdurende recensie van alles wat we zagen. Aan het eind van de wandeling wist ik niet alleen iets van de kerk of een brug, maar ook of zij het mooi, lelijk of overschat vond.

'Hou je het nog vol?' vroeg ze soms op een kruispunt of op een bankje in een park.

'Ja hoor,' zei ik. 'Ik kan zo nog weken doorgaan.'

Ik had me de eerste paar dagen overtollig gevoeld, iemand die hier niet hoorde, die in de verkeerde trein was gestapt en verdwaasd moest wachten tot er weer een trein terugging, een overbodig individu. Maar nu Cecilia me langs de groene wegen van de kleine Zweedse stad trok, kreeg mijn bestaan per seconde meer noodzaak. Door alles. De wind, de geuren, het groen, de zon die naarmate onze wandeling langer duurde steeds lager kwam te staan en roder en roder werd. Door haar. Het licht viel op het paleis boven de stad en we klommen en daalden, draaiden om de heuvels heen, liepen door het stadsbos tot het bijna donker was en we weer terug waren in het centrum.

'Zijn jouw ouders nog samen?' vroeg ze ineens, toen alle films en boeken die we allebei kenden of elkaar wilden aanraden besproken waren.

'Ja,' zei ik.

'Fijn,' zei ze.

'Ze weten vooral niet beter,' zei ik. 'Het zou me niets verbazen als iemand vergeten is ze het concept scheiding uit te leggen.'

Ze lachte.

'Ik meen het. Op een dag zegt iemand per ongeluk tegen ze: je kan het huwelijk ook ontbinden. Dan zie ik ze al zitten, tegenover elkaar, met een enthousiaste glinstering in hun ogen, aan de keukentafel, halverwege de voorbereidingen voor het diner. Ineens weer vol van leven over een toekomst die niet lijkt op het verleden.'

Dit was waar, dit was niet van Walter, maar van mij. Ik was afgezien van de namen en locaties al een paar uur over mijzelf aan het vertellen.

'Lijkt wel het tegenovergestelde van mijn ouders,' zei ze. 'Die hebben er alles aan gedaan om niet te leven zoals van ze verwacht werd.'

We waren even stil.

'Met het gevolg dat er ook niets van mij verwacht werd.'

'En dat je zelf niets kon verwachten.'

'Precies,' zei ze.

'Spannend,' zei ik.

Ze keek naar me, probeerde mijn ironie te peilen. 'Misschien,' zei ze. 'Maar vooral: onveilig.'

Allebei dachten we aan het andere scenario: wie we zouden zijn geworden als we in de situatie van de ander waren opgegroeid; ik in een onveilige, losgeslagen variant van het gezin en Cecilia onder de bezorgde vleugels van mijn ingeslapen ouders. Het was een onmogelijk gedachte-experiment, niet op te lossen zonder duizenden factoren mee te wegen.

'Heb je je nooit veilig gevoeld?' vroeg ik.

'Soms wel. Bij vriendinnetjes. Op het internaat in Ierland ook. Bij sommige kindermeisjes of leraren op school. Maar of dat hetzelfde is als de veiligheid van ouders...'

Ze leek verdrietig. Om het huilen tegen te gaan, of juist aan te moedigen, pakte ik haar hand.

'Zullen we het over iets anders hebben?' vroeg ze toen.

Toen had ik geen angst meer dat het gesprek stil zou vallen, dat de woorden niet zouden komen. Ik handhaafde mijn identiteit als Walter en schreef zo af en toe in het opschrijfboekje dat vol stond met leegte. Ik dacht alleen maar: maak altijd grapjes. Dan is het goed. Maak veel en vaak grapjes, leer waar ze om moet lachen, hoop dat ze je begrijpt, hoop dat ze een uitzondering is op andere meisjes van die leeftijd, meisjes waar je na een half uur niets meer tegen kunt zeggen, of omdat ze niet de juiste dingen terugzeggen of omdat je spreekt met je erectie en lust geen goede redenaar is.

We staken over bij een cultbioscoop, liepen de weg omhoog en kwamen weer uit bij de ingang van de begraafplaats. Achter ons het centrum, voor ons een studentenwijk.

Aan het eind van de wandeling deed ik alsof mijn opschrijfboekje kwijt was.

'O shit,' zei ik.

'Wat?'

'We moeten de wandeling nog een keer maken.'

Ik trok mijn jaszak binnenstebuiten.

'Kom,' zei ik en ik wandelde gespeeld richting de botanische tuin.

'Wacht!' riep ze. 'Er is maar één belangrijke plek die je nog niet gezien hebt,' zei ze.

Ik draaide me om en keek haar vragend aan. 'En dat is?'

'De kamer waar ik woon,' zei ze. 'Daar gebeurt het nu. Het is de domkerk van deze eeuw.'

Ze wees naar de studentenflats in de verte die nog wat van het gele licht van de laatste zonnestralen meepakten.

'Wat studeer je eigenlijk?' vroeg ik en dacht: *vreemd dat ik me dat nu pas afvraag*. We stonden stil. Er was niemand op straat. Alleen een muur, een hek en de duizenden doden die de afgelopen eeuwen begraven waren buiten de stad, tot *buiten de stad* niet meer bestond en ze ingesloten lagen tussen wijken. Zij luisterden naar ons. Zij hoorden ons spreken, zij waren jaloers op onze kloppende harten, op het vlees aan onze botten, op de belofte van de avond.

'Medicijnen,' zei ze.

Dat was ongeveer het laatste wat ik had verwacht.

'Echt waar?' vroeg ik.

'Ja?'

Ik zei niets. Ik dacht onmiddellijk aan alle co-assistenten die ik in de ziekenhuizen in Groningen en Utrecht om mijn bed had gehad. Ik zag toen amper verschil in leeftijd tussen doktoren en studenten, maar nu zijn het mensen van mijn leeftijd en jonger die naar patiënten kijken zoals andere studenten oude teksten of wetboeken bestuderen. En over een tijdje zou Cecilia om het bed van een kleine jongen staan, misschien wel omdat hij elektroden in zijn schedel geboord kreeg.

'Die kamer, moet je daar een toegangskaartje voor kopen?' vroeg ik.

'Ja,' zei ze.

'O.'

'Maar die verkoop ik.'

Het flatgebouw bestond uit vijf verdiepingen met per verdieping één studentengang. Lange, bijna gevangenisachtige ruimten met aan weerszijden in totaal veertien kleine kamers. Gezamenlijk deelden de studenten per verdieping een toilet en een keuken. Het deed me denken aan de studentenflats op Uilenstede waar ik het eerste jaar dat ik in Amsterdam woonde weleens op bezoek ging bij studiegenoten die ik nu niet eens meer zou herkennen als ik ze tegenkwam op straat.

In de keuken zat een klein groepje studenten dat weinig aandacht aan ons besteedde toen we binnenkwamen. Cecilia liep gelijk door naar de vierde kamer aan de rechterkant.

'Studeren zij ook medicijnen?' vroeg ik.

'Nee,' zei Cecilia. 'Eentje maar. De rest doet iets anders. Ik weet het niet van iedereen precies.'

'Zijn het geen vrienden?'

Cecilia lachte.

'Heb je dan niets geleerd van het diner bij mijn vader? Mijn vrienden zijn vooral internationale studenten. Dit zijn Zweden. Wat valt er te leren van mensen die hetzelfde zijn als jij?'

Ik dacht even na, maar kon geen sluitend antwoord formuleren.

'Mijn kamer,' zei ze en ze opende de groene deur alsof daarachter een Engelse tuin te zien was. Ze wenkte me naar binnen met een kleine buiging.

'Dank u,' zei ik beleefd.

De kamer leek een dependance van het huis van Magnus. Of gewoon nog een kamer in het huis van Magnus, maar dan vijftig kilometer noordelijker, vol met relikwieën die niet gemaakt waren om te eindigen in een kleine studentenflat in Zweden. Als ze maar geen wierook aansteekt, dacht ik.

'Blijf,' zei ze. Ik lachte en salueerde als een soldaat. Daarop verdween ze naar de gang.

Ik bekeek haar spullen; naast de maskers en waaiers en kandelaars in de vorm van een olifant vooral veel studieboeken, multomappen, sieraden, kleding, een kleine bolle televisie en een afstandsbediening waarvan het batterijenklepje ontbrak. Niet anders dan de kamers van achttienjarige meisjes in Nederland, dacht ik. En vast precies zo als die in Frankrijk, Spanje, Finland, waar dan ook. Dit is wat tot bezit wordt gerekend. Honderd jaar geleden maakte je aanspraak op een goed pak, een hoed, een koffer met enkele boeken en misschien een zakhorloge. Nu is het een kubus rommel ter versteviging van het aftakelende herinneringsfort. Er zullen vast mensen zijn die claimen dat het bezitten van die dingen, van een bescheiden televisie, van een kast vol kleren en een plank met tubes crème een mensenrecht is.

Ik ging met mijn ogen langs een muur die ze behangen had met foto's. Flitsfoto's van vriendengroepen op feesten en op het strand, maar ook mooiere foto's – misschien gemaakt door Magnus – van bezienswaardigheden in het buitenland. Veel mensen. Gezichten. Ik keek haar verleden in hun ogen en dacht mijn eigen vrienden te zien; Walter bij een waterval, Lucas in een trein vol Indiërs en vooral weer veel Caro. Caro aan een meer, Caro in de bergen, Caro in een grote stad. Het mozaïek aan mensen maakte me duizelig en toen ik echt alleen nog maar Caro zag moest ik even gaan zitten.

Ik reikte naar de bureaustoel aan het bureau en nam plaats.

'Ga zitten,' zei Cecilia voor de grap toen ze weer binnenkwam. Ze had een fles wijn bij zich.

'Ze hadden hem bijna opgedronken,' zei ze. 'Terwijl hij toch echt op mijn plank lag.'

'Kut-Zweden,' zei ik.

'Ja,' zei ze. 'Belachelijk. En fout in de oorlog.'

'Fout?' vroeg ik.

'Nou ja, onverschillig.'

We schoten nog een uur of anderhalf woorden naar elkaar voordat ze me zoende. Ik lag achterover op het eenpersoonsbed en dacht dat ik alles nu anders zou doen. Op Caro had ik drie jaar gewacht, op Cecilia drie dagen. Ik wist meer, was meer en het was zelfs met mijn nep-identeit van Walter de reisjournalist gelukt om in haar buurt te komen.

'O, god je bent veel te oud,' zei ze ineens. Ze moest er hard om lachen en draaide haar ogen naar boven.

'Hoe oud ben ik dan?' vroeg ik.

'Geen idee,' zei ze. 'Tachtig?'

Ik lachte. 'Als je dat niet eens weet, hoe weet je dan of ik te oud ben?'

De andere studenten sloegen met de deuren en ik hoorde ze hun kamers in en uit gaan. Buiten was het nu eindelijk donker geworden en door haar raam zagen we de lichten van andere flats. Precies in het midden stonden, in de verte, de twee torens van de domkerk. Ze deed geen lampen aan. We spraken zacht, fluisterden bijna en we zaten op het bed bij het raam. Mijn hart sloeg snel en ik moest moeite doen om niet te denken: dit had er in Florence moeten gebeuren met Caro. Dit had ik moeten voelen op het dak van het hotel aan de Via Degli Speziali, drie dagen nadat ik haar had zien zitten in de trein.

Meteen daarna dacht ik: je voelt het nu. Stel je niet aan.

'Goed uitzicht,' zei ik.

'Goed hè? Ik heb erom moeten vechten met een Roemeense chick die biologie studeert.'

'Vechten?'

'Ja,' zei ze. 'Litteken zien?'

'Ja,' zei ik, net iets te enthousiast.

Daarop ging ze voor me staan, duwde mij op het bed en trok haar rokje omhoog. Ze draaide zich om en liet een litteken zien op haar linkerbil.

'Is dat van die Roemeense chick?' vroeg ik.

'Ja.'

Ik strekte mijn hand uit en voelde aan het kleine litteken dat niets dan volledige adoratie bij mij teweegbracht.

'Lelijk hè?' zei ze.

'Ja,' zei ik. 'Ik snap niet dat je nog met jezelf kunt leven.'

Daarna trok ik haar op het bed en zoende haar weer. Heftiger. Met mijn hand voelde ik haar lichaam, dat warm was van de dag, van de wandeling door de stad die ze met me had gedeeld, van de wijn, van de avond en ik hoop van mij. Ik voelde haar benen, haar buik, de schouderbladen die ik al had willen voelen toen ik haar voor het huis van Magnus had willen vasthouden. Ze rook zo fijn en ik dacht even dat Uppsala zo rook, zoals Cecilia op dat moment. Dat de geur door het openstaande raam kwam, dat het alles was wat ik die dag had gezien en hoe dat aan haar was blijven hangen. Ik kon me niet meer voorstellen hoe ik me een dag eerder voelde, alleen in het hotel, nog voordat we hadden afgesproken, laat staan een week eerder, zwervend door Södermalm, laat al helemaal staan een maand eerder, alleen op een krukje in de keuken in Amsterdam, wachtend op Caro die haar spullen zou halen.

Met mijn rechterhand trok ik Cecilia's onderbroek naar beneden, over haar billen en ik zocht met mijn vingers naar de plek waarvan ik wist dat Caro het daar lekker vond. Ik bewoog eerst rustig, zoals ik dacht dat meisjes – Caro – dat wilden, maar op aanwijzing van Cecilia al heel snel veel vlugger, tot ze ineens haar armen om me heen sloeg, om mijn nek, krampachtig, bijna zo hard dat het pijn deed. Ze hield haar mond bij mijn oor, waardoor ik haar hoorde ademhalen, steeds sneller en zo af en toe begeleid door zuchtende woorden. *Walter*, zei ze en *niet stoppen* en ik dacht: ooit, veel later, in een ander leven, weer een andere eeuw, dan vertel ik dit aan Walter, dan lachen we hierom. Heel hard. De beste grap van de eeuw. En hij zou zeggen: *zelfs als jij met een meisje in bed ligt, roepen ze nog mijn naam.*

Ze pakte mijn andere hand en schoof deze onder haar hemdje. Ik trok haar bh omhoog en legde mijn hand om haar linkerborst. Daarna kneep ik zacht in haar tepel. Ze maakte nog meer geluid en ik dacht aan de Zweedse studenten op de gang, die haar zouden kunnen horen. Ik dacht aan de flats aan de overkant waar ook studenten zaten en hun eigen dingen deden en ik zag de silhouetten van de naaldbomen bewegen in het parkje terwijl Cecilia steeds sneller ademde. Ze deed haar benen nog verder uit elkaar, zo ver dat haar knie mijn benen op het bed duwde. Ze deed geen moeite om mijn kleren uit te doen, om mij te voelen. Ze lag op het bed, volkomen baatzuchtig en dat was het beste wat ik me kon voorstellen.

Toen ze klaarkwam begon ze te huilen.

JEZUS-SOLDAAT

'Ik weet altijd precies waar ik ben,' zei ze.

Ze maakte me wakker met die woorden. Ik had nog niets gezegd, niets gezien, niets gedacht. Achter mijn oogleden was het rood. Buiten was het licht geworden en ik lag tegen het meisje aan, dat kennelijk klaarwakker was. Mijn keel voelde ruw, ik had op de tocht geslapen.

'Wat bedoel je?' vroeg ik na enig slikken.

'Mensen zeggen toch altijd: "Ik wist even niet waar ik was, toen ik wakker werd?"'

'Ja?'

'Ik heb dat nooit. Ik val volledig bewust in slaap en word volledig bewust wakker.'

Ze stapte over me heen, uit bed. Ze droeg alleen haar onderbroek. Een witte, simpele onderbroek. Haar blonde haar hing los. Het was lang, tot aan haar borsten. Mooie, kleine, geweldige borsten.

'Ik haat woensdagen,' zei ze. 'Maar bedankt voor gisteren.'

En ik dacht: gaan we elkaar nu elke dag bedanken voor de dag ervoor?

'Graag gedaan.'

'Het was een goede dag voor een orgasme,' zei ze tevreden.

Ik glimlachte. 'Ik moet het hotel gaan verlengen,' zei ik daarna. 'Anders checken ze me straks uit.'

Ze trok een T-shirt aan en een joggingbroek. 'Zou je vandaag naar huis gaan dan?' vroeg ze. 'Terug naar België?'

'Ik weet niet,' zei ik en ik merkte dat het bedrog steeds zuurder smaakte.

'Het is heel simpel,' zei ze. 'Heb je een vlucht?' Ze kwam bij het bed staan. 'Gaat er vandaag een vlucht waar je in moet zitten?'

'Nee,' zei ik. 'Dat niet.'

'Dan was je niet van plan weg te gaan. Even plassen.'

Ik bekeek het uitzicht nu bij daglicht. De lage zon scheen op de twee torens van de dom. Twee zwarte punten met het rode steen eronder. In het parkje onder het raam van Cecilia's kamer lagen her en der resten van de privéfeestjes van Zweedse jongeren. Bij gebrek aan betaalbare kroegen en vanwege het strenge alcoholbeleid zoeken ze elkaar op, nemen drank mee in colaflessen en picknicken ze 's nachts, overal waar ze maar kunnen zitten. In de loop van de dag komt de schoonmaakdienst en die ruimt zwijgend de flessen, het afval en de geheimen van de avond ervoor op.

Het werd een warme dag, voelde ik en ik draaide me om, wilde de kamer verlaten.

Bij de deur kwam ik Cecilia tegen.

'Als je nog langer in Uppsala wilt blijven,' zei ze, 'check dan maar uit.'

'Wat?'

'Check maar uit bij het hotel.'

'Moet ik dan hier komen slapen?'

Ze lachte hard.

'No way!' riep ze.

Ik schaamde me meteen diep, omdat ik ook maar één seconde had gedacht dat ze dat wilde, dat dat de bedoeling was.

'Nee. Het is zomer. Alle kamers staan leeg. Iedereen zit bij zijn ouders en een kamer huren kost niets. Je moet toch schrijven?'

'Ja,' zei ik en het was waar: of het nu reisjournalistiek was of het toneelstuk waar De Toneeltuin op wachtte; ik moest schrijven.

'Schrijven kan overal,' zei ze.

Of het me nu een goed of een slecht idee leek weet ik niet meer, maar het was in ieder geval een idee. Veel meer dan blijven zitten op het krukje in de keuken, wachtend tot Caro terug zou komen om haar spullen te halen. Veel meer een idee dan op mijn hoede door Amsterdam lopen, met de kans Ted Robin te treffen of het opnieuw aan de stok krijgen met Walter omdat ik een maandje niets had laten horen en zijn zinnen gebruikte in mijn toneelstukken.

'Check uit,' zei ze. 'Kom morgen eten. Het is midzomernacht. Goed voor je reisgids. Er is een feestje.'

'Dat met die haringen?' vroeg ik.

'Ja,' zei ze. 'Heel goed. Maar dan een aangepaste variant, want de niet-Zweden zijn in de meerderheid morgen.'

'Hier in de flat?'

'Ja,' zei ze. 'Ik heb de keuken gereserveerd.'

'Hoe laat?' zei ik.

'Kijk maar,' zei ze. Ik stelde te veel vragen. 'Nu moet ik naar de bibliotheek. Foto's van lijken bekijken, om mijn herkansing te halen.'

Ze knipoogde en gaf me een kus die de flat omduwde. Daarna liep ze haar kamer in. Ik vertrok via de gevangenisgang, stapte de zon in en keerde via het park, via de begraafplaats, de universiteitsgebouwen, rechts om de domkerk, onder het poortje door, richting de rivier terug naar het centrum. In de hotelkamer nam ik een douche, keek een half uur in de spiegel.

De volgende dag sliep ik uit, ontbeet ik tot de hotelmedewerkers alle etenswaren onder mijn neus weghaalden en daarna checkte ik uit. Ik vroeg of mijn koffer die dag nog bij de receptie mocht staan, liep de stad in en werkte in een café een paar uur aan een scène van het stuk voor de Toneeltuin. Ik merkte dat er meer vaart in de tekst kwam. Personages kregen een nieuw en eigen gezicht, dat ik ook nog niet kende. Het waren niet langer de zinnen die je verwacht bij het type personage dat ik had gekneed, maar juist de zinnen die je niet verwacht, waardoor je meer wilde weten.

Ik bestelde koffie na koffie, omdat ik ook niet wist wat ik anders moest doen. Het was warm in het café. De bediening deed alsof het de normaalste zaak was dat ik zo lang bleef zitten, maar ik wist zeker dat ze achter het schotje, waar ze de panini's in de grillapparaten stopten, aan elkaar vroegen: Wat is dat voor iemand? Waar komt hij vandaan? Waarom drinkt hij zoveel koffie?

Het wachten, de koffie en de stress van de afspraak maakten me duizelig en ik dacht aan mijn medicijnen. Onder in mijn tas zat het potje dat ik al jaren bij me droeg, als een talisman van mijn gezondheid. Ik vroeg om een glas water en nam de pillen. Ze waren bijna op. Het had geen zin om me daar zorgen over te maken, epilepsie is overal. In elk land bestaan deze pillen en als ik het etiket laat zien en mijn neuroloog een brief faxt, dan kan een apotheker het hier zo uit een lade trekken en me de pillen verkopen. En dan kan ik nog zo ambivalent zijn tegenover vooruitgang, zeggen dat alles vroeger zoveel beter smaakte, dat radijsjes bitter waren en niet zoet, dat druiven pitten hadden en paprika vol van smaak was, die gedachten werden wel geproduceerd door hersenen die vroeger zonder alle scans, operaties en medicijnen waarschijnlijk allang waren doorgedraaid en mij als wezen, als functionerend mens, hadden uitgeschakeld.

Ik dacht nog veel meer onzin in de koffietent en toen het zo laat was dat alle personeelsleden die mijn eerste kopjes koffie hadden gemaakt naar huis waren en waren vervangen door een nieuwe groep Zweden, toen wist ik dat ik kon gaan. Toen was *kijk maar* aangebroken.

De stad was leger dan ooit en waar er mensen waren, heerste er een uitgelaten stemming. Midzomernacht was een van de belangrijkste feesten van het land. Het was de top van het jaar en hierna was de afdaling naar de winter weer begonnen.

De zon stond hoog aan de hemel om nog lang niet onder te gaan en ik liep door het centrum. Terug bij het hotel trok ik het handvat uit mijn koffer en reed hem door de stad, richting de studentenwijk waar Cecilia woonde en de keuken had gereserveerd.

'Je bent vroeg,' zei ze door de luidspreker bij de ingang.

'Ja,' zei ik. 'Sorry.'

'Wacht, ik kom even naar beneden.'

Een minuut later verscheen ze bij de ingang van het gele gebouw.

'Moeten we niet juist naar boven?' vroeg ik.

'Eerst iets anders. Ik heb een kamer voor je geregeld,' zei ze. 'Kom mee.'

Ze liep voor me uit, door de studentenwijk, langs parkjes, portieken, een COOP-winkel. Op de parkeerplaats stonden studenten een busje te laden. Ze droegen bloemen mee en delen van een grote paal met een krans erop. Uiteindelijk stonden we voor een gebouw waar ze een sleutel in de voordeur stak. De lucht was nog altijd blauw. Het was moeilijk voor te stellen dat Uppsala echt een grauwe, lange, donkere winter kende.

'Hier,' zei ze. 'Deze jongen is tot begin september weg. Kijk maar wat je doet.'

Daarna liet ze me binnen in het appartement. Het was viezig, uitgewoond, maar het was ook licht en had inderdaad alles wat je nodig denkt te hebben als je na de Tweede Wereldoorlog geboren bent: een keuken, een douche, een bank, een bed, een tv.

'Settle in,' zei ze. 'Kom over een uur, dan gaan we eten.'

Precies een uur later stond ik in de keuken. Het gezelschap bestond uit acht personen. Ze spraken Engels, allemaal met een andere accent. Cecilia riep bij mijn binnenkomst: 'Daar is Walter. Hij komt uit België. Hij schrijft reisgidsen, waarschijnlijk omdat hij niet genoeg fantasie heeft.'

Ze knipoogde.

Ik stak mijn hand omhoog naar de groep en onderging mijn dubieuze introductie lijdzaam.

Een meisje kwam naar me toe en stak haar hand uit.

'Sophie,' zei ze.

Het was een wat mollige variant van Cecilia, dacht ik. Dezelfde ogen.

'In welk gedeelte van de wereld ben jij geboren?' vroeg ik.

'Ik ben gewoon Zweeds,' zei ze. 'Heel saai.'

'Ik dacht dat Cecilia niet met Zweden omging?'

'Klopt,' zei ze. 'Ik ben de uitzondering.'

Een jongen met wilde donkere krullen, spierwitte tanden en een getinte huid gaf me een bord met eten. Enchilada's, dacht ik, maar het konden ook Algerijnse pannenkoekjes, Indonesische loempia's of Russische kipflensjes zijn. Net als die van de deegrolletjes was ook de herkomst van de jongen me onduidelijk. Guatemala kon, heel Zuid-Amerika wel. Tunesië ook. Misschien een halve aboriginal uit Australië.

Mijn keuze om na de middelbare school in Nederland te blijven was zo vanzelfsprekend geweest, maar leek me nu, in dit gezelschap, volkomen onzinnig. Zelfs Caro had een jaar in Zwitserland gewoond. Anderen waren nooit meer teruggekomen. Ik was gebleven, omdat ik dacht dat ik het anders zou missen. Ik had het land nodig, de taal, om de toneelstukken en filmscripts over anderen te schrijven die me beroemd zouden maken en me een eigen zelfverdiende plek in het heelal zouden geven.

Eén keer aandacht is genoeg, één keer meedoen aan de top. Daar moet de rest van een leven op te drijven zijn, één golf maar en dan een jaar of vijftig surfen. Meer hoefde ik niet.

Nadat ik mijn bord leeg had gegeten stond Sophie weer naast me. Ze hield een schaal vast.

'De haring en aardappelen slaan we een beetje over,' zei ze. 'Laat mijn oma het maar niet horen.'

'Dat is goed,' zei ik. 'Het blijft ons geheim.'

'O trouwens,' zei ze. 'Dit is het toetje waar Cecilia vorige week een orgasme van heeft gekregen.'

Ik keek naar de schaal, Sophie gaf me een bordje met het chocoladespul.

'Klinkt goed,' zei ik.

De jongen met de wilde krullen kwam de keuken in, keek naar mijn bordje en zei: 'Hé. Het toetje waar Cecilia vorige week een orgasme van heeft gekregen. Geef me een bord.'

Ik zocht Cecilia. Ze stond bij het aanrecht en bloosde. Ik liep naar haar toe.

'Waarom is iedereen zo bezig met jouw orgasme?' vroeg ik.

'Lang verhaal,' zei ze. 'Laat maar.'

'Niet dat ik het niet heel bijzonder vond,' zei ik en ze keek om zich heen of mensen me hadden gehoord.

Aan het eind van de avond had ik uitgebreid met een aantal van haar vrienden gepraat en wat ik me niet had kunnen voorstellen was gebeurd: ik had me vermaakt. Ik had de ultieme manier gevonden om je te blijven vermaken: liegen. Fantaseer je eigen verhalen, wees net zo verrast, dan blijft elke avond boeiend.

'Het is midzomernacht,' riep Sophie op een gegeven moment. 'We moeten nu echt een keer naar buiten.'

De groep stond op. Ze droegen flessen drank mee in plastic tassen en we vormden een rij naar beneden, door het trappenhuis, richting het park waar meer studenten op het gras zaten.

In het midden was een meiboom opgericht; een stok met linten en iets dat me nog het meest deed denken aan een kerstkrans. We liepen richting de boom en een aantal van ons begon ondanks hun dronken toestand deel te nemen aan een merkwaardige, geïmproviseerde volksdans.

Ook op de langste dag in het jaar wordt het uiteindelijk donker. Cecilia en ik keken van een afstandje naar de groepjes studenten. Na een paar minuten fluisterde Cecilia in mijn oor: 'Ga je mee een stukje lopen?'

'Ja,' zei ik. 'Goed.'

We wandelden door het park waar het conservatorium zat. Er brandde nog één lamp, iemand oefende op een blaasinstrument. Een Engelse hoorn, of een bugel. Een melancholische melodie met hier en daar een hapering.

'Wie speelt er nou op deze avond in zijn eentje muziek?' vroeg ik.

'Iemand als wij?' zei ze.

We gingen op een bankje zitten en spraken over de mensen die ik die avond had ontmoet. Ik probeerde iedereen in te delen, afkomst, studie, relatie tot Cecilia.

Uit verschillende richtingen kwam het geluid van feestende groepjes mensen. Uit flats, maar vooral uit tuinen, mensen in de openlucht die buiten leefden nu het nog kon. Cecilia lag met haar hoofd op mijn schoot. Ze keek naar boven. Recht mijn neus in, of naar de lucht.

'Ik kan nooit zo goed naar sterren kijken,' zei ze.

'Hoezo?'

'Ik weet niet. Eerst waren het gewoon puntjes die verschenen als het laat was. Alsof ze allemaal tegen een zwart plafond geplakt zaten.'

'Ja?' zei ik en ik draaide mijn hoofd omhoog. Ik zag ons zitten als de makkelijkste scène in een romantische film, twee mensen op een bankje, kijkend naar de sterren.

'Maar later leer je dat het stuk voor stuk zonnen zijn, nog verder van elkaar verwijderd dan wij van onze zon. Zonnen met eigen stelsels, planeten met mogelijk leven. Of zonnen die helemaal niet meer bestaan. Al eeuwen niet. En sindsdien kijk ik naar ze als feesten aan de overkant van het meer. Een feest waar je nooit zult komen. Het maakt me jaloers.'

Ik lachte. 'Wauw,' zei ik.

'Wat?'

'Ik heb aardig wat jaloezie bij vrouwen meegemaakt. Op andere meisjes, op dieren, op mensen met geld of vol haar. Maar jaloers op sterrenstelsels. Dat is nieuw.'

'Heb je dat nu pas door?' vroeg ze.

'Wat?'

'Dat ik uniek ben?'

Daarna stak ze lachend een vinger in mijn neus. Ik worstelde haar hand weg en keek lang naar haar gezicht.

'Je bent mooi,' zei ik.

'Ugh.' Ze sloot kort haar ogen.

'Ugh?' imiteerde ik.

'Iedereen zegt dat.'

'Mag ik het dan niet zeggen?' vroeg ik. 'Omdat anderen dat ook zeggen?'

'Jawel. Maar anders.'

'Hoe dan?'

'Je moet zeggen: "Ik vind je mooi." Dan heeft het namelijk met jou en met mij te maken.'

'Ik vind je mooi.'

Toen glimlachte ze.

Ik voelde me goed in Uppsala. Bij Cecilia. Tijdens midzomernacht. In de kamer die ze voor me had geregeld. In die zomer. Langs die ondiepe rivier met de stenen in het centrum. Ik bleef zonder uitzicht op vertrek, had geen vliegticket geregeld, niemand gebeld of ze me wilden ophalen op Schiphol. Zo af en toe was er een gevoel van onrust, een bijna paranoïde sensatie dat ik gelukkig zou kunnen zijn. Dat alles goed was. En dat alles goed leek, die zomer in Uppsala, dat er weinig echt af te dingen was op het aanbod dat het leven je deed, daarin ontstond de onrust, de argwaan. Het wachten op de klap.

Ik draaide 'A Summer Wasting' van Belle & Sebastian. Niets

anders, alleen dat liedje, die hele zomer. Op kleine boxjes in de keuken van het gehuurde appartement, of op een koptelefoon via een mp3-speler die ik had gekocht in het centrum, terwijl ik de steeds bekendere route aflegde langs het Engelse park, afstevenend op de torens van de domkerk.

Cecilia wees me een week na het midzomernachtfeest op een zomercursus Zweeds. Omdat ik me maar de helft van de dag aan het schrijven van het stuk voor De Toneeltuin kon zetten, gaf ik me op voor de vierweekse versie.

Op een maandag moest ik me melden in een school die 's zomers leeg stond. Andere cursisten kwamen van over de hele wereld en deden voornamelijk mee omdat ze zich permanent in Zweden wilden vestigen of na de zomer in Stockholm gingen studeren. Er was ook een aantal Nederlanders, maar die probeerde ik zo veel mogelijk te ontlopen. In mijn taalklas was ik de enige Nederlander of Vlaming.

De bazin van de cursus was een hysterische Amerikaanse vrouw die al twintig jaar in Zweden woonde en erop stond dat er alleen maar Zweeds gesproken werd in het gebouw. Als ze langs ons liep en we spraken Engels, riep ze op zangerige, heksérige toon: *Sveeeenska*, met klinkers die net zo lang waren als haar tanden.

De cursus bestond naast taallessen ook uit een vrij in te vullen middagcursus Zweedse cultuur: film, muziek, culinair, dat soort afgebakende gebieden die samen de cultuur van een land schijnen uit te maken.

Ik koos film.

Het leren van een nieuwe taal gaf veel voldoening, maar het was de filmcursus die maakte dat ik Cecilia elke dag bedankte omdat ze me op de zomerschool had gewezen. Die zomer zag ik een dwarsdoorsnede van de Zweedse film. In de grootste zaal van het schooltje gingen elke dag om één uur de gordijnen dicht en de lichten uit. Van sommige films zagen we fragmenten, andere zagen we integraal en voor de liefhebbers werd na afloop van de les nog weer een nieuwe film opgezet. Vaak haalde ik eerst beneden bij Pressbyran iets smerigs zoets om te eten en veel koffie en installeerde me voor de tweede film van die dag, terwijl de meeste cursisten naar de meertjes gingen of naar de rotsen bij de zee. In het begin werd ik nog meegevraagd, maar toen bleek dat ik liever in een verduisterde ruimte zat dan met een groep wereldburgers van stenen af sprong, lieten ze me verder met rust.

Onder leiding van Eric, een jonge, bebaarde man met krullen, zwierven we die weken dwars door de twintigste eeuw aan Zweedse films. Van de eerste, vroege, stomme films van Mauritz Stiller en Victor Sjöström, *De Tuinman*, *De schat van Sir Arne*, door tot de vroege films van Ingmar Bergman.

Na een week kwamen we aan bij *Een liefdesgeschiedenis*, *Mannen op het dak*, daarna de bekendere, latere films als *Farväl Falkenberg* en *Fucking Åmål* en *Tillsammans* van Lukas Moodysson. Ik wist uiteindelijk nog meer over de Zweedse dan van de Nederlandse filmgeschiedenis, dacht ik. Ik snapte Bergman als geen ander. Ik zag waar Nederlanders nooit goed in zijn geweest: de onbenoemde terloopsheid van een onderwerp. Films die over zo weinig lijken te gaan, maar die als je 's nachts in bed ligt opnieuw gaan leven. Het was een verademing.

Ik probeerde mijn Zweeds uit op Cecilia. Dan lachte ze me uit en ontkende dat vervolgens, maar ik bleef het proberen.

Ze kookte voor me. Gerechten die ze zich wist te herinneren uit de andere landen waar ze had gewoond. Zo af en toe smaakte het afschuwelijk, volgens haar omdat ze bij de COOP op de hoek niet de juiste ingrediënten verkochten en ze had moeten improviseren.

Soms sliep ik bij haar, maar meestal ging ik na een avond muziek luisteren, praten of film kijken door het parkje terug naar mijn eigen appartement.

'Slapen kan het best alleen,' zei ze en ik was het daarmee

eens. Het was ineens moeilijk voor te stellen hoe ik jaren met Caro in één bed had geslapen.

We zaten in de tuin van een van de studentenverenigingen. De verenigingen heetten Nations en waren verbonden met de verschillende streken in Zweden. Als je in Värmland bent geboren, dan hoorde je bij Värmlands Nation. De familie van Magnus kwam uit Sodermanland, wat betekende dat Cecilia lid was geworden van de Snerikes Nation.

'Moet ik je vader niet eens ontmoeten?' vroeg ik plagerig.

'Je moet hem eerst vergeten,' zei ze. 'Dan mag je hem weer ontmoeten.'

Een dj draaide muziek, we aten hamburgers en dronken grote glazen bier.

Ik dacht: de reden dat ik hier ben, hier rondhang, in jouw omgeving ben binnengedrongen als de zaadcel die de zwemwedstrijd heeft gewonnen, dat is jouw vader.

'Hoe komt hij eigenlijk zo?' vroeg ik.

'Hoe bedoel je?'

'Waarom doet hij wat hij doet?'

'Dat heeft hij toch verteld? Toen we daar aten?'

'Min of meer. Mensen worden niet zomaar wie ze zijn.'

Ze nam een slok bier, maar begon al halverwege de slok te spreken.

'Ben jij zo'n journalist die denkt dat iedereen een verhaal bij zich draagt? Dat er in iedereen een boek zit, of een film?'

Ik dacht na. Ik was niet eens een journalist, laat staan een journalist die denkt dat iedereen een verhaal bij zich draagt. De dagen in het ziekenhuis waren mijn verhaal, dacht ik. Het eerste verhaal dat mij was verteld. En zo was ik geworden. Anders, met grote kans op uitval.

'Er zijn genoeg lege mensen,' zei ze. 'Mensen die je aan hun voeten optilt, op hun kop houdt en hoelang je ook schudt: er zal nooit een verhaal uit komen. Misschien een verhaal van een paar zinnen of een klein artikeltje in een krant, maar niets gigantisch.'

'Ja,' zei ik. 'Die zijn er genoeg.'

'Te veel,' zei ze.

'Maar Magnus niet,' zei ik. 'En ik vroeg naar Magnus.'

Ze stond op, pakte onze lege glazen van tafel om ze binnen te laten vullen.

'Ik weet het niet,' zei ze. 'Ik zit er te dicht op. Het is mijn vader. Ik hou van hem. Probeer maar eens een berg te omschrijven als je op de top staat. Dat lukt niet.'

Daarna liep ze naar binnen.

Op de talencursus had ik het tijdens spreekoefeningen weleens over mijn *flickvän*, mijn vriendin, als ik over Cecilia sprak, maar ik wist zeker dat zij mij niet zo aan haar vrienden omschreef. Ik kende het Zweedse woord voor scharrel niet, veel meer zal ze van mij niet gemaakt hebben. Toch zag ik haar vier keer per week, hadden we seks, gebruikten we woordjes die alleen wij snapten.

Ik moest denken aan de eerste maanden van mijn relatie met Caro, toen ze eindelijk, na maanden bij me slapen, overstag was gegaan en toestond dat ik haar aanraakte, dat we soms zoenden.

Dat gebeurde twee dagen nadat het millennium was gewisseld. De feesten waren uitgedoofd, de computers hadden standgehouden, de polen waren op hun plek gebleven. Alleen het vuurwerkafval lag nog in de straten. Caro had haar jaarwisseling gevierd op een feest van een vriendin die ik amper kende. Ik was met Walter en Lucas naar Groningen gegaan en had het daar gevierd. Toen ik terugkwam in Amsterdam wilde Caro me graag snel zien.

In haar huis hield ze voornamelijk een monoloog.

'Nou, ik heb het begrepen hoor,' zei ze.

'Wat heb je begrepen?'

'Ik heb op dat feest met Oudjaar met zoveel mensen gesproken. Jongens vooral. Mannen.'

'O,' zei ik.

'Stuk voor stuk lege hulzen. Ik bedoel, ze zitten propvol, maar hoe diep je ook graaft: je komt alleen maar bullshit tegen. Mannen die veel weten hebben dan weer geen humor. Mannen met een geweldig lichaam zijn te dom voor woorden. Jongens die goed kunnen dansen, jongens die kunnen zoenen, jongens met sixpacks, jongens in auto's die duurder zijn dan het gemiddelde huis. Ik heb ze allemaal gezien. Alle varianten, alle opties. En ik stond daar samen met Lisa aan de bar en we keken uit over de dansvloer en naar al die zwoegende, grijnzende, zwetende mannen en ik dacht: er zijn er eigenlijk maar twee met wie ik het uit zou houden. Met wie je me kunt opsluiten in een huis en aan wie ik me na twee weken nog geen enkele keer heb geërgerd. Bij wie ik nog steeds een glimlach op voel komen als ik ze 's ochtends zie als ik wakker word. Ik ken er eigenlijk maar twee.'

'Twee maar?'

'Ja,' zei ze. 'En jij hoort daarbij.'

'Wauw,' zei ik.

'Daar kwam ik achter. Een half uur voor het eindelijk twaalf uur was.'

'En nu?'

'Niets. Maar dan weet je dat.'

'Goed,' zei ik. 'Dat is fijn om te horen.'

Toen zoende ze me op mijn mond. Lang, niet wild, heel traag, ze plukte met haar lippen aan mijn lippen. Daarna voelde ik haar tong. Voor het eerst. Ik had het al vier jaar gewild en toen het zover was, was het binnen een minuut al normaal. Alsof het altijd zo was geweest. Ik kleedde haar uit en ging met haar naar bed. De gewoonste zaak van de wereld. Ik had zo mijn best gedaan om haar te krijgen toen we nog op de middelbare school zaten, en uiteindelijk, nu ik helemaal niets meer deed, kwam ze zonder omweg in mijn armen gelopen. En omdat ik bang was haar te verliezen ben ik muisstil in een hoekje van de relatie gaan zitten, om maar geen twijfel wakker te maken, om alles vooral zo te houden als het was.

'Wie is die ander dan?' vroeg ik toen we bijna in slaap vielen.

'Wat bedoel je?'

'Je zei twee. Twee mensen met wie je het uit zou houden.'

'Niemand,' zei ze. 'Ken je niet. Een Zwitser.'

In mijn hoofd vulde ik het verhaal in. Ze was verliefd geworden op een Zwitser, een snelle, mooie jongen die haar had ingepalmd. Die ook vakken volgde op de universiteit. Hij had haar afgeleid van haar werk als au pair, ze was steeds later en minder thuisgekomen, omdat ze bij hem was. De kinderen waar ze voor moest zorgen raakten opstandig, chagrijnig en de familie waar ze woonde had haar uiteindelijk ontslagen.

'Hoe heet hij?' vroeg ik.

'Ik wil er niet over praten,' zei ze. 'Het is vergeten. Het is 2000. Vanavond gaan we dansen alsof het 1999 is.'

Ik keek verbaasd.

Ze lachte. Ik duwde haar van het bed. Ze lag op de grond, keek me aan en opende haar armen.

'Kom maar,' zei ze. 'Ik vang je wel.'

En met die val begon onze relatie. Een relatie als alle relaties: hoogtepunten, dieptepunten, samenwonen, ruzie en zoveel liefde dat het pijn doet. Wat er ook gebeurde, hoe slecht het ook ging; Caro was er als ik bijkwam, als ik een sprong had gemaakt en verderop op de tijdlijn weer aanhaakte. Ze hield mijn hoofd vast, ze waste mijn broeken en het belangrijkste was: ze vertelde me wat ik had gemist. Tot op de seconde nauwkeurig vulde ze altijd alle gaten in. *Een brandweerauto kwam voorbij. Wham! was op de radio. Twee katten hadden ruzie in de binnentuinen.* Tot op het laatst bleef ze dat doen.

'Dan weet je alles,' zei ze.

Op de vloer naast het bed in Amsterdam dachten we een toekomst uit. Niet de toekomst die is uitgekomen, niet die waarvan ik verwacht had dat die uit zou komen, maar een willekeurige toekomst, alsof er iets als overzicht bestaat.

*

Ik keek films in het zaaltje in het centrum van Uppsala, ik at met korting bij de studentenverenigingen omdat ik van de taalcursus een studentenkaart had gekregen, ik schreef aan het toneelstuk dat ik inmiddels een titel had gegeven: *Een goede dag voor een orgasme.* Ik verheugde me nu al op de strijd die ik zou moeten voeren met de artistiek leider om de titel te handhaven. Een lange strijd, opgebouwd uit slagen in woorden, compromissen en manieren om te omzeilen wat we echt dachten. En die strijd zou ik verliezen, maar dat maakte me niets uit.

Ik zag de zomer aan me voorbijtrekken. Belle & Sebastian zongen me de zomer door. *I spent the summer wasting / The time was passed so easily / But if the summer's wasted / How come that I could feel so free.*

Mijn nieuwe leven rantsoeneerde de gedachten aan Amsterdam tot een minimum. Ik zag hoe mijn huur voor het huis in Nederland maandelijks werd afgeschreven. Ik las e-mails over feesten, barbecues in het Vondelpark, mensen die huizen zochten binnen de ring, mijn vader die mailde dat hij iets las over een nieuw stuk dat vlak voor de Kerst in première zou gaan bij De Toneeltuin. Ik probeerde zo veel mogelijk de Zweedse nieuwssites te volgen, maar eindigde soms ook in een molen van Nederlands nieuws dat me niets zei of dat ik eigenlijk niet wilde weten. Ooit wist ik alles. Toen Caro er nog was en bij het dagelijkse televisieprogramma werkte, wist ik alles. We keken alles – dat moest voor haar werk – en we lazen alles. Ik onthield namen van zangers, schrijvers, koks, muzikanten. Nu niet meer. Nu raakte ik leeg, als een snoepmachine die nog wel werkt, maar niet meer bijgevuld wordt en waar de keuze ondertussen beperkt is tot een Balisto en een pakje Sportlife-kauwgom.

Ik voelde me steeds beter.

Dat mijn verdwijning weinig teweegbracht kwam niet als een verrassing. Het was het resultaat van wat ik tegen mensen had gezegd: *Aan mij heb je niets, wees blij als ik er ben, maar wees niet verdrietig als ik er niet ben. Op mij is niet te rekenen.*

Ik had het zelf gedaan. Ik had mijn best gedaan om niemand afhankelijk te laten worden, behalve Caro en die had zich er niets van aangetrokken.

Er was niemand meer die me Merlijn noemde. Cecilia niet, haar vrienden niet, de mensen van de zomercursus niet. Ik luisterde naar Walter alsof het mijn eigen naam was.

De echte Walter zag ik voor het eerst in de Lazy Frog, een café aan de Rademarkt in Groningen. In de Lazy Frog kwamen we in eerste instantie vooral vanwege het happy hour tussen tien en elf 's avonds, maar uiteindelijk bleven we steeds langer hangen omdat er harde, alternatieve gitaarmuziek werd gedraaid. Ik kwam er eerst met Lucas en toen we Walter hadden leren kennen waren we er voornamelijk met z'n drieën. We hielden van dezelfde gitaarmuziek, droegen de T-shirts met bands waarvan ik van sommige niet eens de cd's bezat, bezochten concerten van de bands die op onze T-shirts stonden. Pas als er helemaal niemand was en niemand het zou kunnen horen luisterde ik op mijn kamer thuis in het geheim klassieke muziek van mijn ouders of housemuziek uit de topveertig, als een verboden drug, om dezelfde nummers op school of in de kroeg uit te kotsen.

De Lazy Frog diende eerst als opmaat naar de rest van de stad, om de andere kroegen en het volk dat daarin woonde aan te kunnen, maar steeds vaker bleven we gewoon de hele avond aan de Rademarkt zitten en kwamen we niet verder dan Vera in de Oosterstraat, of De Kar in de Peperstraat.

Ik herinner me een week in de zomer, na het eindexamen, de langste zomer in ons leven. We hadden geen afspraken, geen tentamens, geen geplande vakanties. Walter zat op het terras voor de Lazy Frog, dronk bier en zei: 'Ik denk dat ik de aankomende week hier blijf zitten.'

'Gewoon hier?' vroeg ik.

'Ja.'

'En als ze sluiten?'

'Dan ga ik naar huis.'

'Dus alle seconden die de Lazy Frog aankomende week open is, zijn wij er aanwezig?'

Hij keek me aan, verrast door mijn voornemen om zijn voorbeeld te volgen.

'Ja,' zei hij. 'Ja. Elke seconde. We zijn er voor de deur opengaat en we zijn de laatste twee personen die de kroeg uit worden geveegd.'

Groningen kende geen sluitingstijden. Pas als het alweer licht is en er nog maar een enkeling in de kroeg zit, ligt, zingt of slaapt vegen bardames en obers klanten naar buiten om te sluiten. In tegenstelling tot Amsterdam, waar ze rond één uur met veel kabaal opruimen, het licht aangooien en *laatste ronde* roepen.

'Wanneer gaat dat in?' vroeg ik.

'Morgenmiddag, als ze opengaan.' Walter stond op. 'Kom, we gaan.'

'Waar ga je heen?'

'Een beetje bijslapen, we hebben een zware week voor de boeg.'

De week die volgde zaten we daadwerkelijk elke seconde dat de Lazy Frog open was op het terras of binnen. We zagen leveranciers komen, de baas schreeuwen, nieuwe bardames beginnen, bardames met de baas binnenkomen, bardames met de baas vertrekken. We zagen mannetjes de gokkasten legen, schoonmakers de vloeren dweilen. We waren erbij toen bezoekers ruziemaakten, toen er romances ontstonden en toen er regenbuien vielen die ervoor zorgden dat er binnen een minuut veertig extra gasten waren.

Na twee dagen draaide Walter de muziek en hielp ik mee achter de bar als de bardames pauze wilden. Soms vroegen we elkaar hoelang we nog moesten, maar vaak wisten we dat op dat moment niet.

Aan het eind van de week, toen het café dicht was, stonden we buiten. Het werd bijna licht.

'Ik heb gewonnen,' riep hij.

'Hoe bedoel je?'

'Ik ben deze week het langst aanwezig geweest in de Lazy Frog. En dus heb ik gewonnen.'

'Ik was er toch ook, elk moment dat jij hier was?'

'Ja, maar jij kreeg donderdagavond een aanval. Je was een paar seconden weg.' Walter lachte uitbundig.

'Ik wou dat ik je dat nooit had verteld.'

Daarna fietsten we naar huis, naar het zuiden, terwijl de zon opkwam, links, achter de villa's aan de Hereweg, boven de gevangenis in Helpman, de Shell bij het Be Quick-Stadion. We zongen, prezen onze prestatie.

Als mensen nu vragen: waar ben je nou het meest trots op? Dan denk ik meteen: die ene week dat Walter en ik elke minuut dat de Lazy Frog open was in dat café hebben gezeten. Maar ik antwoord altijd iets anders.

*

Aan het eind van de zomer begon het weer te zeuren: het beeld van Magnus in Stockholm, struinend met mijn creditcard. Ook al wist ik dat het gebruik al een paar maanden geleden een halt was toegeroepen, het lukte me niet om het los te laten. De diefstal was de enige reden dat ik hier was, dat ik een andere naam had aangenomen, dat ik Cecilia had ontmoet. Als daar geen opheldering over kwam, dan was er niets anders over dan een vrije val: we waren gesprongen en ook al duurde het nog wel even, de grond kwam onvermijdelijk en hard.

Ik stuurde een mail naar de student die het appartement eigenlijk bewoonde en vroeg hem wanneer ik eruit zou moeten. Hij mailde terug dat hij een stage aangeboden had gekregen in Malmö, waardoor ik langer kon blijven als ik wilde. Ik schreef dat ik niet wist wat er zou gebeuren, maar dat ik hem op tijd zou laten weten wanneer ik weg zou gaan.

De cursus liep ten einde. Er werd een afscheidsdiner georganiseerd in een van de Nations. Iedereen droeg de netste kleren die in z'n koffer zaten, wat een vreemde en willekeurige formaliteit opleverde: meisjes in kleine zwarte galajurkjes, jongens met dezelfde blouse als ze al de hele zomer droegen, maar dan gestreken en in hun broek gestopt. We droegen onze stugge, nette leren schoenen, die onwennig aanvoelden na een zomer van gympen, slippers en blote voeten. Ik dronk kleine glaasjes *sprit* en zong Zweedse drankliederen mee met de rest. We aten rivierkreeft. Sommige studenten hadden een lied ingestudeerd, andere hielden een speech. De toostmaster gaf aan wanneer we moesten drinken.

Er was een liedje over een Jezus-soldaat. Dat weet ik nog. Daar hoorden gebaren bij: *Ik hoor niet bij de infanterie, ik hoor niet bij de artillerie, ik hoor niet bij de luchtmacht, maar ik ben een Jezus-soldaat.* En bij elk legeronderdeel maakte de hele zaal de bijbehorende gebaren: wandelend, op een paard, met vleugels. Ik heb daar als een idioot staan meezingen, blik op oneindig, uit volle borst. Ik kende niemand, niemand kende mij. Niets maakte uit. Ik heb nog nooit zo opengestaan als toen. Als Caro in die eetzaal was langsgekomen en ik droeg de kleren en het kapsel dat ik altijd had, dan nog had ze me niet herkend.

'Wat ga jij nu doen?' vroeg iedereen die avond aan elkaar.

Een Duitser die een timmerzaak wilde beginnen op het Zweedse platteland schoot me aan. Hij had een vrolijke dronk. Hij droeg een colbertje dat hem te groot was.

'Ik blijf denk ik,' zei ik. 'Het bevalt me hier.'

En ik hoorde het me zeggen en wist toen pas dat het waar was. Nog heftiger dan de Duitser met zijn grote jasje, knikte ik zelf bij de woorden: 'Ik blijf denk ik.'

Na het diner, na de totale dronkenschap van het merendeel der studenten en een onwennig afscheid, waarin leugens werden verteld over dat we elkaar op zouden zoeken in verschillende delen van de wereld en dat e-mailadressen nooit vergeten zouden worden, liep ik naar Cecilia's flat. Ik drukte op haar bel en merkte aan haar trage reactie dat ze al sliep.

'Kom maar boven,' zei ze half slapend.

Ik duwde de deur open en nam de trappen naar haar gang. Haar deur stond op een kier en ze was weer in bed gaan liggen. Ze had haar ogen dicht. Ik wachtte even.

'Ik blijf,' zei ik in haar donkere kamer.

'Wat?' vroeg ze.

'Ik blijf in Uppsala.'

Ze ademde langzaam. Buiten hoorde ik nog steeds andere bezoekers van het afscheidsdiner terugkomen. Ze gilden. Probeerden hun Zweeds uit op andere Zweden, maar het klonk onbeholpen, nep, zoals de toeristen die *dankjuwol* zeggen in de supermarkten in Amsterdam. Ik stond naast het bed van het slapende meisje. Het was donker en ik dacht: vergeet niet hoe ze eruitziet. Vergeet dat nooit.

'Hoor je me?' vroeg ik.

'Ja,' zei ze.

'Ik blijf nog.'

'Dat wist ik toch allang,' zei ze. 'Moet je me daarvoor wakker maken?'

Ik wurmde me uit mijn nette kleren tot ik alleen nog een

onderbroek droeg. Ze trok me op het bed, sloeg de lakens open en weer over me heen. Ik lag lang wakker, van de drank, van de avond. Mijn dagen waren ingedeeld zoals het rooster van de school had gedicteerd. Nu was alles weer open. Ik zou geen Zweedse films meer kijken in het zaaltje, geen biologische lunch meer eten in het Ekocafé met een vreemde verzameling Japanners, Polen en Zuid-Amerikanen. Binnenkort zaten de lokaaltjes weer vol met Zweedse leerlingen die voor andere dingen kwamen en de lange, Scandinavische winter voor de boeg hadden.

Een paar keer viel ik bijna in slaap en zag ik flarden beelden, ideeën, woorden, gezichten. Halve dromen die de slaap aankondigen, maar die van elk geluid weer terugschieten naar waar ze waren. Cecilia draaide zich zo af en toe om. Mijn slaap kwam niet.

Om een uur of drie was Cecilia ook even wakker.

'Ga je niet slapen?' vroeg ze.

'Jawel,' zei ik. 'Ik slaap.'

'Met je ogen open?'

'Ja,' zei ik. 'Dat heb ik geleerd in dienst. Zo konden we de vijand zien aankomen.'

Ze lachte.

'You're so full of shit,' zei ze.

We lagen stil. Ik zag de fotomuur glinsteren in het licht van buiten. Vreemde gezichten, waarvan sommige inmiddels een naam hadden gekregen en andere nog altijd deden denken aan de schimmen uit mijn verleden. In de verte waren nog steeds mensen wakker, in het park, de groepjes drinkers. Mensen van de cursus misschien, die een poging deden hun zomer te verlengen, die niet wilden accepteren dat het voorbij was.

'Cecilia?'

'Ja?' vroeg ze.

'Vind je het goed om weer eens bij je vader te gaan eten?'

'Wil je dat?'

'De vorige keer was ik zijn gast. Misschien wil ik er nu als jouw gast naartoe. Snap je?'

'Ja,' zei ze en ik dacht: het is niet helemaal onzin. Dit wil je echt. Dat je ook nog niet klaar bent met het kleptomane karakter van haar gestoorde vader, dat komt erbij. Dat is ondergeschikt.

'Ik bel hem morgen wel,' zei ze. 'Kijken wanneer hij tijd heeft.'

Daarna sliep ik. Tot ver in de ochtend, toen de meeste treinen met zomerstudenten al door de groene heuvels waren vertrokken en ik weer terug was bij het begin: alleen, een vreemde, met enkel Cecilia als alibi voor mijn aanwezigheid.

*

De zomer had alle bomen donker gemaakt, de variatie in het groen was verdwenen. Ik merkte aan de Zweden dat er iets tragisch stond te gebeuren. Er was iets in aantocht dat ze onrustig maakte. Als dieren die krampachtig naar eten zochten voor hun voedselvoorraad scharrelden ze door de stad. September bracht het definitieve oordeel over de zomer: voorbij, over alle hoogtepunten heen en het enige dat de mensen te wachten stond was de eerste sneeuw. Ze maakten zich op voor de periode die zou volgen, als een overtocht van een warme veilige haven over een woeste koude zee naar een ander eiland: Is er genoeg aan boord? Overleven we dit jaar wel? Ze reageerden als op instinct of uit ervaring (geen idee waar het een stopt en het ander begint) en waren binnen de kortste keren klaar voor de maanden vol dikke lagen kleding, vuren in huizen, Volvo's met loeiende kachels en grote hoeveelheden drank.

Brace for impact. Hij komt eraan. Hij staat al aan de horizon, we horen het lage rommelen van wat er komen gaat, streng en ongenadig: de winter.

De vorige keer in het roze huis in het zuiden van Stockholm leek een eeuwigheid geleden, was een eeuwigheid geleden. Cecilia leek zenuwachtig. Ze verontschuldigde zich bij voorbaat voor Magnus, alsof ze was vergeten dat ik hem al kende voor ik haar had ontmoet.

We namen de metro vanaf het centraal station, over het water bij de oude stad en doken bij Slussen de tunnels van Södermalm in. Ik was blij dat we niet bovengronds reden. Alleen al de gedachte aan de plek waar ik door de straten had gesjokt, als een Pac-man de stippeltjes in het doolhof van Södermalm had opgegeten, maakte me neerslachtig. Na drie stations waren we over het eiland heen en doken ze op: de molen, het stadion, de loofbomen die al rood werden, terwijl de naaldbomen nog trots en groen naast de andere stonden.

Cecilia nam me mee langs dezelfde route als haar vader dat aan het begin van de zomer had gedaan. Bij de voordeur zocht ze in haar tas naar de huissleutel, maar voor ze die gevonden had deed Magnus de deur al open. Hij zag er hetzelfde uit als een paar maanden eerder. Hij droeg misschien zelfs hetzelfde pak, dacht ik te zien, ook al was het nog altijd schoon en verzorgd. Vreemd genoeg benaderde Magnus me in eerste instantie niet anders dan de eerste keer dat ik op bezoek was, terwijl ik toch in een volstrekt andere hoedanigheid zijn huis binnenkwam.

'Walter! Ben je klaar voor de Zweedse winter?' vroeg hij als eerste. Ik stond nog half buiten. Het was een grijze dag geweest, maar nu was de zon weer doorgebroken. De wolken losten op, dreven verder het land in. Toch bleef het koud.

'Ik denk het wel,' zei ik.

'Niet dus,' zei hij.

'Hoe is die dan? Die winter?'

'Lang,' zei Magnus en hij liet ons binnen, gaf Cecilia een kus zonder verder afgeleid te raken van de zin die hij was begonnen. 'Gemeen, streng, diep, grauw. Beetje als zo'n griep die niet stopt. Dat je denkt: morgen voel ik me vast beter, ik zeg nog geen afspraken af, ik ga een nacht goed slapen. Maar als je dan weer wakker wordt is de koorts nog een halve graad gestegen en voelt je keel alsof er een kilo Saharazand in vast zit.'

Hij lachte hard. Ik keek naar de man die een tijd door het leven was gegaan als mijn financiële schaduw en ik lachte beleefd mee.

'O,' zei ik. 'Dat klinkt heftig.'

'Dat is waarom we drinken,' zei Magnus. 'En daarom kennen jullie in België geen staatswinkels en illegale stokerijtjes in de kelder van je grootouders.'

Cecilia liep door naar de keuken.

'Nee,' zei ik. 'Er was van alles te vinden in de kelder van mijn grootouders, maar zeker geen illegale stokerijtjes.'

Magnus bekeek me. Lang. Ik werd er zenuwachtig van. Cecilia was doorgelopen. Hij nam me op. Dat was wel nieuw, de vorige keer was ik publiek geweest in zijn voorstelling, nu kwam ik auditie doen om mee te spelen.

'Zo,' zei hij.

Cecilia stak haar hoofd om de deur.

'Blijven jullie in de gang staan?' zei ze.

Ik schudde nee.

Magnus zei: 'Ik sluit niets uit.'

Net als aan het begin van de zomer maakte hij een gerecht dat ik niet gelijk thuis kon brengen. Het smaakte goed. We spraken over allerlei verschillende dingen, maar zeker in het geval van Magnus was het deels een herhaling van eerdere verhalen. En omdat ik mijn verhalen altijd vertel naar aanleiding van die van anderen, kon ik niet uitsluiten dat ook ik dingen opnieuw vertelde. Niemand zei daar wat van. Het was niet belangrijk. Er zijn genoeg mensen die tot hun dood dezelfde vijftig woorden blijven herhalen, daar heeft bijna niemand moeite mee.

De avond leek een kopie te worden van de vorige. De drank, de sfeer, het eten, alles leek op die eerste keer dat ik was uitgenodigd om de Zweedse gastvrijheid te testen, met het verschil dat ik Cecilia nu kende. Dat ze van mij was, tot op zekere hoogte, dat ze niet meer alleen aan Magnus toebehoorde. We deelden het meisje dat ook aan tafel zat.

Ik wist nog niet hoe ik het creditcardprobleem ter sprake zou moeten brengen, maar ergens, tussen woorden over woestijnen, waterputten, badhuizen en vreemde diersoorten door, moest ik mijn vragen persen. Ik kon niet weggaan zonder meer te weten.

'Tijd voor een cognac in de tuin,' zei Magnus na het toetje.

'Maar het is bijna winter,' zei Cecilia.

'Ik heb dekens. Ik maak een vuur,' zei Magnus. 'Kom, we gaan naar buiten.'

We trokken onze jassen aan en liepen over het gazon naar het tuinhuisje waar onder een afdakje een bank en een tafel stonden. Cecilia droeg drie dekens, Magnus een fles cognac. Hij pakte een vuurkorf en stak het hout aan met wat spiritus. Sterren stonden aan de hemel.

Ik deed pogingen om melding te maken van dingen die ik met Cecilia deelde, om te laten zien dat we al verder waren dan dit, dan twee zwijgende vreemdelingen op een grasveld. Magnus had er weinig oog voor en ook Cecilia leek niets te willen bevestigen. We dronken van de cognac. Magnus leek langzaam in slaap te vallen. Hij zat languit in een stoel, gewikkeld in een deken en mompelde zo af en toe dingen in het Zweeds, die zelfs Cecilia niet leek te verstaan.

'Ik ga even naar het toilet,' zei ik na een half uur en ik stond op.

Binnen in het huis nam ik de trap naar boven. Die beslissing was amper overwogen en snel gemaakt. Ik liep op mijn tenen om het kraken van de treden tegen te gaan, maar toch had ik het idee alsof ik naar boven stampte, een leven waarin ik niet was uitgenodigd. Verhalen tijdens een maaltijd, prima. Een dochter opzoeken in de stad waar ze studeert, haar beminnen, haar laten klaarkomen met uitzicht op een park, allemaal goed. Maar een trap op lopen om dingen uit te zoeken die verborgen moeten blijven was iets anders.

Ik trok voorzichtig aan laden in de gang, duwde zacht tegen deuren, vond slaapkamers, logeerkamers en badkamers. Uiteindelijk zag ik iets dat op een kantoor leek. Een werkkamer.

De kamer van Magnus was een complete chaos. Ik twijfelde even of het geen opslagruimte was, maar ergens in een hoek stond een bureau met een lamp erboven. Op het bureau stond een half leeggedronken glas wijn. Overal stonden dozen, archiefkasten, mappen, oude camera's, lenzen met zoveel stof erop dat ze al meer dan twintig jaar niet gebruikt moesten zijn. Verder veel grote lichtbakken om fotonegatieven te bekijken, uitklapbare kunstzonnen en statieven. Het rook er als in de studeerkamer van mijn vader, vroeger, in Nederland. De kamer waarvandaan ik de faxen naar Caro had gestuurd. Een combinatie van papier, oud leer, stof, inkt, colbertjes waar decennia aan pijptabak, opschrijfboekjes en balpennen in waren blijven hangen. Ik had bewust geprobeerd ook zulke studeerkamers te creëren, maar die van mij slibden dicht met muziekapparatuur, harde schijven, een televisie, een koffer met pokerfiches, een oude gameboy, een doos vol in onbruik geraakte adapters, kapotte zonnebrillen en cd-spindels. Daar rook het anders. De geur van mijn generatie.

In de kamer van Magnus stonden ook veel boeken. Kunstboeken, fotografieboeken, zelfs twee met de naam van Magnus zelf erop: *Magnus Rosenqvist — Bilderna 1980 — 1990* en *Magnus Rosenqvist — Bilderna Exotica A+B.*

Er klonken geluiden van buiten, van voorbij de tuin. Ik bleef op mijn hoede. Een hond blafte, een auto slipte bij het optrekken. Ik liet het licht uit.

Ik zocht iets van een computer. Ik zocht correspondentie met de mensen die Magnus hadden geholpen met het verkrijgen van mijn creditcardgegevens, maar Magnus leek niet aan computers te doen, of had ze goed opgeborgen. Aan de verste zijde van de kamer was een hokje gebouwd, met een zwart gordijn ervoor. De doka, dacht ik. Aan het stof en de spullen die voor de ingang stonden te zien was het hokje al lang niet gebruikt.

De geluiden van de papieren die ik verschoof en de dozen waar ik mijn tenen tegenaan stootte klonken hard. Ik luisterde of ik Cecilia aan hoorde komen. Er kwam niemand. Er tikten twee klokken tegen elkaar in. De gordijnen in de werkkamer stonden op een kier. Mijn ogen werkten systematisch, van links naar rechts, steeds een decimeter lager, alsof ik de ruimte volschreef met tekst.

In een hoge kast stonden dozen met stickers erop. Op de stickers waren plaatsnamen geschreven. *Lima, Buenos Aires, Kaapstad, Guadeloupe, Toulouse, Valencia, Zürich, Genève.* Uit nieuwsgierigheid opende ik een paar dozen. Ik bekeek de foto's die Magnus in de afgelopen jaren had gemaakt. Foto's van vrouwen. Veel vrouwen. Naakte, maar ook oudere vrouwen met kleren aan, oudere vrouwen zonder kleren aan. Mislukte portretten die vaak mooier waren dan de gelikte, perfect bedoelde resultaten.

Ik pakte de doos met Genève, nog altijd uit nieuwsgierigheid, niet omdat ik dacht dat daar het antwoord op mijn creditcardraadsel lag opgeslagen.

Dat bleek wel zo te zijn.

Gelijk boven op de stapel foto's lag een foto van een naakt, jong meisje en de realiteit kwam binnen als een complete verrassing, alsof je je voordeur in Amsterdam opentrekt en een straat in New York op stapt.

Het huis kantelde.

Ik kende het meisje op de foto. Het was niet Cecilia, geen beroemdheid, niet de vrouw van Magnus; het was het meisje met wie ik jarenlang in één huis had gewoond. Met wie ik op vakantie was geweest in Friesland, in Spanje, in Zuid-Frankrijk, door Schotland. Het was het meisje dat mij had overdonderd in een nachttrein naar Florence. Het waren niet haar vage contouren, niet de illusies die ik had gehad in Stockholm of tijdens de nachtelijke wandelingen in Uppsala en ik van een afstand meisjes passeerde van wie ik zou zweren dat zij het was. Dit was echt. Ik herkende haar lichaam, haar gezicht, de grote moedervlek onder haar rechterborst.

Mijn vriendin. De vriendin van Ted Robin, wat dan ook. Het meisje dat op de redactie van een populair televisieprogramma in Amsterdam werkte. Dat 'I Alone' had gezongen in een tent bij de Hoornse Plas, om geld in te zamelen voor een goed doel. Met wie ik een haas had aangereden in de Landrover van haar vader.

Het was glashelder wie degene op de foto was.

Het was Caro.

SIROCCO

Het eten van Magnus wilde naar boven. Mijn hart klopte sneller. Ik bladerde met trillende handen in de doos. Toen ik onder aan de stapel was aangekomen bleek hij volledig gevuld met foto's van Caro. Op de meeste stond ze naakt. Een deel leek gemaakt in een studio, andere foto's waren juist gemaakt in een huiskamer of keuken, met een goedkopere camera en flitslicht. Een enkele was ronduit lelijk, vulgair, alsof ze tijdens seksuele handelingen waren genomen.

'Walter?' hoorde ik vaag in de verte.

Cecilia riep vanuit de tuin, richting het huis. Ik hoorde haar stem door het raam van de werkkamer, waar nog net genoeg licht door naar binnen kwam om de foto's van Caro te kunnen zien.

'Walter,' riep ze nog een keer.

Ik smeet de foto's terug in de doos, klapte de deksel erop en rende de trap af, langs het toilet de woonkamer in.

'Gaat het?' vroeg ze toen ik voor haar stond. Magnus lag nog altijd op de stoel achter in de tuin.

'Ja,' zei ik. 'Misselijk.' Dat was het eerste wat in me opkwam.

'O nee,' zei ze.

Ik was niet misselijk, ik was verslagen. Ik had een klap gekregen van een onzichtbare hand, recht in mijn gezicht. Alles tintelde, ik had duizend vragen, maar stelde er maar één.

'Kunnen we weggaan?' vroeg ik.

'Nu?'

'Ja,' zei ik. 'Kunnen we hier weg? Ik voel me niet goed. Laten we teruggaan. Naar Uppsala.'

'Goed,' zei ze. 'Zeker?'

'Ja,' zei ik. 'Graag.'

'Goed. Even papa gedag zeggen.'

En ik dacht: zeg jij even papa gedag, doe hem mijn groeten, vraag waarom er foto's van mijn vriendin, sorry ex-vriendin, naaktfoto's welteverstaan, in een doos in zijn werkkamer liggen. Vraag waarom hij mijn geld heeft gestolen. Vraag waar dit allemaal op slaat. Vraag wie Frank Gerson is, waarom de medewerker van een Mastercard-callcenter klinkt als een erudiete grootvader. Vraag wat een mens 's nachts voor zestienhonderdvijftig euro kan doen in een pretpark. Vraag hem wat dit allemaal te betekenen heeft.

Ze liep de tuin in.

'We gaan denk ik,' riep ze. 'Walter voelt zich niet zo lekker.' Ik verstond inmiddels genoeg Zweeds om dat te kunnen volgen.

Magnus kwam naar binnen. Hij gaf me een hand. Het lukte me niet om hem in de ogen te kijken. Het lukte me amper om zijn hand vast te pakken. De hand die ik-weet-niet-wie-of-wat had beetgepakt.

'God,' zei Magnus. 'Je ziet witter dan sneeuw. Bereid je je voor op de winter?'

Zijn stokpaardje. Zijn ultieme obsessie. De winter. Het contrast. Het naderend onheil. Wat moet hij blij geweest zijn toen de dagen korter werden, na het midzomernachtfeest, toen de temperatuur begon te dalen, toen de verandering in de lucht zat.

Niemand lachte. Ik stamelde wat woorden: Engels, Zweeds, Nederlands, Gronings. Wat er maar te binnen schoot.

'Moet ik jullie even naar huis brengen?' vroeg Magnus toen.

'Je hebt gedronken, papa,' zei Cecilia.

'Och,' zei Magnus.

'Nee,' zei ik. 'Nee nee, het gaat wel. Laten we een stukje lopen. Bij de metro voel ik me vast alweer beter.'

'Ook goed,' zei hij.

Ik pakte Cecilia's hand en trok haar mee naar buiten.

'Tot de volgende keer dan,' riep Magnus. Ik keek niet om.

Zwijgend liep ik naast Cecilia, maakte afwegingen over wat ik wel wilde weten en niet wilde weten, wel durfde vragen en niet durfde vragen. Zo af en toe vroeg ze zelf iets, maar ik gaf amper antwoord. De wind blies druppels van de boombladeren, waardoor het voelde alsof het zacht regende. Ook in de metro zat ik stil. De foto's van Caro schoven als een diaprojectie voor elkaar langs. Op de doos had GENÈVE gestaan. Zwitserland. Aan Caro te zien, haar jeugdigheid, haar kapsel moest het inderdaad het jaar zijn geweest dat ik naar Amsterdam was verhuisd en zij naar Zwitserland.

'Wat is er nou?' vroeg Cecilia.

'Niks,' zei ik.

'Ben je boos om iets?'

'Nee. Misselijk. Dat zei ik toch?'

Ze zweeg. Haar gezicht verried achterdocht. Ze geloofde niets van mijn maagklachten. Het ontwijken van de discussie voelde heel vrouwelijk. Zo had Caro altijd gedaan als er echt iets was, maar ze niets wilde zeggen. Dit was mijn eerste oefening in kinderachtige communicatie, maar ik had mijn redenen.

'Godverdomme, Walter. Wat?'

De metro verdween weer ondergronds. We reden weg bij Skanstull. Het volgende station lag midden op Södermalm.

'Laten we even uitstappen,' zei ik. 'Ik moet je iets vertellen.'

'Wat?' vroeg ze. 'Waarom moeten we daarvoor uitstappen?'

'Alsjeblieft,' zei ik. 'Ik moet je wat vragen, wat vertellen. En dat doe ik liever nu, hier, niet in Uppsala. Dat is van ons. Wat ik moet vragen heeft met iemand anders te maken.'

De metro kwam tot stilstand op het station. Ik stond op. Cecilia volgde me.

'Ik begrijp er niets van,' zei Cecilia.

'Wacht even,' zei ik en we namen de roltrap naar boven. Buiten haalde ik diep adem en liep met haar in westelijke richting. Het voelde alsof ik terug naar huis was gegaan, nu ik hier liep, maar het echte thuis was nog een stap terug, nog een laag dieper in de grond onder mijn voeten, een ander niveau in tijd. Ik probeerde me krampachtig iets te herinneren, maar de beelden kwamen in kokervisie, kleine rondjes vergeten tijd op mijn netvlies. Een zeilboot in Friesland. Een maaltijd ter ere van een zelfverzonnen feestdag.

'Waar loop je heen?' vroeg Cecilia. 'In godsnaam. Waar ga je naartoe?'

Ik liep en dacht: hoe kan het dat je dit niet weet? Je deelt een huis, een half decennium, een leven en je weet niets over het jaar in een ander land, niets over een man uit Zweden die foto's van haar gemaakt heeft. Heeft ze dit verteld? Is dit ooit ter sprake gekomen? Is het een anekdote geweest tijdens een hap uit de tijd? Of nog erger: tijdens de vele momenten dat ze vertelde en vertelde en jij alleen de beste zinnen noteerde, maar de rest liet verdampen in de ruimte.

Ben je het zelf vergeten?

'Laten we ergens wat gaan drinken,' zei ik tegen Cecilia.

Ze bleef staan.

'Nee!'

'Alsjeblieft,' zei ik.

'Ik laat me niet meeslepen zonder te weten waar het over gaat. Dit slaat nergens op, Walter!'

De naam Walter galmde door de buurt, tegen de acht verdiepingen tellende appartementengebouwen in Södermalm. Uit alle ramen werd de naam teruggeschreeuwd.

'Merlijn,' zei ik.

Ik zuchtte.

'Wat?'

'Ik heet Merlijn. Geen Walter. Walter bestaat niet. Of althans, niet hier.'

Cecilia keek verbaasd.

'Je heet geen Walter?'

We stonden stil op Björngardsgatan. Ik voelde alle ingeslikte, gelogen knikkers uit me wegstuiteren, over de stoepen, over de straten, naar het water.

'Nee. Merlijn. Merlijn Kaiser.'

'Merlijn Kaiser?' Ze sprak mijn naam, mijn echte naam, uit als een ongeloofwaardig personage uit een boek of een film. Met nadruk op de R van Kaiser.

'Ja.'

'Als de tovenaar.'

'Als de tovenaar,' zei ik.

'En er is nog meer,' zei ik. 'Er is nog veel meer.'

Ze vouwde haar armen over elkaar en keek boos. 'Ja? Wat klopt er allemaal nog meer niet, tovenaar?'

Ik haalde adem en dacht: nu mag ik alles zeggen. Ik kan alles zeggen, moet nu alles zeggen, want elke leugen die ik nu handhaaf, vertel ik opnieuw.

'Even zien,' zei ik. 'Ik ben geen journalist. Ik schrijf toneelstukken en bijdragen aan de Filosofie Scheurkalender. Ik woon niet in Antwerpen, maar in Amsterdam. Ik heet Merlijn Kaiser. Mijn leeftijd klopt wel. Mijn verjaardag... jouw verjaardag. Mijn karakter ook, mijn fascinaties, mijn humor, dat ik naar Uppsala kwam om jou te zien, mijn humeuren, mijn liefde voor zeevis, mijn liefde voor jou. Dat is allemaal echt.'

Ze deed een stapje terug, alsof ik net als Michael Jackson in 'Thriller' de afgelopen minuten was veranderd in een weerwolf. Ik probeerde haar hand te pakken, maar ze trok hem terug.

'Heel echt,' herhaalde ik.

'Amsterdam?'

'Ja,' zei ik.

'Waarom heb je al die bullshit verteld?'

'Ik had een goede reden. Maar laten we in godsnaam gaan zitten.'

Ze deinsde nog verder terug. 'Ik begrijp het niet,' zei ze. Ze begon te lopen. Terug in de richting van het metrostation.

'Nee. Oké. Ik zeg het nu!' riep ik. 'Wacht!'

Ze liep steeds verder van me weg. Ik volgde haar.

'Het heeft met je vader te maken. Hij heeft geld van me gestolen,' riep ik.

'Hou op!' riep ze.

'Je vader... Magnus heeft mijn creditcardgegevens gestolen en zich voorgedaan als mij. Hij noemde zich Merlijn Kaiser om mijn geld uit te kunnen geven. Ik kon onmogelijk tegen hem zeggen dat ik dat was. Daarom zei ik dat ik Walter heette.'

En met elk woord dat ik zei, elke leugen die ik opbiechtte, elke waarheid die verscheen, wist ik dat ik Cecilia aan het verliezen was.

Ze draaide zich om en begon te rennen. Ze duwde haar handen tegen haar oren. Ik rende mee, naar links, over Högbergsgatan, terug in de richting van Medborgarplatsen. Ze rende hard. Ze stampte. Met elke stap duwde ze de keien verder in de eeuwenoude straten. Straten waar al duizenden meisjes hadden gestampt, waren weggerend voor leugens van mannen. Generatie na generatie. En nu waren wij aan de beurt.

'Wacht nou,' riep ik. 'Het is allemaal prima uit te leggen.'

En ik dacht: is dat zo? Kan ik alles uitleggen? Stel nou dat ze blijft staan en zegt: *Goed, je hebt vijf minuten, leg maar uit hoe het zit.*

Dan nog zou me dat niet lukken.

Ik vertraagde mijn pas.

'Laat me met rust,' riep ze achterom en als ik niet net in de naschok van de foto's van Caro had gezeten, had ik hierom gelachen, omdat het zo goedkoop overkwam. 'Laat me met rust' hoorde bij de zinnen die ik probeerde te vermijden in mijn toneelstukken, maar die dramaturgen er later ongemerkt weer in weten te smokkelen.

Uiteindelijk gaf ik het op. Ze rende hard en wilde duidelijk niet ingehaald worden en toen ze uit zicht was bleef ik staan. Voor een hoge muur en een trap die naar een universiteitsgebouw leidde. Ik ging zitten op de trap. De wind was kil, waaide langs de muur, zocht een weg tussen de gebouwen naar de vrijheid, het water op, de zee op, naar Rusland misschien.

De werkelijkheid verdween zonder dat ik het doorhad. Ineens was het later, kouder, donkerder. Ik lag op straat. Ik voelde dat het nat was in mijn broek. Mijn oor leek wel bevroren, zo koud was de linkerkant van mijn gezicht. Ik veegde mijn gezicht schoon, waar ik eerder had gelegen lag nu een plekje vocht. Ik probeerde een paar woorden en was blij dat ik mijn tong nog had.

Ik had in Groningen en later in Amsterdam vaak gehoopt op de achtbaan die er van je leven kan worden. Jezelf ergens omhoog takelen en dan zonder enige invloed op het traject naar beneden lazeren, zonder de bochten of de duur van de baan te kennen. Het liefst in de striemende regen en in het gezelschap van onbekenden. Nu het eenmaal zover was, was ik misselijker dan ooit.

Misschien kwamen ze terug, dacht ik. Cecilia, Caro, de artsen uit het ziekenhuis in Zwolle, wie er ook maar zin had om terug te komen in dit leven. Ik was niet zo kritisch meer. Ik kon niet zoveel eisen meer stellen. Als iedereen is weggelopen, dan maakt het niet uit wie er terugkomt. Desnoods de lerares van het Maartenscollege in haar Snoek. Ik stelde me voor dat ze daar om de hoek kwam aanrijden, mij zag zitten op de trap in Södermalm en me in liet stappen om me naar huis te brengen, om het meer heen, langs het surfstrandje, richting het huis van mijn ouders.

Er gebeurde niets. Ik spande mijn spieren, raapte mezelf op van de treden en liep richting de enige plek op Södermalm waar nog iets bekends zou kunnen zijn: Hotel Rival. Ik moest Caro spreken. Dat was het enige dat nog in me opkwam. In Rival kan ik bellen, dat wist ik. Dat was eerder gelukt.

Krista keek verbaasd toen ik binnenkwam.

'Merlijn?' riep ze. Ze stond achter de bar, links achter in de lobby. Ik was blij mijn echte naam te horen, alsof het een mogelijkheid was geweest dat ik die naam echt was kwijtgeraakt, van mezelf af had gelogen.

'Hoi,' zei ik. Ik was blij dat ze er was. Ik zag aan hoe ze keek hoe ik eruit moest zien.

'Even naar het toilet hoor,' zei ik en ik probeerde in de wc's van Rival nog iets van mezelf te maken. Ik droogde alles dat nog vochtig leek, waste mijn gezicht en handen en bracht het vreemde paarmaandenkapsel met water in model.

'Kom je weer dieven zoeken?' zei Krista toen ik terug was aan de bar.

Ik glimlachte en ging op een kruk zitten. 'Nee,' zei ik. 'Ik zoek even niets meer.'

Het Nederlands voelde vreemd. De klanken kwamen vanzelf, met veel vrijheid, alsof ik eindelijk weer alles kon zeggen zonder na te denken.

'Wat doe je hier dan?' vroeg ze. 'Vakantie?'

'Ook niet,' zei ik. 'Kan ik even bellen?'

'Ja tuurlijk,' zei ze. 'Dat vraagt bijna niemand meer.'

Ik toetste het nummer van Caro in, voorafgegaan door het Nederlandse landnummer. De telefoon ging zes keer over en schakelde toen naar haar voicemail. Een andere voicemail dan ik kende. Wat vrolijker, minder zakelijk. Ik dacht dat ze giechelde aan het eind.

'Met mij,' zei ik. 'Wil je me alsjeblieft bellen? Gewoon op mijn mobiele telefoon? Die heb ik nu even niet, maar morgen wel weer. Wil je me morgen bellen? Alsjeblieft? Ik moet dingen weten. Het gaat over Magnus.'

Toen hing ik op. Ik had onmiddellijk spijt van het gebruiken van zijn naam, maar ik dacht: nu moet ze wel bellen. Nu kan het niet anders.

Krista zette een glas wodka voor me neer.

'Leuk je weer te zien,' zei ze.

Ik glimlachte en zag hoe ze anderen hielp. Er was een grote groep toeristen binnengekomen. Ze wilden allemaal tegelijk een nieuw drankje. Ik dronk mijn wodka, observeerde de anderen en keek naar Krista, die in die paar maanden knapper was geworden dan ze aan het begin van de zomer was geweest. Misschien had ze een vriendje gekregen, dacht ik, is er iets in haar ontwaakt.

Ze bleef druk met de andere gasten, zette halverwege nog een nieuw glas voor me neer, maar ik vond het prima zo. Ik hoefde niet te praten, het idee dat er iemand was die niet was weggerend, die mijn naam kende, die samen met mij op foto's naar Magnus had gezocht, dat was geruststellend.

Toen de groep voorzien was en ze even rust had, kwam ze naast me zitten.

'Is er al meer duidelijk?' vroeg ze.

'Waarover?'

'Over dat gedoe met die man? En je creditcard?'

'Eerlijk gezegd is er alleen maar meer onduidelijk geworden.'

Ik lachte. Voelde de drank weer eens. Ik ben een Zweed aan het worden, dacht ik.

'Nog meer onduidelijk?' vroeg Krista.

'Ja,' zei ik. 'Een beetje zoals het wetenschappelijke kennisbegrip: als je je kennis voorstelt als de inhoud van een cirkel en de randen van die cirkel als de grens met het onbekende, dan ontstaat er bij elke vergroting van de cirkel, elke vermeerdering van de kennis dus, een groter contact met het onbekende en is er dus nog meer dat we niet weten.'

Ik pakte een bierviltje en tekende een cirkel.

'Cirkel?' vroeg Krista. 'Ik volg je even niet, hoor.'

'Eigenlijk is het een bal natuurlijk, maar een cirkel is makkelijker uit te leggen. En te tekenen.'

Krista keek zorgelijk. Moederlijk bijna, dacht ik.

'Waar slaap je?' zei ze.

'Ik woon in Uppsala tegenwoordig,' antwoordde ik. Ze keek verbaasd.

'Wat? Hoelang al?'

'De hele zomer al,' zei ik. 'Ik ben niet thuis geweest.'

Opnieuw keek ze verbaasd. Nog meer dan net. Verbazing gemengd met wantrouwen, alsof het mogelijk was dat ik alles vanaf het begin al had gelogen.

'Vertel daar zo alles over,' zei ze en ze stond weer op om iemand te helpen.

Ik keek naar de andere gasten aan de bar. Aan het uiteinde stond de grote groep toeristen, daarnaast zat een ouder stel dat hoge cocktails dronk en daarnaast een man in zijn eentje. Ik keek de man aan, keek hem in zijn gezicht en ik wist dat ik hem kende. De man keek kort naar mij, uitdrukkingsloos. Hij wekte niet de indruk dat hij ook wist wie ik was.

Bijna stond ik op het punt hem te groeten, te vragen waar we elkaar eerder hadden gezien, maar ik zag ervan af, omdat Krista terugkwam.

'Krista, ken jij die man?' vroeg ik. 'Is dat een bekende acteur of zo?'

'Nee,' zei ze. 'Niet dat ik weet.'

Ik bespioneerde de man, keek door mijn wimpers, langs mijn handen. Mijn blik draaide van rechts naar links als een camera en bleef net iets langer hangen bij hem. Hij was bruin, had een zomer buiten gezeten. Zijn huid leek van gelakt leer, zijn lippen waren gebarsten.

Daar kwam de waanzin, dacht ik. Ik was gek geworden. Mijn hersenen hadden al genoeg overwonnen, dat moest een keer ophouden. Ik kon niet blijven winnen, ergens overwint de wil van de natuur, het plan: deze grijze massa was nooit bedoeld om zo lang zo goed mee te gaan – alle draden en chemische invloeden ten spijt. En nu, nu iedereen loopjes met me nam, nu kwam daar de totale gekte.

De man aan de bar keek geïrriteerd, omdat ik hem zo lang aanstaarde.

'Ken ik u?' vroeg hij in het Zweeds. Het was een oude hippie, dacht ik. Te oud voor zijn tatoeages en jasjes, maar te laat om opnieuw te beginnen.

'Nee,' zei ik in het Engels. 'Sorry. Ik denk het niet.'

Ik kon zijn stem niet thuisbrengen. Misschien had ik hem dan toch echt nooit ontmoet. Ik gaf het op. Krista praatte nog wat, over de zomer, over het hotel en over – inderdaad – een nieuwe liefde, een Duitser, die ze in de stad had leren kennen.

De klok in Rival, een Salvador Dalí-achtig uurwerk dat boven de bar hing, kroop langzaam naar de nieuwe dag toe, naar de ochtend. Boven mijn hoofd, in het nooit uitvarende cruiseschip, sliepen toeristen. Vredig, gestrest, opgewonden, teleurgesteld, vrolijk, alle varianten. Ze droomden werelden en levens waar niemand ooit van zou weten en meters lager dronk ik wodka aan een bar.

'Ik las laatst nog een mooi verhaal over een creditcard,' zei Krista. 'In de krant.'

Blijkbaar was de geschiedenis van mijn creditcard ook een mooi verhaal geworden, zo had Krista de verhalen die ze hoorde gerangschikt in haar geheugen.

'O ja?'

'Ja. Er was een zwerver in Amerika, die vroeg een vrouw om wat geld. Zij had niets bij zich, behalve een creditcard. "Waar is het voor?" vroeg de vrouw. "Voor wat kleine dingetjes," zei die zwerver. De vrouw leent haar creditcard uit. Ze zegt: "Ik werk daar, breng hem daar maar naartoe als je je spullen hebt gekocht." De zwerver neemt de creditcard mee en brengt hem twee uur later terug.'

Krista pauzeerde even.

'Ja?' zei ik. 'En toen?'

'Toen is de vrouw gaan kijken naar haar afschriften.'

'En?'

'Hij had een T-shirt gekocht en wat eten bij een cafetaria.'

'Dat was het?' vroeg ik.

'Ja,' zei Krista.

Ik moest lachen.

'Wauw,' zei ik. 'Dat is echt een goed verhaal.'

'Ja hè?'

Ik keek naar Krista en was blij dat ze moest werken vanavond. Ik had geen idee wat ik had gedaan als ik Rival was binnengelopen en er stond een norse Zweed achter de bar, die me geld had gevraagd om Caro te bellen.

We praatten nog wat en ook al gingen de foto's van Caro niet uit mijn hoofd, de gesprekken met Krista werkten zalvend, als een stevig, ingevet verband dat om mijn wonden was gewikkeld.

'Mijn vriendje komt zo,' zei Krista. 'Hij haalt me op als ik klaar ben.'

'De Duitser?' vroeg ik.

'Ja.'

'Ik val ook om,' zei ik en ik betaalde voor alle drank die ik had gedronken. Ze stribbelde niet tegen.

'Als je nog langer in Uppsala bent, moet je vaker langskomen,' zei ze.

'Goed,' zei ik en ik gaf haar twee kussen.

Ik passeerde de bekende onbekende man met zijn leren huid en tatoeages en toen ik me nog een keer omdraaide, vlak bij de lobby, zag ik pas wie het was.

Eindelijk legde die ene hersenkwab een elektronische verbinding met de andere. Ik bekeek de man van top tot teen en zag toen wat ik al die tijd al had moeten zien: onder zijn T-shirt met de Zweedse vlag erop en zijn zomerse broek met zijzakken droeg hij geen schoenen. Het was de man met blote voeten.

Buiten lachte ik om het idee dat ik gek zou zijn geworden.

In de vroege ochtend liep ik door een stil Uppsala. Ik keek naar de flat waar Cecilia woonde, maar kon niet ontdekken of er beweging te zien was in het kleine vierkantje dat haar raam voorstelde. Het was volkomen stil op straat. Het leven in de stad stond op pauze en de enige die zich van de ene naar de andere plek bewoog was ik. De zon was al op. Voor het eerst sinds ik was vertrokken had ik weer een telefoon nodig gehad, hing de voortgang van de dag af van iets dat met een telefoon kon worden bepaald. Ik herinnerde me nog mijn eerste mobiele telefoon in Groningen en hoe Walter een maand later een telefoon had gekocht waar het spel Snake op zat. Ik dacht: *als je dat hebt, een telefoon met Snake, dan hoef je je nooit meer te vervelen.* Nu had ik een telefoon met een heel menu aan spelletjes, maar toch liet ik het ding liever thuis. Ik liep over de groene gazons van de universiteitsgebouwen en dacht nog steeds aan de foto's van Caro in een doos in de werkkamer van Magnus. Alleen maar aan die foto's. Van totale paniek tot schaterlachen, alle emoties als mogelijke reactie op de foto's van Caro kwamen voorbij. Ik lachte om de ironie. Ik was Caro en alles wat met haar te maken had ontvlucht om te spitten in mijn eigen leven, mijn eigen rotzooi te schoppen omdat me passiviteit was verweten en het tijd werd om eindelijk eens zelf wat te leven en nu ik daar een flink stuk mee op weg was, bleek ik al die tijd bezig te zijn met het wroeten in Caro's rotzooi.

Er was vier keer gebeld, zag ik toen ik mijn kamer binnenkwam. Ik lette niet op het tijdstip, volgens mij was het net een uur of zes geworden, maar ik drukte op 'terugbellen'.

'Merlijn?' vroeg ze toen ze opnam. Ik vervloekte de nummerherkenning. Het gaf haar een voorsprong op het gesprek, op alles.

'Ja.'

'Ik sliep,' zei ze.

'Sorry.'

'Waar ben je?'

'In Rackarbergsgatan,' zei ik.

Niet dat ze zou weten waar dat was, maar alle andere antwoorden waren even onnodig en overbodig geweest.

'Waar?'

'Maakt niet uit,' zei ik. 'Ik heb maar één vraag: hoe ken je Magnus Rosenqvist?'

Ze was stil. Ik stelde me voor hoe ze in bed lag. Ik wist hoe haar ogen stonden als ze net wakker was, ik wist hoe ze bewoog na een nacht liggen, ik wist hoe haar adem rook. Het kostte me niet veel moeite om me voor te stellen dat ik bij haar was.

'Ben je in Zweden?' vroeg ze.

'Ja,' zei ik. 'Maar dat is geen antwoord op mijn vraag. Wie is Magnus Rosenqvist?'

'Dat weet ik niet,' zei ze, maar aan elke lettergreep, elke klinker, elke stemhebbende en stemloze plosief of fricatief, elke adem en elke toon die de hoogte van haar woorden bepaalde kon ik horen dat ze loog.

'Er liggen foto's van je in zijn huis hier in Zweden. Dus dat lijkt me sterk.'

Ik dacht dat ze huilde.

'Ja,' zei ze met moeite. 'Ja. Dat kan.'

'Waarom?' vroeg ik. 'Ik begrijp het niet.'

'Ik wil het je wel uitleggen,' zei ze, 'maar dan moeten we

afspreken. Ik ga dat niet nu zo even allemaal vertellen.'

'Je gaat bij me weg, laat een maand niets horen, daarna heb je ineens een nieuwe liefde en nu wil je met me afspreken en is er van alles te vertellen.'

'Je wilt toch weten wat er aan de hand is?'

'Oké, kom maar hier,' zei ik.

'Nee. Kom jij maar terug,' zei ze.

'Kom jij maar hier,' zei ik. 'Het is jouw shit waar ik ineens in ben beland. Ik dacht al die tijd dat die vreemde uitgaven met mij te maken hadden, dat er eindelijk iets gaande was in mijn leven en dat ik daardoor zoveel afleiding kreeg dat ik jou kon vergeten. En nu duik je hier op, op de laatste plaats waar ik het verwachtte.'

Ze bleef stil. Ik hoorde haar ademen aan de andere kant van de lijn. Ik hoorde een tram bellen in de straat waar ze lag. Een Amsterdamse tram. Dat had ik al maanden niet gehoord.

'Caro?' vroeg ik.

'Ja lieverd,' zei ze. 'Dat snap ik. Wat vreselijk. Het spijt me.'

Ik beet op mijn onderlip. 'Kan ik je spreken?' vroeg ik.

'Oké, maar dan in het midden,' zei ze. 'We zien elkaar in het midden.'

Ik lachte.

'Kopenhagen of zo?' Het was eigenlijk een grap.

'Goed,' zei ze. 'Ik kan volgend weekend. Sms maar waar ik naartoe moet komen.'

Voor ik wat kon antwoorden had ze opgehangen.

De dagen die volgden wachtte ik in het appartement aan Rackarbergsgatan tot ik iets van Cecilia zou horen. Ik zag de jongen met de donkere krullen die ik tijdens de midzomernacht had ontmoet, die ondefinieerbare vriend van Cecilia, in het centrum, maar behalve een groet wist ik niets tegen hem te zeggen. Ik overwoog Cecilia op te zoeken, maar steeds als ik met mijn jas aan in mijn halletje stond of zelfs al halverwege de supermarkt was, realiseerde ik me dat ik geen extra informatie voor haar had. Ik kon niets anders zeggen dan wat ik in die nacht in Stockholm had geroepen, wat had geklonken als dronkenmanspraat of gebrabbel van een gek. Nu, in heldere, nuchtere staat zou ik exact dezelfde zinnen formuleren; want het was wat het was.

Ik vond een vlucht, boekte een hotel van zaterdag op zondag in Kopenhagen en stuurde Caro een sms. *Ik ben van zaterdag 12:00 tot zondag 13:00 in Kopenhagen. En jij?*

Ze schreef binnen tien minuten terug: *Ik ben er om 18 uur op zaterdag. Laat maar weten waar je zit. Lfs C.*

Het vliegtuig van Scandinavian Airlines naar Kopenhagen leek al voor het goed en wel op hoogte was weer te gaan dalen. De vlucht duurde kort; een verwaarloosbare, snel vergeten splinter in de luchtvaartgeschiedenis. Ik dronk een glas jus d'orange boven Vättern, een van de grote meren in centraal-Zweden, dacht aan de Zweedse films die ik had gezien die zich daar afspeelden, aan hoe professor Borg in *Wilde aardbeien* in een oude auto in een paar dagen van Stockholm naar Lund was gereden en hoe ik nu over die afstand niet meer dan een uur deed.

Voor ik het wist reed ik in een Deense taxi richting het hotel, dat volgens de website in het centrum van de stad lag. Ik kende Kopenhagen slecht. Ik was er ooit een dag geweest toen ik met mijn ouders in Denemarken logeerde, maar had nu weinig behoefte om de stad te leren kennen in die vijfentwintig uur dat ik er was. Het Deens was gek, nu ik het Zweeds een beetje begon te snappen. Zeurderiger, minder melodie, als een dronken spraakgebrek. Toch begreep ik er met mijn kennis van het Zweeds meer van dan ooit, alsof ik een bril was gaan dragen en de woorden nu eindelijk kon lezen.

Ik liep rondjes in de buurt van het hotel, zocht een plek om met Caro af te spreken en belandde uiteindelijk op een pleintje, bij Café Clady. Een ruim café met veel bediening. De tafeltjes stonden niet te dicht op elkaar, er was te eten, zonder dat het een chic gedekt restaurant werd in de avonduren. Er zaten mensen met laptops aan de tafels langs de muren. Het was een goede plek om af te spreken, dacht ik en ik stuurde het adres naar Caro.

Oké, schreef ze terug. *Ik kom daarnaartoe. Lfs Caro.*

Ik nam een douche in het hotel, bestelde per ongeluk een gigantisch broodje met friet in het restaurant naast de receptie, terwijl ik geen honger had, en werkte aan het toneelstuk tot het tijd was om naar Café Clady te gaan.

*

Caro had twee servetjes versnipperd en stond gelijk op toen ze me zag. Ik liep naar haar toe, keek naar haar donkerblonde, krullende haar dat lang was geworden, langer dan ik het ooit had gezien. Ze droeg kleren in een stijl die ik niet thuis kon brengen en ik was even intens tevreden met het idee dat ik in staat was geweest de mode te missen door een slaperige zomer door te brengen in een kleine universiteitsstad in een ander land.

Ze pakte me beet. Hard en lang. Ze perste me fijn en ik kon uiteindelijk niets anders doen dan haar ook vasthouden. Ik was gewend geraakt aan Cecilia, aan haar lengte, haar geur, en ik was kort in de war nu ik Caro weer vasthield. Haar knokige schouderbladen, de kleine, onzichtbare haartjes in haar nek, hoe ze op mijn tenen ging staan om ook dat gedeelte van mijn lichaam mee te nemen in haar omhelzing, alles sijpelde langzaam binnen tot ik weer vol zat met de vertrouwde herinnering aan hoe het was. Waarom zou iemand dit opgeven, dacht ik, voor welke singer-songwriter dan ook?

Ik had mijn ogen dicht.

'Hoi,' zei ze in de buurt van mijn oor. 'Merlijn.'

'Ja,' zei ik door haar haren heen. Ze kriebelden in mijn neus. Ik snoof diep. 'Hoi. Caro.'

Ik dacht even dat ze huilde, maar toen ze me losliet, zag ik vooral een grote glimlach, alsof ze jaren naar me had gezocht en me eindelijk had gevonden, op dit pleintje in een vreemde stad. Waarom ze lachte wist ik niet. Ze was zelf weggegaan. Ik had een bizarre ontdekking gedaan en uitleg geëist, waar ze honderden kilometers voor had moeten reizen. En nu stond ze naar me te lachen.

Pas toen we gingen zitten kwamen de foto's terug in mijn gedachten. De herinneringen aan Magnus, aan het roze huis in Stockholm en de rommelkamer op de bovenste verdieping en de honderd vragen en duizend subvragen die allemaal beantwoord moesten worden voor er nog meer gelachen en omhelsd kon worden.

We keken elkaar aan.

'Vertel maar,' zei ik.

Ze draaide haar ogen weg, leek zich te schamen.

'Jezus. Moet dat gelijk?'

'Ja,' zei ik. 'Heel graag.'

Een ober verscheen bij het tafeltje. Iemand van mijn leeftijd. Hij leek op mij, dacht ik. Ik bestelde een koffie. De ober glimlachte, zei weinig, maar knikte en liep weg.

'Hoe gaat het?' vroeg ze.

'Straks,' zei ik en ik zuchtte. 'Ik meen het. Ik kan niet praten, ik kan je amper aankijken. Echt. Caro. Je moet me eerst vertellen hoe het zit.'

Ze nam een slok van haar appelsap en haalde diep adem, alsof ze van plan was alles er in één longinhoud uit te gooien, als een melodie zonder pauze, het lied van de waarheid.

'Je had gelijk,' zei ze. 'Ik ken Magnus wel.'

'Ja,' zei ik. 'Ja, dat lijkt me wel.'

'Ik ken hem uit Zwitserland, van toen ik daar werkte.'

'Oké.'

'Ik had een verhouding met hem. Of hij met mij. Ik weet niet precies hoe het zat eigenlijk.'

Dat was nieuw. Het viel misschien uit de foto's af te leiden, maar er was een zin voor nodig om het vermoeden te bevestigen. Mijn Caro had nog voor mij een verhouding gehad met de dief die ik had getraceerd in Stockholm. Mijn mond voelde droog. Ik had beter water kunnen bestellen, dacht ik. Liters water om alle woorden weg te spoelen en alle verbazing op te laten lossen.

'Toen je achttien was?' vroeg ik.

'Negentien,' zei ze. 'Toen het echt begon was ik negentien.'

Ik dacht aan de Zwitser over wie ze had gesproken een paar dagen na de eeuwwisseling, toen ze eindelijk inzag dat we samen moesten zijn. De ander, de tweede persoon in de wereld van wie ze zich zou kunnen voorstellen dat ze het met hem uit zou kunnen houden. Was dat Magnus geweest? Had ik mijn enige lotgenoot in de gunst van Caro ontmoet zonder dat ik het wist?

'Hoe oud was hij toen in godsnaam?'

'Zevenendertig?' zei ze. Alsof ik dat bevestigend of ontkennend moest beantwoorden.

'Oké,' zei ik. 'Ga door.'

'Hij was de vader van het gezin waar ik au pair was,' zei Caro. 'Ik paste op hun dochter. Het was de klassieke verhouding.'

Blijf erbij, Merlijn, dacht ik. Val niet weg. Ik had me daar zoveel voorstellingen gemaakt van het gezin waar Caro had gewerkt, dat ik onmogelijk het plaatje van de vader (met snor, pak, bril) kon uitknippen en vervangen door de man die ik in Stockholm had ontmoet. Laat staan dat ik de dikke dochter met bril en gaten in haar melkgebit kon inruilen voor Cecilia.

Er ging een scheutige golf adrenaline door mijn maag. Ik moest lachen. Impulsief, zenuwachtig giechelen.

'Wacht even,' zei ik. 'Magnus was de vader in het gezin waar jij werkte?'

'Ja,' zei ze.

Ik zag de vage foto's op het prikbord van Cecilia voor me. Het besef schoot door me heen: waarschijnlijk had ik echt naar Caro gestaard. In de verte, met Cecilia, bij een meer, op het achterbalkon van een antieke stoomtrein. Korrelig, vergeeld, maar wel degelijk Caro.

'Jíj paste op hun dochter?'

'Ja,' zei ze. 'Dat was zo'n leuk, zelfstandig meisje. Ik kreeg in het begin ook alleen maar complimentjes. Van iedereen. Van Magnus, van zijn vrouw, alle internationale contacten. Hij was fotograaf, weet je.'

'Dat weet ik.'

'Oké, toen we een affaire kregen was alles goed. Ik was erg verliefd. Ik vergat Nederland volledig, vergat Groningen, het Maartenscollege, de leraren, de druk van een studiekeuze, de saaie zandwegen rond het huis van mijn ouders. De vrienden van school. Jou.'

Ze keek me aan en zocht iets in mijn gezicht dat reageerde op mijn specifieke vermelding. Ik deed echt verwoede pogingen zo neutraal mogelijk te kijken.

'Alles was anders daar. Alles was goed. Magnus hield van me, zei hij. Hij kocht kleren voor me, nam me mee naar de pier bij de fontein. De Jet d'eau. Ken je die? Die spuit 140 meter hoog. Nou ja, je kan hem vanuit de hele stad zien. Hij zei vaak dat als we niet bij elkaar waren, dat we dan naar de fontein moesten kijken. Als we dat dan tegelijk deden, waren we toch nog samen. De hele dag door keek ik naar het water dat uit het meer omhoog spoot. Ik zag het net boven een rij huizen uit komen. En dan wist ik dat hij ook ergens in de stad, tijdens het werken, naar de fontein keek.'

'Romantisch,' zei ik.

'En hij maakte mooie foto's van me. Heel veel. Hij zei dat ik hem deed denken aan de filmsterren van vroeger. Greta Garbo, Bette Davis, Marlene Dietrich. Ik had... ik heb een klassiek, tijdloos gezicht vond hij.'

Dat klonk als iets dat Magnus zou zeggen.

'De foto's die ik heb gezien?'

'Ik weet niet wat je hebt gezien.'

Toen zweeg ze, alsof ik al aan de beurt was.

'Dat vertel ik zo,' zei ik. 'Jij eerst.'

'Oké,' zei ze.

Ik probeerde het verhaal verder te stuwen, om te komen waar ik wilde komen, maar Caro had zich voorgenomen om alles te vertellen. Ik zag dat het haar zenuwachtig maakte, maar dat er ook een zware last van haar schouders viel. Ze praatte over de parken aan het water van het Meer van Genève, over de burchten op de berghellingen, over het vakantiehuis dat ze elke zomer vier maanden huurden in de Alpen, bij de berghutten, waar ze de eerste maanden van haar verblijf had doorgebracht. Dat waren de meest zorgeloze maanden, zei ze. Nog voor de verhouding. Tijdens de zomervakantie. Magnus was veel weg om foto's te maken. Zijn vrouw organiseerde etentjes en Caro wandelde met hun dochtertje door de bergen.

Dat was tijdens mijn eerste maanden in Amsterdam. Op mijn oude fiets die ik uit Groningen had meegenomen legde ik tientallen kilometers per week af. Ik ontdekte de stad, samen met Walter en Lucas. We dronken in nieuwe bars, ontmoetten andere nieuwe studenten, liepen feestjes af, deden alsof het Vondelpark net zoveel allure had als Central Park in New York. We trotseerden onweersbuien om aan de andere kant van de stad te komen. We bouwden, componeerden ons leven, omdat we dachten dat het zo hoorde. In mijn hoofd ontstond het verlangen naar schrijven, naar een naam worden in de krant, een toneelschrijver waar rekening mee gehouden moest worden. En ondertussen liep Caro door de Alpen met Cecilia. De kleine variant van Cecilia. Een kind Cecilia. Ik kon me er bijna niets bij voorstellen. En alles wat ik me er wel bij voor kon stellen kwam als een droom, in vreemde antieke kleuren, stroperig, traag, in karikaturen.

'Wat is er gebeurd?' vroeg ik. 'Wat ging er mis?'

'Ja,' zei ze. 'Wacht even.'

'Oké,' zei ik.

'Kijk, op een gegeven moment wilde ik het niet meer. Ik was er klaar mee. Hij werd onvoorzichtig. Besprong me in het huis, als zijn vrouw of hun dochter in een andere kamer zat. Ik vond het eng worden. Hij veranderde van een romantische minnaar in een soort bezitterige, jaloerse gek.'

'Ja,' zei ik en ik worstelde de visuele voorstellingen weg.

'En op mijn vrije dagen ging ik weleens wat drinken met wat jongens van de talenschool waar ik Frans leerde. Dan brachten ze mij naar huis, achter op hun scooters. Magnus vond dat vreselijk. Op een dag is Magnus ze gaan opzoeken. Achter mijn rug om, in het huis waar ze woonden. Hij heeft ze gewaarschuwd niet meer met mij om te gaan. Toen heb ik het uitgemaakt.'

'En dat vond hij niet prettig?'

Caro lachte kort. 'Ik heb nog nooit iemand zo boos gezien. We liepen in het park bij het Meer van Genève. Het was voorjaar. We hadden de sneeuw overleefd. Daar was hij erg mee bezig, de winter overleven, het wachten op de zon.'

Ik lachte.

'Wat?' vroeg Caro.

'Nee niets. Ga door.'

'We liepen tussen de bomen van Parc Barton. De fontein bij de haven stond aan, het water brulde in de verte. De zon scheen op de gebouwen aan de overkant. Ik keek naar de antieke, toeristische raderboten die uitvoeren op het meer en ondertussen schreeuwde Magnus in mijn oren. Hij riep dat ik het niet kon maken. Dat ik niets was zonder hem, dat ik alles aan hem te danken had. Onredelijke, vreemde verwijten, waar ik niets mee kon. Ik herinner me dat ik op een bankje ben gaan zitten, alles over me heen heb laten komen en een poging deed om mijn zintuigen af te sluiten voor zijn uitbarsting.'

'Ja.'

'Wat ik wel verwacht had gebeurde ook. Ik werd ontslagen.'

'Daarom kwam je eerder terug? Naar Nederland?'

'Ja.'

Tot zover het Zwitserlandverhaal, dacht ik. Ik stelde me Magnus voor, die in Caro's oren schreeuwde in een park bij het Meer van Genève. Überhaupt, Magnus schreeuwend, dat was al moeilijk. Ik voelde een verlaat medelijden voor haar, het soort tragisch medelijden dat je voelt bij dat ene zielige verhaal over een familielid. Het verhaal dat na honderd keer nog net zoveel pijn doet. Ik pakte Caro's hand. Ze kneep in mijn vingers.

'Waarom wist ik dit niet?'

'Dit heb ik wel verteld,' zei ze. 'Misschien niet met zoveel woorden, maar ik heb je hier toch weleens over verteld? Mijn grote liefde in Zwitserland?'

Ik schoot versneld door jaren conversatie en probeerde te zien waar deze verhalen lagen. Nergens doken ze op. Nergens had ik ze opgeslagen. Zeker niet zo concreet. En ik had blijkbaar geen moeite gedaan om te luisteren.

'Maar dan snap ik het nog steeds niet,' zei ik.

'Nee,' zei ze. 'Het is ook nog niet klaar.'

'O,' zei ik.

'Het begon een paar jaar geleden weer. Hij stuurde ineens een e-mail. Ik schrok me dood. Ik was bezig met mijn scriptie en ik zag zijn naam in vette letters verschijnen in mijn mailbox. Magnus Rosenqvist. Ik had geprobeerd niet meer aan hem te denken en toch stond zijn naam op mijn scherm.'

'Wat wilde hij?'

'De zaken gingen slecht, schreef hij. Ze waren terug in Zweden. Niemand in Zwitserland wilde zijn foto's meer. Hij was het kwijt. Ik was zijn muze geweest en sinds ik uit zijn leven was verdwenen, was alles bergafwaarts gegaan. Dat soort geleuter. Hij miste me, hij dacht veel aan me. Zoveel, dat hij dacht dat ik de enige was die hem nog kon helpen. Het was wartaal. Ik begreep niet wat hij wilde. Ik schreef terug dat hij me met rust moest laten.'

De ober in Café Clady onderbrak haar. Hij vroeg of we nog iets wilden drinken.

'Wijn,' zei Caro. 'Witte wijn.'

'Ik ook,' zei ik. De ober verdween weer.

'Ik weet zeker dat je dit niet hebt verteld,' zei ik.

'Nee,' zei ze. 'Dit niet. Ik schaamde me dood. Ik was bang dat je het niet zou begrijpen. Een volwassen man, een vader, iemand van zevenendertig die me mailt terwijl ik net iets met jou had. Ik wilde er niet meer aan denken, stopte het weg, zo ver als ik kon.'

'En toen?'

'Eerst een tijd niets. Ik dacht dat het voorbij was. Ik studeerde af. Ik kreeg de baan op de redactie.'

'Ja.'

'En toen kwam daar weer een e-mail. Op de redactie, terwijl ik aan het werk was. Een e-mail met veertien foto's. Foto's van mij. Naaktfoto's. Vreemde, nietsverhullende, lelijke, zeer persoonlijke foto's. Geen charmante foto's in mooi licht, met een halve borst zichtbaar, maar gênante foto's, van die foto's die worden genomen op momenten dat je je niet realiseert dat er iets als eeuwigheid bestaat. Foto's van mij als negentienjarige au pair in een vreemd land. Witte lichamen in seksuele houdingen. Ik schrok me rot, heb alles gedeletet toen de rest aan het lunchen was.'

'Ja. Jezus,' zei ik. 'Wat wilde hij?'

'Hij wilde dat ik naar Zweden kwam.'

'En? Wat schreef je terug?'

'Niets,' zei ze. 'Ik was doodsbang. Ik wilde niet naar Zweden. Ik negeerde het. Je moet het je kunnen herinneren, die periode. Ik was mezelf niet.'

Ik dacht aan onze relatie. Dat het klopte dat ze ineens was veranderd. Dat ze geen zin meer had om uit eten te gaan. Dat ze er altijd moe uitzag, omdat ze nachten lag te woelen in bed. Dat ik een paar maanden lang midden in de nacht op de bank ging liggen omdat ze me aanstak met haar slapeloosheid.

'Ja,' zei ik. 'Ik weet het nog.'

De ober kwam terug. 'Wilde u een fles wijn of twee glazen?' Hij sprak Engels.

'Een fles is goed,' zei Caro meteen.

De ober draaide zich weer om met een zwierige beweging, op één been.

'En toen kwam er weer een e-mail,' ging ze verder. 'Minder liefdevol. Het ging niet meer over muzen, over inspiratie, over de Jet d'eau in het Meer van Genève, over het vakantiehuis in de bergen. Hij was failliet. Als ik dan niet wilde komen, wilde hij ten minste geld hebben. Dat was ik hem verschuldigd. Ik had zijn professionele toekomst verpest. Met het dreigement dat hij de foto's op het internet zou zetten. Inclusief mijn naam en adres en telefoonnummer.'

'Christus,' zei ik.

'En toen ben ik geld gaan sturen.'

Deze zin sprak ze zachter uit. Ze schaamde zich.

'Ik dacht dat je een gat in je hand had,' zei ik.

Ik zat stil, kon amper bewegen en ik luisterde naar Caro, over het vreemde parallelle bestaan dat ze leefde, terwijl ik dacht dat ik een vriendin had die de relatie niet meer zag zitten, die het leven niet aankon.

'Het was niet altijd misère,' zei ze. 'Soms hoorde ik maanden niets. Dan dacht ik van alles: dat hij weer succes had. Dat hij het had opgegeven, dat hij was overleden. Langzaam vergat ik hem, was het weer fijn met jou, in Amsterdam, bij de televisie. Ik leefde in van die korte euforische periodes, met steeds meer opluchting, blijdschap. Ik dacht soms echt dat ik het was vergeten. Dat hij mij was vergeten. Dat ik alles had gedroomd. Tot er weer een bericht kwam. Dan stortte alles in en begon het van voren af aan.'

De ober bracht de wijn. Caro stond op. 'Ik moet even plassen,' zei ze en ze liep naar de andere kant van het café, waar ze door een deur verdween.

De bomen op het pleintje waren rood en bruin geworden. Op de stenen lag een tapijt van bladeren. Kinderen renden door de hopen aangeharkt blad, honden blaften naar elkaar. De Denen zagen eruit als Nederlanders, dacht ik. Volstrekt inwisselbaar. Ik zag de jas van Caro. Een vreemde jas. Naast haar stoel stond haar tas. Ook onbekend. Kennelijk vernieuwen vrouwen als Caro al hun accessoires binnen enkele maanden. Dat viel me nu pas op. Misschien had ze ze van Ted Robin cadeau gekregen.

Ze kwam terug en ging zitten. Nam een slok van haar wijn.

'Dus je stuurde Magnus geld?'

'Ja,' zei ze. 'Gewoon via de post. Biljetten euro's. Die wisselde hij zelf om in kronen neem ik aan.'

'Ze hadden hem toch op kunnen pakken? Eén telefoontje naar de politie en er hadden twee rechercheurs voor zijn deur gestaan.'

'En die foto's dan?' vroeg ze.

'Die staan toch niet online?'

'Nee, maar hij schreef steeds: "Die ene klik, dat ene bestand uploaden, dat kan overal ter wereld. Dat kan iedereen doen. Ik zou het er niet op wagen als ik jou was."'

'Jezus. Wie schrijft zijn teksten?'

'Merlijn!'

'Sorry. En toen?'

'Hij wilde steeds meer. Ik had het gewoon niet. Op een gegeven moment gaf ik hem mijn creditcardnummer, omdat ik geen geld meer op mijn rekening had. Toen werd ik binnen een week gebeld door de creditcardmaatschappij, of de uitgave in Helsinki wel klopte.'

'Helsinki?'

'Ja, daar had hij kennelijk op een of andere manier geld met de kaart opgenomen. In een familiepark, met bungalows en een zwemparadijs. Dat zeiden ze.'

'Een familiepark in Helsinki?'

'Ja. Ik twijfelde eerst, ik dacht: ik zeg niets, anders zet hij de foto's online. Maar ze stelden zoveel vragen, of ik in Helsinki was geweest, waarom het midden in de nacht was gebeurd, of ik het wel zeker wist. Of ik weleens van het familiepark had gehoord. Uiteindelijk viel het niet vol te houden. Ik zei dat ik niet wist wat het voor uitgave was. Toen kreeg ik het geld terug en blokkeerden ze de kaart.'

'Ja,' zei ik.

'En van Magnus hoorde ik niets. Blijkbaar heeft hij het geld kunnen houden, had hij een methode.'

Een methode, dacht ik. Een mannetje in een familiepark? Een keten oplichters met toegang tot creditcardapparaten in pretparken? Is dat een methode te noemen?

We dronken allebei snel.

'Ongeveer rond die tijd ben ik bij je weggegaan,' zei ze. Ze zei het snel, alsof het dan minder opviel. 'Hij liet weer heel lang niets horen. Misschien heeft hij andere chantabele bronnen met onvrijwillige donaties. En als iedereen geweest is komt hij weer bij mij uit. Dan mailt hij weer. Ik weet niet. Maar uiteindelijk was er weer een e-mail. Nadat ik het met die eerste creditcard had geprobeerd, deed ik het ook met die van onze gezamenlijke rekening. Die gebruikte ik toch niet meer. Maar daar hebben ze me nooit over gebeld.'

'Nee,' zei ik. 'Jou niet.'

'Jou wel?' zei ze.

'Hoe denk je anders dat ik bij Magnus thuis ben geëindigd? In de kamer waar jouw naaktfoto's in de doos GENÈVE zitten?'

Caro's ogen werden groter.

'Jezus christus. Wacht even. Je bent hem zelf gaan opzoeken?'

'Ja,' zei ik. 'Ik had niets beters te doen. Jij was weg omdat het steeds zo "fucking hetzelfde" was. Mijn leven was tegen een stootblok tot stilstand gekomen, ik ben uit de ravage geklauterd en als een amateurdetective naar Zweden vertrokken.'

Ze keek me aan. Glimlachte onder haar vermoeide ogen.

'Dat is niets voor jou,' zei ze.

'Nee,' zei ik.

'Ik ben onder de indruk,' zei ze.

We waren stil, ik verwerkte de berg informatie. Soms pakte ze mijn hand, voegde nog iets toe, legde nog iets uit.

Toen zag ik haar schoenen. Dat was nog het enige dat ik herkende als iets van de Caro die bij mij had gehoord, ooit, in een ander leven, nog zonder Magnussen en foto's in dozen. Ze droeg de schoenen die ze had gedragen tijdens een vakantie op een zeilboot in Friesland, een zomer eerder. Sneakers. Een cadeau van mij. We hadden een kajuitboot gehuurd, de Sirocco, en we zeilden langs alle jachthavens. We sliepen onder de kuip, op dunne matrasjes. We lazen bij het licht van een gaslamp, we speelden spelletjes schaak tot ik niet meer tegen mijn verlies kon en we schuilden voor de regens tot we weer verder konden varen. Op de derde dag hielpen we een Duits echtpaar en hun kleinkinderen van een brandende motorboot. Een dag later stond het in de lokale krant: *De opvarenden konden worden gered door een passerend zeiljacht.* Wij waren 'het zeiljacht' en lijstten het krantenartikel in. Het Duitse echtpaar stuurde ons daarna nog twee keer per jaar een kaartje, om ons te bedanken.

Daar dacht ik aan toen ik haar schoenen zag. Aan het Duitse echtpaar in de brandende motorboot. Aan de zon boven de Friese meren, aan de kleine supermarkten in de jachthavens met hun slechte rode wijnen en aan hoe we fantaseerden dat we ons vaarbewijs zouden halen en dan zouden beginnen op de Waddenzee, het IJsselmeer en uiteindelijk alle grote steden van Europa aan zouden doen. Het liefst op dit kleine schip, de Sirocco, met de matrasjes onder de kuip. Maar voor nu was Friesland goed. Ondiepe, ongevaarlijke wateren met te allen tijde een rode en een groene boei om tussendoor te varen en land aan de horizon.

Toen we buiten stonden bij Café Clady hield ze me weer vast. Ze legde haar handen om mijn hoofd, haar voorhoofd tegen mijn voorhoofd. Ze zoende me kort op mijn mond. Met haar vingers tastte ze de littekens van de elektronenonderzoeken af. Zij was de enige die dat mocht. De enige die dat deed.

'Robot,' zei ze.

'Ja,' zei ik.

Ze herhaalde wat ze eerder zei. 'Dit is niets voor jou.'

'Nee.'

'Gaat het wel?'

'Ik ben een beetje in de war, zoals je je misschien voor kunt stellen.'

Ik voelde haar vingers, langs de ringen die ze droeg. Haar armbanden rinkelden. Cecilia droeg haast geen sieraden, dacht ik, alleen touwtjes en een houten kettinkje. Caro was toch echt iemand anders.

'En nu ben jij ook al weg,' zei ik op de toon van een kind dat net iets te oud is om te zeuren.

'Merlijn?' vroeg ze.

'Ja?'

'Hoelang denk jij dat we uit elkaar zijn?'

Ik trok met mijn voeten een spoor door de bladeren op de stoep voor het café en ik rekende. Ik telde de maanden die ik in Uppsala had gezeten, de week in Stockholm, de maand dat ik alleen was geweest in het huis in Amsterdam.

'Ehm. Vier, vijf maanden?' zei ik. 'Hoezo?'

Ze zweeg even, keek vol medelijden. Ze pakte zelfs mijn hand.

'Een jaar,' zei ze. 'Bijna een jaar.'

'Wat?' vroeg ik.

'Een jaar geleden ging ik weg. Bijna twaalf maanden geleden ben ik uit het huis gegaan.'

Ik begreep het niet. Ze was amper een maand weg toen ik haar had gezien bij de Westergasfabriek en een week later was ik vertrokken om Magnus te zoeken.

'Nee toch?' vroeg ik.

'Het was bijna winter, weet je nog. Er lag al ijs. Ik had mijn warmste jas aan, alle sjaals en handschoenen. Weet je nog? Het was nog voor de jaarwisseling.'

En ik dacht en maalde.

'Een jaar?'

Was het waar dat ik een half jaar in een maand had gepropt, omdat er niets was veranderd? Ik rekende en dacht aan de dagen nadat ze net weg was. Het ijs op de grachten, de wegsmeltende sneeuw op het dak. Het moest kloppen. Ze was vertrokken op een winterdag, ik wist het weer. En nu was het herfst.

Caro vroeg: 'Gaat het echt wel?'

'Ja,' zei ik aarzelend. 'Ja.'

De maand dat ik in het keukentje zat en dacht dat ze elk moment terug kon komen met haar rode reistas. De maand dat ik Walter niet had gesproken, dat ik Lucas had genegeerd, dat ik tegen mijn ouders had gezegd dat Caro en ik vast snel weer eens op bezoek zouden komen, die maand was zes keer zo lang geweest als ik had gedacht en nu snapte ik wat Walter bedoelde toen ik voor zijn deur stond en deed alsof er niets was gebeurd. Ik had gedacht dat ik me aanstelde, maar ik had een half jaar niets laten horen voordat ik ineens weer in Pacific Parc had gestaan en mijn hoofdhaar in zijn gitaarkoffer had achtergelaten om uiteindelijk buiten in een vechtpartij verzeild te raken.

Caro bleef mijn hand vasthouden en ik dacht aan de mogelijkheid dat het een absence was geweest. Dat ik een half jaar lang als verdoofd op mijn krukje in de keuken had gezeten, dat het bijna tweehonderd keer dag en nacht was geworden en ik daar maar zat, met in mijn hand een koffiemok die van Caro was geweest. Dat was natuurlijk onzin, maar zo voelde het, zo afwezig was die periode geworden, dat het precies zo voelde als een vreemde, lange absence.

'Ik dacht veel korter,' zei ik.

'Nee,' zei ze. 'Een jaar.'

'Waarom heb je je spullen niet gehaald?' vroeg ik.

'Ik heb alles meegenomen wat van mij was. En alles wat van ons samen was, heb ik laten staan.'

'En die sloffen dan?' vroeg ik. 'En je scheermesjes?'

'Die gebruikte jij meer dan ik,' zei ze. 'Kocht je ooit zelf scheermesjes?'

En ik dacht aan de mesjes die ik altijd gebruikte. De roze mesjes waarmee ik onder de douche beginnende baardjes verwijderde. Ze had gelijk. Alle spullen die ik aan haar had toegedicht waren meer van mij geworden in de loop der jaren. En die had ze laten staan.

Ik miste al momenten, minuten en nu ineens maanden. Wie weet hoelang we al op het pleintje in Kopenhagen stonden, wie weet hoelang ik al in deze stad rondliep, wie weet hoelang Caro al met haar handen over mijn hoofd ging, over mijn littekens, over mijn korte haar dat inmiddels alweer veel langer was gegroeid, maar waar nu allesbehalve een kapsel in te ontdekken was.

We liepen zonder richting, zonder een doel te hebben. Haar arm stak ze door mijn arm, zoals ex-geliefden die nog goed met elkaar om kunnen gaan dat doen. In Amsterdam had ik dit nooit geaccepteerd, maar nu, in het niets, was er weinig wat zich tegen haar arm in mijn arm keerde.

'Hoe was het om weer naar huis te gaan?' vroeg ik.

'Wanneer?'

'Toen je uit Genève terugkwam?'

'Het deed me pijn,' zei ze. 'Cecilia. Ik was alles voor haar. Magnus en zijn vrouw waren helemaal niet met haar bezig. Die leefden als tieners op vakantie.'

Het gesprek met Cecilia aan het begin van de zomer dreef naar boven, dat ze alleen veiligheid kende bij anderen, leraren, kindermeisjes, de gezinnen van vriendinnetjes.

'Alleen om haar zou ik zijn gebleven,' ging Caro verder. 'Ze deed me aan mezelf denken toen ik die leeftijd had. Nog zo blind voor de waarheid. Zo enthousiast. En ze keek zo enorm tegen me op. Bijna naïef.'

'Naïef?' vroeg ik. Ik keek Caro aan. Het was een eigenschap die ik niet bepaald associeerde met Cecilia. Of in ieder geval: mijn Cecilia.

'Waar slaap je?' vroeg ik.

'Vanavond?'

'Ja?'

'Weet ik niet,' zei ze. 'Ik moet nog iets zoeken.'

'Slaap maar bij mij. Mijn kamer is groot genoeg.'

Ze haalde haar arm uit mijn arm.

'Merlijn,' zei ze. 'Ik weet het niet.'

'Ga je daar nu moeilijk over doen?' vroeg ik hoofdschuddend. 'Na alle gestoorde, complexe intriges, verloren maanden, geheimen, oude minnaars, ga je moeilijk doen over één nacht met iemand over wie je ooit zei dat hij een van de twee mensen was met wie je het uit zou houden?'

Ze glimlachte.

'Wat een vreemd toeval hè?' vroeg ze.

'Wat?'

'Hoe dingen lopen.'

'Welnee,' zei ik. 'Het is volstrekt normaal. Dit soort dingen gebeuren. Er zijn zoveel mensen en er is zoveel interactie op de wereld, dat het pas een vreemd leven zou zijn als dit soort dingen niet zou gebeuren. Als je op je sterfbed denkt: hé wat vreemd, ik ben nooit eens iemand tegengekomen die iemand anders kende die ik ooit heb gekend. Er heeft nooit eens iemand mijn pad gekruist van wie ik het niet had verwacht. Dat zou gek zijn. Dit niet.'

Caro lachte. Ik keek of ze misschien de zinnen van Magnus herkende van vroeger.

'Dus jij denkt dat dit niets voorstelt?'

'Nee,' zei ik. 'Natuurlijk niet. Het doet van alles met je gevoel. Het tornt aan de logica die je jezelf hebt aangeleerd. Het speelt met verwachtingen voor de toekomst. Maar het betekent niets.'

Het was donker. We passeerden het park Kongens Have en kasteel Rosenborg. Het waaide hard. We roken de zee. Het zout werd tot ver in de stad meegevoerd en leek via de lichtbundels onder de straatlantaarns op onze lippen neer te komen. Ik zag ons lopen, van een grote hoogte, en ik dacht aan hoe het ooit mogelijk moet zijn om te worden aangesloten op satellieten, om van buiten de dampkring naar beneden te kunnen kijken, naar de aarde, naar de plek waar je bent en ik zag ons staan: Caro met haar gekke nieuwe jas, ik met mijn oude, versleten jas en het gebrek aan kapsel. Ik zag ons staan, precies tussen Stockholm en Amsterdam in, tussen Magnus en Ted Robin, tussen het kantoor van De Toneeltuin en Cecilia's kamer in de studentenflat in Uppsala. Twee kleine, oplichtende puntjes op de kaart van Europa en dan steeds verder weg, van nog grotere hoogte, tot niet alleen de landen en het continent zichtbaar waren, maar alle continenten, de hele aardbol, de schaduwkant waar wij nu waren, maar ook de verlichte kant, Amerika badend in zonlicht, brandende woestijnen, helder verlichte oceanen en hoe het licht breekt in de dampkring en de kleuren worden gevormd.

'Waar is je hotel?' vroeg ze.

'In het centrum,' zei ik. 'Blijf je hier?'

'Bij jou?'

'Ja, bij mij?'

'Vanavond?'

'Ja vanavond ja,' zei ik. Ik speelde boos. 'Alleen vanavond.'

'Goed,' zei ze. 'Alleen vanavond,' en een minuut lang voelde ik weer precies wat ik had gevoeld in de nachttrein naar Florence: volstrekt onvoorwaardelijke, allesvernietigende liefde die in mijn buik kolkte.

IK BEN NORMAAL

Het was warm op de hotelkamer. Omdat ik nergens een thermostaat kon vinden had ik een raam opengezet en ik luisterde naar de geluiden van de Deense nacht. Ik sloot mijn ogen en probeerde aan Cecilia te denken, aan de eerste keer dat ik haar zag, op het gazon bij Magnus, in kleermakerszit met een boek in haar handen, in het blauwe rokje, hoe ze haar hand boven haar ogen had gehouden om me aan te kunnen kijken. Even later, nadat ze had gevraagd waar Magnus mij nu weer had gevonden en Magnus uiteindelijk naar binnen was gegaan om eten voor ons te koken, had ze me welkom geheten. Ik had gelachen. Zij ook. Zweden stond naar de zon gekeerd, het was nog zomer. We wisten nog niets. We wisten niet dat ik drie dagen later naar Uppsala zou komen, we wisten niet dat we allebei een Caro kenden, die dezelfde Caro was — of in zekere zin juist niet — met wie we een stuk bestaan hadden gedeeld. We wisten nog niet dat ik aan Rackarbergsgatan zou gaan wonen als verstekeling op het schip van haar leven.

We wisten nog niet dat we thuis zouden komen.

'Hoe zei je dat je heette?' vroeg ik die avond, op het gras. Ik had het wel verstaan, maar ik wilde het nog eens horen, als bevestiging dat ze daar daadwerkelijk zat.

'Cecilia,' zei ze. 'Zoals het liedje.'

'Welk liedje?'

'Van Cornelis Vreeswijk.'

'Zong die over een Cecilia?'

'Ja. Ik zal zo kijken of mijn vader het heeft, dan draai ik het voor je.'

'Goed.'

'Maar je bent wel een uitzondering. Iedere Zweed die dat nummer begint te zingen waar ik bij ben krijgt normaal gesproken een klap in zijn gezicht.'

Ik dacht aan het lot van alle Suzannes en Annabellen in Nederland.

Ze heeft het niet gedraaid. Later, in het appartement in Uppsala, toen ik alleen was, heb ik het liedje zelf opgezocht op internet en geluisterd met de Engelse vertaling ernaast. Een ballade in driekwartsmaat. Tragisch en ingetogen. Een oudere vrachtwagenchauffeur danst met een jong meisje, Cecilia. Ze staan bij een paviljoen op het eiland Öckerö en luisteren naar de verre klanken van een accordeon en een bas. Fredrik is oud, de maan is nieuw, de liefde is blind.

Daar dacht ik aan, in een hotelbed in Kopenhagen. De vrachtwagenchauffeur die ik was geworden. Ik lag met mijn kleren aan op het bed en hoorde gerommel in de badkamer. Caro. Het is dat ik de kraan hoorde, het openen en sluiten van een rits, een potje crème dat viel, anders had ik niet geloofd dat ze er was. Caro was er. Teruggekeerd van een verre reis, in de herfst, als een verloren gewaande soldaat stond ze in de ruimte naast me, inclusief trauma's, littekens van granaatscherven en een geschiedenis die wel te vertellen is, maar die nooit gedeeld kan worden. Er was veel veranderd. Te veel om recht te trekken, om zomaar te negeren en door te gaan alsof er niets gebeurd was.

Ik wilde niet naar Ted Robin vragen. Ik wilde niet weten wat ze nu deed, hoe haar leven vorm had gekregen sinds ze bijna een jaar geleden bij me weg was gegaan.

Op een avond in Amsterdam had Caro gezegd: 'Ik ga steeds meer op je lijken.'

Het was een paar maanden nadat ze had toegegeven aan ons samenzijn. We dronken witte wijn op het terras van Spanjer en Van Twist. De grootste stroom toeristen was vertrokken, Amsterdam was nu weer voor ons. Zelfs toen het personeel ging sluiten, mochten we blijven zitten, beneden bij het water. Caro rookte sigaretten en ik kreeg gratis wodka van een barman.

'Ben *jij* op *mij* gaan lijken?' vroeg ik.

'Ja.'

Het was onduidelijk of ze dit positief of negatief bedoelde.

'Het was alsof ik voor ik je kende een soort vormeloze drab was en jij een mal.'

'Dat is een van de vreemdste dingen die iemand ooit tegen me heeft gezegd,' zei ik.

'Heel goed,' antwoordde ze. 'Onthoud van wie het komt.'

Het tweepersoons hotelbed in Kopenhagen bestond eigenlijk uit twee bedden, met eigen lakens en dekens, gescheiden door een geul waar je vrij makkelijk in kon vallen als je je bewoog in je slaap. Die middag had ik kort één gedeelte van het bed beslapen en nu was er bezoek gekomen dat op het andere gedeelte zou gaan liggen. Ze haalde een pyjamabroek uit haar tas, trok deze aan, deed haar bh uit met haar rug naar me toe, terwijl ik langs de Deense tv-zenders zapte en uiteindelijk trok ze weer een hemdje aan.

Schaamte groeit aan. Preutsheid kan ooit volledig verdwenen zijn op het hoogtepunt van relaties; maar zodra je niet vaak genoeg intiem bent, groeit het kennelijk terug. Caro stond zich als een verlegen puber op een logeerfeestje voor mij te verstoppen.

'Ben je zo veranderd?' vroeg ik.

'Nee,' zei ze. 'Maar wij wel.'

Daarna sloeg ze de lakens op en ging in het verste bed liggen, bij het raam. Ze keek naar het plafond. Haar ogen waren wijdopen.

'Jezus,' zei ze. 'Wat een gedoe hè?'

Ik kon niet ontkennen dat we veel last hadden van verschillende soorten gedoe.

'Ja,' zei ik.

'Wat moet ik nu?'

Ik dacht na. Er waren wat opties, maar geen van die opties was uitgedacht, getest en heilzaam gebleken. Ik klikte de tv uit. Het was donker in de kamer.

'Het komt goed,' zei ik. Ik weet ook niet waarom ik dat zei.

Ze was even stil.

'Ga je morgen ook naar Nederland?' vroeg ze.

Daar had ik nog niet echt over nagedacht. Een deel van mijn spullen stond in Uppsala. Ik had nog steeds geen idee wat ik in Nederland zou moeten als Caro op het centraal station in een andere tram zou stappen, op weg naar een ander huis, een ander leven.

'Nee,' zei ik.

'Nee?'

'Ik ga terug naar Uppsala. Daar woonde ik de afgelopen maanden.'

'Uppsala? Dat ligt toch vlak boven Stockholm?'

'Ja.'

'Wat doe je daar dan?'

Ik wist niet wat ik moest zeggen. Of ik iets moest zeggen. Nu was het mijn beurt om me te schamen. *Ik doe het met je oppaskindje*, dacht ik, dat kan ik zeggen. Of: *Je bent niet de enige die van Cecilia is gaan houden*. Ook dat zei ik niet.

'Het is een fijne stad,' zei ik. 'Rustig. Ingeslapen bijna. In de zomer althans. Ik heb er een cursus gevolgd. Ik heb twintig Zweedse films gekeken en nu werk ik aan een nieuw stuk voor De Toneeltuin.'

Caro keek me aan.

'Ik had echt nooit verwacht dat jij weg zou gaan uit Amsterdam.'

'Ik ben ook niet weg. Ik heb ons huis nog.'

'Ons huis?'

'Mijn huis. Het huis waar we in woonden. Hoe moet ik het dan zeggen?'

Ze was stil. Op de gang liep een groep mensen voorbij. Ze maakten lawaai.

'Weet je,' zei Caro. 'Het is zo fucking moeilijk om een beetje leuke mensen te treffen.'

'Ja,' zei ik en ik dacht: wordt dit weer dat verhaal over dat er maar twee mensen zijn bij wie ze het uithoudt?

'Echt hoor,' zei Caro. 'Eerst dacht ik dat het het leukst was om te praten met mensen die dingen zeiden waar je wat van wist. Nu weet ik dat het interessanter is om te praten met mensen die dingen zeggen die je nog niet weet.'

Het was alsof ik Cecilia hoorde, alsof ik dit gesprek al eerder had gevoerd.

'Ik weet het niet,' zei ik.

'En het allerergst zijn de mensen die geen humor hebben,' zei ze.

Ik dacht van alles. Ik wilde wel vragen: blijkt je zanger geen humor te hebben? Maken zijn vrienden grappen die je al kende, waar je verdrietig van wordt omdat ze je de neus uitkomen?

'Jij bent tenminste grappig,' zei ze.

'Op een soort tragische, slapstickachtige manier misschien,' zei ik.

'Nee man.'

'Jawel. Ik ben pas grappig als er emmers zijn om in te stappen.'

'O, je hebt echt geen idee,' zei Caro. 'Als ik alle keren dat ik om je heb gelachen in één keer zou lachen, dan zou ik ontploffen.'

Nu lachte ik.

'Cecilia,' zei ik. 'Ik denk...'

'Wat?' vroeg Caro.

'Wat?' zei ik.

'Wat zei je? Nu net?'

Er sloeg iets tegen mijn borst, mijn buik, het richtte zich op mijn hart. Ik zei niets.

'Je noemde me Cecilia,' zei Caro. 'Ik hoorde het je zeggen.'

'Nee toch?' zei ik, maar ik wist meteen dat ze gelijk had. Ik noemde haar Cecilia.

'Sorry,' zei ik.

'Waarom zeg je Cecilia?'

Ik zocht naar woorden, naar de waarheid zelfs. Waarom zei ik Cecilia? Niet zozeer het falen van het menselijk brein verbaasde me, maar vooral de neiging van de ander om in kleine, onbeduidende foutjes grote intentionele handelingen te zien.

'Ik dacht aan Magnus en alles wat je vertelde.'

Ze ging rechtop in bed zitten.

'Hoe goed ken jij die mensen eigenlijk? Heb je Cecilia ontmoet?'

Ik dacht even na, draaide me naar haar toe en reikte naar het bedlampje.

'Nee,' zei ze. 'Laat uit. Geen licht.'

'Oké,' zei ik en ik trok mijn hand terug.

'Nou?' vroeg Caro. 'Heb je Cecilia ontmoet?'

'Ja,' zei ik. 'Ja. Ze woont ook in Uppsala.'

Toen begon Caro angstig hard te lachen. Ze gooide met een kussen en sprong op. Ze stond op het bed.

'O god, Merlijn, nee! O god! Ik had het kunnen weten.'

'Wat?' zei ik. 'Wat bedoel je?'

'O, Merlijn. Wat erg. Je bent verliefd geworden op dat meisje!'

'Hou op,' zei ik. 'Ga slapen. Ga liggen.'

Ze lachte opnieuw als een slechte heks in een kinderfilm. 'Wat vreselijk. Hoe oud is ze nu? Even denken.'

Voor ze wat kon zeggen had ik antwoord gegeven. 'Achttien,' zei ik. 'In februari wordt ze negentien.'

Caro viel neer op het bed. Ze zei niets meer. Ze zuchtte diep, met veel geluid, zoals het klinkt als er net gehuild of gelachen is.

'Ik leg het nog weleens uit,' zei ik. 'Hoe het is gegaan.'

'Nee,' zei Caro. 'Doe het niet. Leg alsjeblieft niets uit. Het is goed. Echt.'

We lagen een tijd stil. Ik wist niet wat ik moest zeggen. Alle mogelijke zinnen klonken stom en overbodig. Ik luisterde naar de stad; een ambulance, een groep mensen op weg naar een café.

Toen sloeg Caro haar laken open.

'Kom hier,' zei ze. 'Sukkel.'

Ik schoof op, kroop naar haar bedgedeelte en ging bij haar liggen. Ze trok me naar zich toe, hield me vast, pakte mijn hoofd, legde haar vingers weer op mijn littekens.

'Robot,' zei ze. 'Ik hou van je.'

*

Ik lag wakker en dacht aan het stuk voor De Toneeltuin, dat bijna klaar was en waar Magnus, Caro en Cecilia in waren komen wonen. Het was het persoonlijkste wat ik ooit had gemaakt. Ik had niet alleen gebruikgemaakt van levens van anderen, maar ook van wat ik had begrepen van die levens. Als ik terug was in Uppsala zou ik het moeten sturen. De datum waarop ze iets definitiefs verwachtten stond als een grote, houten, vergrendelde poort op de tijdlijn die ik voor me zag. De angst voor de reacties deed me nu al rillen.

Aan de muur van de hotelkamer in Kopenhagen hing vreemde kunst. Het was een collage van antieke tennisrackets en sportschoenen, allemaal overgespoten met goudverf. Caro lag in mijn armen en sliep, ik keek naar de vreemde, tot kunst verworden objecten. Ik dacht aan hoe sommige beelden en ideeën niet bestaan in deze wereld, maar slechts een residu van de oude zijn. Eeuwen opslag aan dagelijks leven en gebruiksvoorwerpen besmetten ons brein via de oude kunst, alsof we zelf nog zo leven. Vlindernetten waar Kuifje of Oom Dagobert vlinders mee vangen heb ik nooit gezien, maar ze bestaan in ons leven, naast sneeuwschoenen als tennisrackets, waar de eerste sherpa's op liepen, en paspoppen met berenvellen, harnassen en Romeinse kostuums.

Het idee dat er werelddelen zijn die nog niet zijn ontdekt leeft hardnekkig voort, al was het maar in hoop, omdat het idee dat we de aarde zo langzamerhand wel kennen en we alleen op de pikdonkere bodems van de oceanen nog niet geweest zijn te veel pijn doet. Onze generaties weten te veel. De nieuwe onontgonnen gebieden, andere sterrenstelsels met planeten waar we kunnen ademen, zijn nog veel te ver weg. Wij leven in een tussenwereld, een wereld waarin alles is gezien, maar we nog geen nieuwe verwachtingen mogen hebben.

De oude wereld en de al bestaande kunst beïnvloedden ook mijn werk. Het duurde tot de zomer in Uppsala voor ik in mijn toneelstukken of filmscenario's iemand gebruik liet maken van mobiele telefoons of e-mails, alsof ik me door het gebruik van het moderne al automatisch niet zou kunnen meten met alles wat eerder gemaakt was, dat zonder die middelen had gekund, de werken die ik zo bewonderde. Tot ik me op een moment realiseerde dat Shakespeare misschien wel videokunstenaar was geworden als hij de mogelijkheid had gehad en Brecht zich in zijn stukken had bediend van computers als die hadden bestaan. Pas toen ben ik gaan maken wat ik al die tijd had moeten maken, toen de angst verdwenen was en ik stopte met om me heen kijken, naar voren, naar achteren, naar anderen, behalve naar beneden, naar waar en wanneer mijn voeten de aarde raakten, als een bejaarde die zijn bril kwijt is terwijl hij hem draagt.

Caro was eerder wakker geworden. Het was koud in de kamer, de herfst kwam binnen via het openslaande raam en de verwarming was nog niet in staat geweest de ruimte warm te blazen.

We hadden niets gedaan. Het was weer zo'n avond als in het begin in Amsterdam, waar er alleen maar geslapen en gelegen werd. Ik had er verbazingwekkend weinig moeite mee. Cecilia zat in de weg. Als ik Caro al tijdens een gesprek Cecilia noemde, hoe zou dat dan wel niet voelen tijdens seks?

Caro stond haar koffer te pakken. Ze had al gedoucht en ik vroeg me af hoe het kon dat ik niet wakker was geworden. Ik was altijd eerder wakker, overal, altijd als eerste.

'Hé,' zei ik.

'Hé,' zei ze. 'Ik moet naar het vliegveld.'

'Nu al?'

Ik sprong uit bed. 'Wacht, ik ga met je mee,' zei ik.

'Naar Amsterdam?' Het klonk verwachtingsvol.

'Nee,' zei ik, 'het vliegveld.'

In de taxi keek Caro uit haar raam, ik uit het mijne. Ze had mijn pink en ringvinger vast. We zeiden niets. Ik had een paar keer een vreemd gevoel in mijn buik en ik wist dat het niets te maken had met Kopenhagen of met Caro of met de mogelijkheid dat ik haar nu weer maanden niet zou zien, maar dat dat specifieke gevoel, dat gewone mensen zonder mijn aandoening niet kennen, het begin kon zijn van een insult. Toch weet ik niet zeker of ik mijn bewustzijn ben verloren, aangezien de rit een monotone, constante stilte was, zonder autoradio, met dezelfde repeterende gedachten en uitzichten en Caro die mijn vingers maar stevig bleef vasthouden alsof ze anders uit de taxi geslingerd zou worden. Er konden minuten aan mij voorbij zijn gegaan zonder dat er iets veranderde in de taxi, die warme lucht en de artificiële geur van een dennenboom verspreidde.

Ik had een week lang geen medicijnen geslikt, ik had nieuwe moeten halen, maar was er nog niet aan toegekomen. In de taxi naar het vliegveld dacht ik aan alle potten vol medicijnen die ik in mijn leven al naar binnen had gewerkt. De namen duizelden voor mijn ogen: Tegretol, Carbymal, Neurontin, Mogadon, Lyrica, de namen van bizarre, mythische fantasiebeesten die een wereld bevolkten waarin ze de monsterlijke fouten in de gebergten van mijn hersenen bevochten.

Vlak voor we het vliegveld op reden, zette de chauffeur de radio aan. Op de radio draaiden ze muziek van Daryll-Ann, wat vrijwel onmogelijk was, omdat het ging om een marginale band uit Nederland.

'Is this on the radio?' vroeg ik aan de chauffeur.

'No, cd,' zei hij.

'How do you know this music?' vroeg ik.

'It's a cd someone left in my taxi,' zei hij en hij keek kort naar achteren, glimlachte en keek toen weer naar de weg.

'Summerdaze' begon, het liedje dat ik bijna non-stop had gedraaid in de maanden nadat Caro was verdwenen, de maanden die later één maand waren geworden.

I'm trying to leave this town for such a long time / since you are gone / the boats in the harbor, the stars in the night / I've been longing for the beach for such a long time / long time gone / and the music's over, still the drums are playing loud.

'Dit is ons liedje,' zei ik enthousiast tegen Caro. Ze luisterde een aantal seconden naar het nummer dat uit de boxen kwam.

'Maar hier hebben we nog nooit naar geluisterd,' zei ze.

'Nou en?'

*

Het besef dat Cecilia al die tijd met herinneringen aan Caro had rondgelopen verwarde me. Ik zocht naar momenten die met terugwerkende kracht bewijzen waren voor hun gedeelde leven, dacht aan de foto's op het prikbord en de keren dat ze vertelde over haar vele au pairs en Genève. Er was nog zoveel dat ik niet wist, dacht ik; als je favoriete kindermeisje niet opdoemt in het verslag van een leven, hoe goed ken je iemand dan überhaupt?

'Heb je Cecilia nooit meer gesproken?' vroeg ik in de taxi.

'Nee,' zei Caro.

'Waarom niet?' vroeg ik.

'Ik heb haar kaartjes voor haar verjaardag gestuurd en een keer een uitnodiging om me op te zoeken in Amsterdam, maar ik heb nooit iets gehoord.'

'Magnus,' zei ik.

'Ik denk nog best vaak aan haar, wat er van haar geworden is. Of ze nog steeds zo bijzonder is.'

Ik keek naar Caro en overwoog te zeggen wat ik wist, dat ze heel bijzonder was. Dat ze medicijnen studeerde en grappige, slimme dingen zei op momenten dat je het niet verwachtte, maar ik zei niets. Ik wist dat het niets met mij te maken had. Ik was een buitenstaander en mijn beeld was vertroebeld door alles wat ikzelf wilde.

Op het vliegveld moest Caro zich haasten. We hielden elkaar vijf minuten vast voor ze de douane door moest en we zeiden vrij weinig.

'Ik verzin wel iets,' fluisterde ik in haar oor en ik wist niet eens precies waar ik iets voor zou verzinnen. De situatie met Magnus en haar foto's misschien. Onze situatie. Het feit dat er geen grappige mensen in het nieuwe leven van Caro rondliepen. De situatie die was ontstaan nu ik verliefd was geworden op het oppaskindje van mijn ex-vriendin. Ik verzin wel iets, zei ik, en dat stelde mijzelf vermoedelijk nog meer gerust dan Caro.

'Merlijn?' vroeg ze.

'Ja?'

'Stel dat ik even ergens anders heen moet. Kan ik dan in jouw huis?'

'In Amsterdam?'

'Ja? Tijdelijk? Een week?'

'Jawel,' zei ik. 'Hoezo?'

'Gewoon. Stel dat dat even moet.'

Ik keek haar aan, probeerde meer te lezen in haar ogen dan ze liet zien.

'Natuurlijk,' zei ik toen. 'Ik ben er niet. En het voelt toch nog steeds als ons huis.'

Daarna gaf ze me een lange zoen en vertrok ze, terug naar Amsterdam. Ik bleef op het vliegveld, kocht een ticket, probeerde een Deense krant te lezen en wachtte tot ik door de douane kon, op weg naar de gate.

*

Ik haalde mijn portemonnee tevoorschijn om wat te drinken te kopen en zag mijn creditcard. De kaart die al een half jaar geleden geblokkeerd was. Er lag waarschijnlijk een ophaalbewijs voor een nieuwe bij mijn post. Ik dacht aan Frank Gerson van Mastercard. De man die had geklonken en gelachen alsof hij erbij betrokken was geweest. Waarom deze Frank Gerson zo had gesproken en gelachen wist ik nog steeds niet en dus deed ik iets wat ik veel eerder had moeten doen: ik zocht op mijn laptop naar de naam Frank Gerson.

Het eerste zoekresultaat was dat van een Nederlands televisieprogramma. Ik klikte op de link en vond de volgende tekst:

Deze week in Terug op de vloer *volgen we* ***mr. Frank Gerson****, voorzitter van de Raad van Bestuur van* ***Mastercard Nederland*** *en zien we hoe hij samen met de* *vertegenwoordigers langsgaat bij winkels en restaurants om over samenwerking te praten én bezoekt* ***Gerson*** *het callcenter van de fraudedetectie om klanten in te lichten over mogelijk misbruik van hun kaart.*

Ik staarde naar de tekst. En de foto van Frank Gerson. Een man met een grijze lok over zijn voorhoofd. Een bril, een stropdas.

De baas van Mastercard.

De link eronder opende een videoprogramma. Ik haalde mijn oordopjes uit mijn laptoptas en luisterde naar een muziekje. Na een paar minuten introductie over Gerson, zijn internationale carrière en een bezoek aan een restaurant zag ik hem bij de afdeling fraudedetectie. Hij werd rondgeleid door een supervisor en onder veel belangstelling van de mensen in de ruimte zelf aan een bureau gezet. Alle andere medewerkers stonden om hem heen. Ze lachten, maakten grappen. Gerson kreeg een korte uitleg over het systeem.

'Kijk,' zei de supervisor, alsof ze een schoolkind toesprak. 'Hier zie je een bedrag waarvan de computer dan denkt: hé, daar klopt iets niet!'

'Ja,' zei Gerson.

'Want waarom?' vroeg de supervisor. 'Kunt u dat ook zien?'

Gerson keek over zijn bril naar het scherm. 'Zestienhonderdvijftig euro is wel veel voor iemand die normaal alleen wat eten betaalt?'

'Goed zo,' zei de supervisor. 'En kijk, hier staat dat het is uitgegeven in Zweden. Midden in de nacht.'

'Hahaha,' lachte Gerson. 'In een pretpark? Zie ik dat nou?'

De supervisor kwam dichterbij en tuurde naar het scherm.

'Ja dat klopt. Heel goed gezien. Kortom: er klopt iets niet. Bovendien zien we hier dat er al eerder een dergelijk bedrag verdwenen is op een verwante rekening, wat het geheel nogal verdacht maakt.'

'Juist ja,' zei Gerson. 'En wat is nu de procedure?' vroeg hij.

'Nu gaan we de klant bellen. Dat kan gelijk, met een shortcut in het systeem. Zet de headset maar op.'

Gerson zette de koptelefoon op zijn hoofd. De supervisor ging naast Gerson zitten en deed ook een koptelefoon op, zonder microfoontje. Hij luisterde mee. Iedereen hield zijn adem in. Na een seconde of tien begon Gerson te spreken.

'Meneer ***?' vroeg hij. De naam was weggemoffeld door een piep.

'U spreekt met Frank Gerson van Mastercard, fraudemanagement, afdeling detectie. Stoor ik?'

Het was even stil. De supervisor duwde hem een geplastificeerd A4'tje onder zijn neus.

'Nee nee, maakt u zich geen zorgen,' zei hij. Daarna las hij voor van het papier. 'Wij bellen preventief. Als wij uitzonderlijke uitgaven detecteren die gedaan worden met uw creditcard markeert de computer die als verdacht en vervolgens controleren we bij onze klanten of zij het waren die de uitgaven deden.'

De voice-over nam het over:

Dat de heer Gerson een andere omgeving gewend is, merken de medewerkers snel aan zijn manier van spreken.

'Sic transit gloria mundi,' zei Gerson met een glimlach.

De medewerkers lachten. Ze hielden hun hand voor hun mond. Er klonk geschuifel, geritsel.

De voice-over ging door: *Frank Gerson valt gelijk met zijn neus in de boter. De uitgaven en de manier van reageren van de klant zijn zodanig verdacht, dat de supervisor besluit het hele geval nauw in de gaten te houden.*

'Kijk,' zei de supervisor toen het gesprek klaar was. 'Dit was zo vreemd, nu kun je ervoor kiezen om het knopje "extra alertheid" aan te vinken.'

Gerson klikt op het knopje. De stem gaat door.

Later zal blijken dat het inderdaad geen zuivere koffie was en dat het goed mogelijk is dat de klant deel uitmaakt van een bende van creditcardfraudeurs, opererend in Scandinavië. Het geval wordt nu nog altijd onderzocht door politie in binnen- en buitenland. Geen slechte score voor iemand die voor het eerst op de afdeling werkt, Frank! Aan het eind van de week komt de heer Gerson nog een keer terug op het callcenter, maar voor nu: terug naar het restaurant!

Ik zat op de rand van mijn stoel bij de gate op het vliegveld in Kopenhagen. Andere passagiers hadden geen aandacht voor me, maar ineens ontstond ergens diep in mijn brein het paniekerige idee dat ik in de gaten werd gehouden door de politie in binnen- en buitenland. Het idee verspreidde zich als een inktvlek in mijn bewustzijn. Iedereen die me passeerde of in mijn buurt op het vliegveld een krant zat te lezen was nu een potentiële undercover die mijn zaak onderzocht.

Toen ik weer wat kalmeerde en zag dat de andere mensen echt geen oog voor me hadden, overzag ik het resultaat van vijf jaar pogingen om dingen te maken die het waard waren om op de tv te brengen, om over te schrijven in de kranten. Ik had tientallen scenario's geschreven, maar was het afgelopen jaar alleen omschreven als de *andere man* in een vechtpartij en nu in een televisieprogramma als een potentieel, anoniem lid van een internationale bende die zich bezighield met creditcardfraude. De ironie ontging me niet. Maar toch: waarom had ik nog nooit bezoek gehad van een rechercheur in Uppsala? Waarom belden ze niet vaker van Mastercard?

We moesten boarden. Het was nu het begin van de middag. Caro was vast al geland en weer onderweg naar de stad. Maar nog meer dan aan Caro dacht ik aan Cecilia. Het was zondag. Ze dronk koffie in het centrum, at een zoet broodje. Ze lachte met vrienden, maar in de voorstelling die ik me van haar maakte was haar lach niet volledig en glipte ze soms uit haar sociale modus om in de verte te staren, om aan mij te denken, of aan de versie die ik van mezelf had gemaakt, tot een van haar vrienden haar aanstootte en haar aandacht afleidde door te beginnen over bijzaken, onzinonderwerpen, dingen die maar een fractie van het bestaan van de mensheid belang lijken te hebben. En ik zag dat ze moeite moest doen om zich ertoe te zetten hier aandacht aan te schenken.

Nadat we waren opgestegen en ik een glas jus d'orange en een Mars had geaccepteerd, pakte ik een pen en een klein opschrijfboekje en begon ik aan een brief aan Cecilia. Geen leugens meer, dacht ik. Niet dat ik tegen leugens ben, maar de waarheid was op dit moment belangrijker.

SAS 1702, Boven Värnamo, Linköping

Lieve Cecilia Rosenqvist,

Da capo al fine.
Mijn naam is Merlijn Kaiser. Ik ben geboren aan het eind van het tweede millennium na Christus, net voor een gigantisch netwerk van computers het leven voor altijd zou veranderen. Toen ik werd geboren was John Lennon nog niet door Mark David Chapman doodgeschoten. Er lag veel sneeuw in Nederland. De dorpen in het noorden van het land waren van de buitenwereld afgesloten. De noorderlingen leefden op noodrantsoenen, kookten sneeuw om thee te zetten en mijn ouders kregen mij.
Het huis waar ik in opgroeide stond net buiten het dorp, in een verwaarloosde tuin waar ooit een dennenbomenkwekerij had gestaan, en de kamers waren gevuld met boekenkasten. Jarenlang stonden er honderden boeken in de ruimten waar ik speelde, huilde, lachte, praatte, kroop, liep, rende en at. En

altijd hebben al die boeken dezelfde letters en inhoud gekend, maar pas toen ik oud genoeg was om ze te lezen kregen ze hun eigenlijke betekenis. Toch zijn ze er altijd geweest, op dezelfde manier als ze er later stonden. Dat idee kan ik heel moeilijk loslaten. Zo ben ik ook over mensen gaan denken: als ongelezen boeken. Het enige dat me scheidt van de betekenis is de wil om ze te lezen. En zo graag wil ik dat niet meer de laatste tijd.

Toen ik zeven was ontstonden er gaten in mijn dagen. Soms een paar, soms wel tientallen op een dag. Vaak had ik het zelf niet door, maar waren er anderen die me erop wezen. Er waren leraren op school die boos werden, omdat ze dachten dat ik ze voor de gek hield. Ik hield niemand voor de gek. In het ziekenhuis maakten ze een hersenfilm. Daar was ik trots op. Mijn broer hield er een spreekbeurt over en die dag had iedereen op school het over de film die er van mijn hersenen was gemaakt. Na de film werd door een neuroloog juveniele myoclonus-epilepsie *ontdekt.*

De gaten, de absences waren nog wel draaglijk. Ik merkte er weinig van. De andere epileptische aanvallen waren erger. Daarvoor zijn mijn hersenen opnieuw gescand en werden er kleine gaatjes in mijn hoofd geboord. Inmiddels maken medicijnen mijn brein wijs dat er niets aan de hand is. Dat ik normaal ben.

Ik ben normaal, en toch.

Ik mocht nooit alleen zwemmen.

Ik mocht nooit alleen in bad.

Ik mocht nooit in hoge bomen klimmen.

Ik mocht nooit alleen fietsen.

Ik mocht nooit alleen skiën.

Het grootste gedeelte van mijn leven ben ik in gezelschap van mijn ouders geweest. Dat compenseer ik

nu, door ze wat minder vaak te zien.
Ik schrijf inmiddels helemaal alleen toneelstukken en filmscenario's. Deze worden vrijwel altijd opgevoerd, maar zorgen bijna nooit voor de rimpeling in de kunstvijver die ik voor ogen had, laat staan de hekgolven die ze verdienen. Dit baart me zorgen, ook al lijk ik me te hebben verzoend met dat lot. Ik lever bijdragen aan de Filosofie Scheurkalender en schrijf zo af en toe een artikel in een tijdschrift.
Mijn huis staat in Amsterdam, ook al ben ik er al maanden niet geweest.
Mijn vrienden heetten Lucas en Walter, ook al heb ik ze maanden niet gesproken.
Mijn eerste grote liefde heette Caro. Ik heb haar vanmorgen nog gezien.
De Walter die ik was, die jij kende, het leven dat hij had, de verhalen die hij vertelde, hadden niets te maken met de Walter die ik ken. Ook waren het niet mijn eigen verhalen. Ik heb ze bedacht, ik heb alleen zijn naam geleend. Prijs je gelukkig met een unieke situatie: je hebt een fictief persoon ontmoet. Een personage uit het moeilijkste toneelstuk dat ik ooit heb geschreven. Nu is het stuk afgelopen. Het doek is neer, de acteurs staan te douchen in hun kleedkamers. En ik wacht op je in de foyer.
Caro heb ik ontmoet in een trein. Ik zal haar nooit vergeten, hoever ze ook verwijderd raakt van het leven dat ik leid. Ik heb met haar over jou gesproken, over Zwitserland. Ik zweer je dat ik daar niets van wist tot Caro dit vertelde.
Caro heeft eten voor je gekookt; kruimige, Zwitserse aardappelen, rodekool, rundvleesworstjes. Ze heeft met je gespeeld, met een groot geel poppenhuis waar je eigenlijk te oud voor was. Ze heeft je lange ha-

ren geborsteld in een hoog huis in Genève dat in de stad stond en op het hoogste punt uitzicht had op het meer. Jullie wandelden naar de pier, naar de Jet d'eau-fontein. Daar was ik niet bij. Daar wist ik niets van. Ik wist niet dat jullie elkaar kenden, tot ik in het huis van Magnus haar foto's vond. Foto's die verstrekkende gevolgen hebben gehad voor haar leven. Dat wil ik je heel graag uitleggen. Misschien niet nu, in een brief, maar als het niet anders kan, dan zal ik niet nalaten alles op te schrijven. Dan schrijf ik een heel boek voor je. Alles om uit te leggen wat er gebeurd is, om te laten zien hoe we zijn gekomen waar we nu zijn.

Het staat je vrij te vergeten wat je deelde met Walter, het personage dat ik deze zomer speelde. Toch hoop ik dat je het onthoudt, wat we hadden, waar we om lachten, de routes van de wandelingen die we maakten door Uppsala. Het eten dat we bestelden in het Ekocafé. De boeken die ik van je moest lezen. Die films die je van me moest zien. De avonden bij Snerikes, waar ik altijd mopperde op het volume van de muziek en de kwaliteit van de wijn, maar waar me uiteindelijk niets wat kon schelen, omdat jij bij me was. Dat is echt gebeurd. Dat is geen fictie. Die zomer heeft bestaan.

Ik ben te vinden in Rackarbergsgatan. Ik zal op je wachten.

Ik ben normaal.

Ik ben Merlijn.

Liefs,
Merlijn Kaiser

*

Er kwam geen reactie op de brief.

Ik zat achter mijn laptop in het appartement in Uppsala en voltooide in een week *Een goede dag voor een orgasme.* Daarna stuurde ik het script naar Nederland, naar de artistiek leider van De Toneeltuin. Hij antwoordde met een ontvangstbevestiging en een toezegging dat hij en de beoogde regisseur zo snel mogelijk met commentaar zouden komen.

De titel prikkelt! schreef hij, zoals ik had verwacht. *We vinden vast een compromis.*

Belangrijker vond ik dat ze het voorlaatste gedeelte van mijn voorschot overmaakten, waarmee ik een deel van de gaten dichtte die mijn gereis had geslagen.

Ik kwam amper buiten. Het eten haalde ik bij de supermarkt waar Cecilia ook zou moeten komen, maar toch kwam ik haar nooit tegen, alsof mijn vliegtuig vanuit Kopenhagen ongemerkt de dampkring had verlaten en in de ruimte via wormgaten was teruggekomen in een ander jaar, in een andere tijd, waarin Cecilia helemaal niet in Uppsala woonde, maar misschien nog wel in Zwitserland, in het huis van Magnus, waar Caro eten voor haar maakte en haar kleren uitzocht.

De winter kwam. Nog niet zo bruut en vernietigend als Magnus had voorspeld, maar toch. In de tweede week van oktober betrok de lucht en viel de eerste sneeuw op de stad. Ik was op weg naar de staatsslijterij, liep door het park naar het centrum en voelde de vlokken vallen. Veel vroeger dan ik ooit had meegemaakt. Ik bleef staan bij het conservatorium, keek naar boven en wist dat er geen weg terug meer was. Zoals er in Nederland altijd nog wel een paar mooie dagen volgen na de eerste herfstbuien, zo was er hier geen ontkomen aan: het was winter. Ik liep door naar de stad en merkte dat ik natte voeten kreeg. Mijn sportschoenen voldeden niet meer en in de stad kocht ik van het geld van De Toneeltuin stevige, laarsachtige

Sorel-bergschoenen waar mijn broeken onmogelijk overheen konden vallen. Ook kocht ik een jas met een grote, gevoerde capuchon en een paar truien die niet zouden misstaan in een videoclip van Wham! in de jaren tachtig.

Nu het stuk klaar was en de winter was gekomen, ontvouwde zich een kale, lange toekomst. Ik had sinds mijn komst aan het begin van de zomer van dag tot dag geleefd, soms van uur tot uur, maar nu zag ik ineens weer weken verschijnen, maanden en misschien zelfs al een aantal jaren. De wereld werd donkerder, maar in mijn leven gingen allerlei lampen aan die licht schenen op een steeds verdere toekomst. Een toekomst van lege, heldere museumzalen met witte muren. Het was moeilijk voor te stellen hoe ik die belachelijke lappen tijd in zou vullen, ik had geen heldere ambities meer, geen vlammende hoop op een bestaan met Caro of Cecilia, geen gedachten meer aan het kopen van boerderijtjes in Gelderland, geen zicht op kinderen, familiebijeenkomsten, vakanties met een caravan. Geen zinderende contacten met vrienden die me belden om te vragen waar de fuck ik bleef als ze op een spannend feestje waren. Dat alles bestond niet meer, niet in gedachten, niet in het echt. Ik was alles wat er over was. Ik had mijzelf gedegradeerd tot een lichaam in een stad. Mijn bergschoenen, mijn gevoerde capuchonjas, mijn wandelingen door Uppsala, mijn Zweeds dat verbeterde, een nieuw stuk, voor als het oude niet zou bevallen, dat was er nog, maar meer niet.

Twee dagen nadat ik *Een goede dag voor een orgasme* had opgestuurd, werd ik gebeld door de artistiek leider van De Toneeltuin. Ik liep door het centrum, bij de rivier waar de sneeuw nu nog werd weggevoerd door het stromende water. Ik had een krant gekocht en probeerde al lopend te lezen.

'Waar zit je toch?' vroeg hij.

'In Zweden,' zei ik.

'O leuk. Waarom?' vroeg hij, maar ik had geen zin om erover te praten. Ik wilde weten wat ze van het stuk vonden, of het goed was, of ik klaar was en wanneer het zou worden opgevoerd.

'Ik moest even weg,' zei ik. 'Nederland werd zo bekend.'

'Dat snap ik,' zei hij. 'Ja. Dat snap ik.'

Toen was hij even stil. Ik hoorde het kantoor van De Toneeltuin op de achtergrond. Mensen gilden. Acteurs misschien. Die gillen altijd.

'Wacht,' zei hij. 'Ik loop even naar buiten.'

Hij ging een paar deuren door en stond toen vermoedelijk in de binnentuin waar ik eerder een aantal uit de hand gelopen borrels had meegemaakt. Misschien was het een mooie dag in Amsterdam. Een nazomerdag. Vermoeide wespen deden laatste pogingen om bij de lege flessen wijn te komen. Soms stak de secretaresse de buitenkaarsen nog aan. De laatste stuiptrekkingen van een seizoen.

'Het heeft je goed gedaan, denk ik,' zei de artistiek leider.

'Wat?'

'Dat je even weg bent gegaan, bedoel ik.'

'Ja?'

'Ja,' zei hij. 'Je script, bedoel ik.'

'Ja?'

'Ja. We vinden het geweldig. Het beste wat je tot nu toe hebt geschreven.'

'Echt?'

Ik hoorde hem een sigaret opsteken met een benzineaansteker. Ik luisterde hoe hij inhaleerde en de rook uitblies.

'Absoluut,' zei hij nog in dezelfde adem. 'Ondanks de logistieke aanloop zijn we er erg blij mee.'

Ik stond stil op de brug, kroop in mijn kraag. Het was koud hier. Ik dacht na over de logistieke aanloop. Ik had me niet altijd aan de deadlines gehouden, misschien was dat wat de artistiek leider bedoelde.

'Dat is goed om te horen,' zei ik.

'Die vaderfiguur. Die is goud.'

Ik dacht aan het personage dat hij bedoelde. Dat was Magnus, dacht ik even. Bijna een op een Magnus. Pas toen zag ik het.

'Ja,' zei ik. 'Dat is een goed personage.'

'Hoe kom je erop?'

'Ja,' zei ik, 'ik weet niet. Gewoon bedenken, vormgeven.'

Ik wist dat ik loog. Magnus was de eerste persoon in jaren geweest waar ik niets van had begrepen. Het leven dat hij leefde, de dingen die hij zei, de geheimen die hij meedroeg, ik had me voor het eerst in lange tijd proberen in te leven in een ander. Niet de laffe, passieve observaties die normaal gesproken in mijn stukken terechtkomen, maar oprechte interesse in het handelen van een ander mensendier met wie ik een tijd en een planeet deelde.

Dat was waar Walter over had gesproken, snapte ik toen pas echt.

'We willen het misschien in plaats van de *Koeienkraker*. Dat is nog veel te ruw, nog lang niet waar het zou moeten zijn.'

Ik vroeg me af of ik het goed verstond.

'De *Koeienkraker*?' zei ik.

Dan hadden ze vast ook geen moeite met *Een goede dag voor een orgasme*, dacht ik.

'Ja,' zei de artistiek leider. 'Marit en Wolfram zitten er gewoon niet lekker in. Je kent het wel.'

'Ja,' zei ik. 'Ik ken het.' Ik had geen idee wie Marit en Wolfram waren, maar ze klonken als mensen die er zonder moeite een seizoen niet lekker in konden zitten.

'Daarom denken we aan jouw stuk voor Kerst. En daarna spelen in januari-februari-maart. Zal nog wel geklooi geven met boekjes en posters en zo, maar ik durf het wel aan.'

Het maakte mij niet uit. Al ging het morgen in première, mijn werk was gedaan. Toch vroeg ik: 'Dan al?'

'Dat zou best weleens kunnen,' zei hij. 'Kom je binnenkort

terug? In verband met promotie, wat interviews misschien. Een ontmoeting met de acteurs is sowieso altijd prettig. We willen deze week gaan verdelen. Misschien nog wat bijcasten.'

Ik keek naar de stad, naar de sneeuw, naar de restaurants waar steeds minder mensen zaten. Het was steeds vroeger donker. De dagen waren niet meer zoals eerst. Levens speelden zich binnen af. Heel zelden trof ik nog midden in het park een residu van een feestje aan. De studenten gingen nu naar hun kamers, naar de binnenvertrekken van de Nations, waar ik geen pasje meer voor had. Mensen gebruikten de straten als zeer tijdelijke, noodzakelijke plekken, maar het liefst bewogen ze zich door een ondergronds stelsel van gangen zodat ze in geen maanden buiten hoefden te komen.

'Ben je er nog?' vroeg de artistiek leider.

'Ja,' zei ik.

Misschien had ik nu moeten vragen welke personages het waren voor wie er geen acteurs bestonden bij De Toneeltuin, maar ik vroeg het niet. De vervolgstappen werden buiten mij om gezet. Ik was niets meer. Dat waren de afspraken die je maakte als je deed wat ik deed, zoveel was me inmiddels duidelijk. Ik bleef stil.

'Dus het zou wel goed uitkomen als je een beetje in de buurt was,' zei hij. 'Toch?'

'Ja,' zei ik. 'Als dat nodig is?'

'Waarschijnlijk wel. Ik zou zeggen: kom maar terug en geef me een belletje als je er bent.'

'Oké,' zei ik. 'Ik bel je als ik weer terug ben.'

'Het is heel goed hoor,' zei hij nog een keer.

Daarna verbrak hij de verbinding. Mijn telefoon stopte ik terug in de zak van mijn winterjas, maar het idee bleef in mijn hoofd zitten, kleefde aan mijn bewustzijn: teruggaan. Het was eigenlijk niet in me opgekomen, het had dezelfde waarde als blijven, ergens anders heen gaan, oplossen in de tijd, smelten met de sneeuw. Het was geen optie die boven alles uitstak.

In de dagen die volgden groeide het idee. Ik begon onbewust spullen weg te gooien, in te pakken, af te ronden. Nog altijd was ik Cecilia niet tegengekomen op de plekken waar we maandenlang hadden afgesproken.

Ik belde Caro, maar kreeg drie keer haar voicemail. Daarom stuurde ik haar een tekstbericht, vroeg of Magnus nog iets had laten horen, hoe het met haar ging, of ze al in mijn huis was geweest en hoe dat erbij stond. Die avond schreef ze terug dat ze inderdaad in mijn huis was geweest, dat ze een vuilniszak post had verzameld, met een mondkapje op de inhoud van de koelkast had weggegooid en dat er aanmaningen waren van telefoonbedrijven en de instantie die mijn studieschuld inde. 'Liefs,' schreef ze ook. 'Tot snel.'

'Bedankt,' schreef ik terug. 'Ik kom snel terug, dan maak ik alles in orde.'

Toen ik op *versturen* drukte zag ik pas wat ik had geschreven, wat ik inderdaad had gedacht, had gewild: *ik kom snel terug*.

Voor ik weg kon gaan, moest ik Cecilia laten weten dat ik ging, dat ik er nog was. Afsluiten is een stompzinnig woord, omdat het lijkt op een vakantiewoning waar je voor het laatst de sleutel in steekt, maar dat is wel wat het was: ik moest haar afsluiten en ik vertelde mezelf dat het mijn eigen schuld was geweest dat ik een zomer lang tegen haar had gelogen in alles wat ik zei en dat ik alle kansen daarmee had verspeeld. Ze was het meest charmante, intelligente, mooie, interessante en grappige meisje van achttien dat ik ooit had ontmoet, maar ze was niet meer van mij. Van Merlijn was ze sowieso nooit geweest, dacht ik en ooit zou ze van anderen zijn. Misschien nu al.

Ik stuurde haar een e-mail. Deed een poging nog meer uit te leggen, zonder haar te kwetsen, zonder alles te vertellen, maar begon uiteindelijk toch over Magnus, over de creditcard en over hoe hij Caro zover had gekregen dat ze hem geld stuurde.

Dat Caro doodsbang was dat ze te schande zou worden gemaakt.

Dat het waarschijnlijk kwam omdat hij in de war was, dat hij ongetwijfeld een lieve vader was, dat hij mensen verder geen vlieg kwaad zou doen, maar dat zijn zicht op de realiteit was vertroebeld, waarschijnlijk door zijn onvermogen nog nieuwe, mooie foto's te maken, en dat hij geen andere uitweg zag.

Ik schreef ook dat ik me voor kon stellen dat ze me niet zou geloven, omdat ik al het andere ook al had gelogen, maar dat ze dit mocht checken bij Magnus en ermee mocht doen wat ze wilde. Ik moest haar laten weten wat ik wist, zodat ze als ze ooit, over tientallen jaren, aan me terugdacht in ieder geval iets beter zou begrijpen waarom dit allemaal nodig was geweest.

Waarom deze Walter was bedacht en waarom dat uiteindelijk allemaal uit de hand was gelopen.

Dat het nooit mijn idee was geweest om haar te ontmoeten en verliefd op haar te worden.

Zo sloot ik af:

En mocht je nog steeds gek worden van mensen die het liedje van Cornelis Vreeswijk voor je zingen, denk dan hieraan: Cecilia was niet alleen de jonge minnares van een vrachtwagenchauffeur, ze was eigenlijk een Romeinse adellijke, die de patrones werd van de instrumentenmakers en zangers. Honderden muziek- en zangverenigingen zijn naar haar vernoemd. Simon en Garfunkel hebben haar ook bezongen. Ze is inspiratiebron van vele composities, omdat ze tijdens de orgelmuziek en het gezang op haar huwelijksnacht toch in naam van God haar maagdelijkheid wist te bewaren. Dat is voor jou te laat, maar ik weet zeker dat er altijd

voor jou gezongen en geschreven zal worden. In ieder geval door mij. Ik ben weg.
Ik hield van je,

Merlijn Kaiser

*

Ik boekte de eerst beschikbare vlucht van Arlanda naar Schiphol, twee dagen later, en liet de huurder van het appartement weten dat ik weg zou gaan. Alles wat te groot of te onhandig was om mee te nemen liet ik in zijn huis staan of gooide ik weg.

Op de e-mail had Cecilia niet gereageerd. Ik zat uren achter de computer en klikte op het knopje dat mijn mail binnenhaalde, maar er kwam niets binnen.

Op mijn laatste avond maakte ik een lange wandeling op mijn nieuwe schoenen. Ik liep langs alle plaatsen die belangrijk waren geworden: het café waar ik met Cecilia had afgesproken, het schoolgebouw waar ik was onderwezen in de Zweedse filmgeschiedenis, het kanon bij het paleis, de botanische tuin, langs de rivier waar het water stil was gaan staan, langs de studentenverenigingen waar ik had gedronken op het terras, langs de eetzaal waar ik tijdens het afscheidsdiner zo hard had meegezongen met het liedje over de Jezus-soldaat. Ik trok mijn mouwen over mijn handen, de kou had het voorzien op mijn vingers en mijn neus.

Daarna dronk ik mijn drankvoorraad op in het appartement aan Rackarbergsgatan en draaide Zweedse muziek die ik had leren kennen: Kent, Raymond och Maria, Jens Lekman, het liedje van Cornelis Vreeswijk. Uiteindelijk viel ik in slaap. Voor de laatste keer in dat bed, in die kamer, en de slaap kwam tijdens gedachten aan het afgelopen jaar. De dromen die volgden waren nerveus, gekleurd, en decors wisselden sneller dan ik ooit in een toneelstuk zou kunnen schrijven. Van Amsterdam naar Kopenhagen naar Genève naar Södermalm, naar Uppsala. Iedereen had een rol gekregen en uiteindelijk was er een afscheidsdiner georganiseerd in dezelfde grote hal waar het afscheidsdiner van de talenschool was gehouden. We aten rivierkreeft, Magnus hield een speech, Caro zong 'I Alone' terwijl ze de haren van Cecilia vlocht. Ik was op een grote stoel gezet, op het podium, als een troon van een koning. Ik droeg mijn nieuwe winterjas en winterschoenen en zweette me kapot, terwijl iedereen om me heen danste. Krista stond achter de bar. De artistiek leider van De Toneeltuin rookte sigaretten achter het raam dat uitkeek op de binnentuin in Amsterdam, lachte naar binnen en stak zo af en toe zijn duim naar me op.

*

Het was vroeg. Ik werd wakker van een claxon. Het licht buiten was nog nieuw, nog niet op volle sterkte. Ik merkte dat ik alle lakens van me af had geslagen die nacht. Ik lag schuin over het bed, mijn mond was droog, de ramen stonden open en de lucht stond stil. Het was koud in de kamer. Het waaide niet. Alles in Uppsala was op zijn plek; mensen, dieren, auto's, de atomen in de lucht. Het leven was onveranderlijk. De illusie dat dingen daadwerkelijk iets veranderden als ze van plaats wisselen was een halt toegeroepen door de nacht.

Behalve de schelle autotoeter. Opnieuw hoorde ik de claxon, twee kleine tweestemmige geluidjes aan de voorkant van het huis, en even later in een echo terug tussen de gele appartementsgebouwen. Ik dacht aan een taxi om me naar het vliegveld te brengen, maar meteen besefte ik dat ik helemaal geen taxi had besteld.

Ik stond op, stootte mijn tenen tegen mijn rolkoffer die al gepakt op de vloer stond en stapte het balkon op. Een rode Volvo stond met draaiende motor voor mijn voordeur. Een blauwe walm van condens en uitlaatgassen wolkte omhoog.

Ik kneep met mijn ogen en schold op degene die het lawaai maakte. Half in het Nederlands, half in het Zweeds dacht ik de klassieke zin: *er proberen hier mensen te slapen*. Opnieuw toeterde degene in de auto. Toen ging het portier open en stapte er iemand uit.

Het was Cecilia.

Ik dacht even dat ik het verkeerd zag.

Ik dacht even dat ze voor iemand anders kwam.

Ik dacht even dat ik nog droomde.

Uiteindelijk zag ik hoe ze in de richting van mijn balkon keek.

'Spierpijn!' riep ze vanaf de straat. Ze glimlachte. Ik keek nog eens goed, knipperde de slaap uit mijn ogen.

'Goedemorgen!' riep ze daarna.

'Cecilia?'

'Walter, Merlijn, die gozer daar op het balkon!' Ze stak haar hand op. Ze zwaaide. 'Je bent nog niet weg!'

'Nee,' zei ik. 'Bijna.'

'Ik dacht even dat ik te laat was,' zei ze. 'Ik las je e-mail gisteravond pas.'

Ik voelde de kou van buiten, stond in een T-shirt en boxershort op het balkonnetje halverwege de begane grond en de eerste verdieping. Ik keek naar Cecilia. Ze droeg een winterjas en een wit gebreid mutsje.

'O,' zei ik.

'Ik heb erover nagedacht,' zei ze. 'De hele avond. En het maakt allemaal niet uit.'

'Wacht even hoor,' zei ik. 'Zet die motor uit.'

Ze zette de auto af en liep naar het balkon. Ze bleef staan en keek naar boven.

'Wat niet?' vroeg ik. 'Wat maakt niet uit?'

'Dat je gelogen hebt. Dat je iemand anders bent.'

'Nee?'

'Ik ken al zoveel echte mensen.'

Ik hoopte op heel andere redenen: dat ze geen oog had dichtgedaan sinds ik uit haar leven was, dat ze het miste hoe ik haar nek kuste, dat er niemand was die zulke goede koffie kon zetten als ik voor haar deed, dat ze verlangde naar hoe het in het begin was toen ze mij de stad liet zien en we uren onophoudelijk over alles praatten. Toch sloot ik niet uit dat Cecilia het in haar queeste naar nieuwe ervaringen en onbekende mensen met exotische gedragingen een aanwinst vond om een verzonnen persoon te ontmoeten.

'En had het niets met ons te maken?' vroeg ik.

'Nee.'

'Dus je hebt me geen seconde gemist?'

Ze keek schuin naar boven en glimlachte. 'Een seconde misschien.'

Ik moest lachen, keek naar Cecilia, vergat voor korte tijd de kou en mijn gebrek aan voldoende kleding.

'Spierpijn,' zei ze weer.

'Wat?'

'Van het samenknijpen van mijn billen. Van de spanning.' Daarna slaakte ze een kreet. Zo'n gil als mensen laten horen als ze op het punt staan naar een feest te gaan. Een uitgebreid 'woehoe'.

Ik trok mijn ogen open en legde mijn vinger op mijn lippen.

'Stil!' riep ik en ik keek gespeeld boos.

Ze keek verontschuldigend.

'Hoe kom je aan die auto?' vroeg ik.

'Die is van mijn vader,' zei ze. 'Ik heb hem gestolen. Of geleend. Kijk maar even welke naam je daaraan wilt geven in deze wereld van vervagende en verschuivende normen.'

'Maar je mag helemaal niet rijden?'

'Hier niet,' zei ze. 'In Zweden niet. Maar ik heb al leren rijden toen ik dertien was. Op Guadeloupe deed niemand daar moeilijk over.'

Ik schudde mijn hoofd.

'Ik heb een idee,' zei ze. 'Ik wil je iets laten zien.'

'Laat maar zien,' zei ik.

'Dat kan niet,' zei ze. 'We hebben de auto nodig. Kom.'

De lucht was blauw, de zon kwam bijna op. Er kwamen ademwolkjes uit onze monden.

'Wacht even,' zei ik. 'Ik doe mijn kleren aan.'

Ik liep naar binnen en keek rond. Het appartement was weer in de staat waarin ik het had aangetroffen toen Cecilia het voor me had geregeld aan het begin van de zomer. Op mijn reistas, laptop en een plastic tas met boeken na was het weer teruggebracht tot een aantal kale, ongebruikte, licht vervuilde, neutrale ruimtes. *Misschien kan Cecilia me naar het vliegveld brengen*, dacht ik. Ik trok de rolkoffer mee, gooide de laptoptas over mijn schouder, wierp een laatste blik op het meest vreemde, tijdelijke huis waar ik ooit tijd had doorgebracht, als een basiskamp op weg naar de top van de Mount Everest. Vanaf hier was het alleen nog maar omhoog, met zuurstofmaskers op, zonder sherpa's en hopend op gunstige wind.

Cecilia was in de auto gaan zitten. Ik opende de achterklep en zag al een koffer liggen, een mintgroene, harde rolkoffer. Daarnaast lagen wat kleine tassen en een paar schoenen. Mijn koffer legde ik ernaast, ik liep om de auto heen en nam plaats op de passagiersstoel. Cecilia keek me aan, legde haar armen om mijn nek en trok me naar zich toe. De versnellingspook drukte in mijn ribben. Ze hield me vast. Mijn neus zat in haar witte mutsje.

'Je ruikt zo fijn,' zei ze.

Ik worstelde mezelf los en keek haar aan. Haar wangen waren rood van de kou. Ze had niet lang geleden gedoucht, haar haren waren nog een beetje nat.

'Wat wil je me laten zien?' vroeg ik.

Ze trok haar veiligheidsgordel aan en klikte deze dicht.

'Zeg nou,' zei ik. 'Wat ga je me laten zien?'

'Genève,' zei Cecilia en ze startte de auto.

BAD

'Eigenlijk vind ik alleen de snelweg nog eng,' zei Cecilia terwijl ze met beide handen het stuur stevig vasthield. 'En achteruit rijden. En zeedieren die zo diep leven dat ze geen ogen meer nodig hebben natuurlijk.'

'Natuurlijk,' zei ik, want dat vonden we allebei het engste wat er was.

Haar voornemen om naar Genève te rijden had mijn lichaam verlamd. We zweefden op een van de uitvalswegen van Uppsala. Cecilia was de kapitein. Ons vreemde schip had een verre, onvoorstelbare bestemming, ons heelal was verlaten en ons lot onzeker.

'Cecilia. Dit kan niet,' zei ik toen ik weer in staat was om te denken. 'Laten we omdraaien. We brengen die auto terug. We gaan ergens lunchen. Heb je zin in pasta?'

Ze draaide haar hoofd snel om, keek me boos aan.

'De hele dag witte wijn drinken dan?' zei ik.

'Ik ga niet terug. Ik kan hem niet aankijken.'

'Wie?'

Ze zweeg.

'Magnus?' vroeg ik.

Ze reed gespannen, maar wel alsof ze het inderdaad vaker had gedaan. De wegen waren leeg, nu was er nog alle ruimte om fouten te maken, dacht ik.

Ik vroeg me af tot welk inzicht ze was gekomen en wie ze had gesproken.

We sloegen af richting de snelweg naar het zuiden, de E4 die de Zweden via Stockholm, Helsingborg en Malmö het land uit leidde.

'Luister,' zei ik. 'Ik heb een vlucht geboekt. Ik ga terug naar Nederland. Het is voorbij.'

Weer keek ze boos.

'Voor wie?'

'Voor mij. Voor jou.'

'Voor ons dus?' zei ze. Daarna accelereerde ze tot ze de snelheid had die de auto's op de snelweg reden. Nadat ze twaalf keer in alle spiegels had gekeken, voegde ze in.

Zij was degene die was weggerend die nacht in Södermalm, zij was degene die me een maand lang zo goed had ontweken dat het leek alsof ze nooit had bestaan.

'Wat is er veranderd?' vroeg ik nadat we lang hadden gezwegen. Onze woorden hadden plaatsgemaakt voor een gesprek op de radio. Te snel voor mij om alles te begrijpen, maar het was blijkbaar een bijzonder gesprek, want soms had ik Cecilia verontwaardigd horen reageren.

Ze draaide eerst aan de knopjes die de verwarming in de auto regelen, alsof dat ineens veel belangrijker was dan mijn vraag.

'Nou?' vroeg ik. 'Wat is er anders?'

Ze zuchtte.

'Ik ben eerst bij mijn moeder geweest. Diezelfde avond. Nadat jij de metro uit was gestormd op Södermalm en ik ben weggerend.'

'En wat zei zij?'

Ik dacht aan de moeder. De grote afwezige. Het derde element in de drie-eenheid, verborgen, maar door iedereen aangehaald. De vrouw die jaren geleden een dochter had gekregen, maar had doorgeleefd alsof er niets veranderd was.

'Ik stoorde, zei ze. Ze had haar leesclub op bezoek. Toen heb ik twee uur op het balkon gezeten. In de kou. Ik heb haar sigaretten opgerookt en heen en weer gemiauwd met een kat.'

We hadden alle tijd, besefte ik. We reden naar Genève. Dat moest een dag rijden zijn, gokte ik. Cecilia had in ieder geval genoeg gelegenheid om uit te weiden over leesclubs waar ik nog nooit van had gehoord, om uiteindelijk tot een punt te komen.

'Toen ineens was iedereen weg. Alle vrouwen met grote truien en leesbrillen in hun haar hadden zich verspreid over de stad. Ze waren teruggegaan naar hun eigen appartement waar ze alleen wonen omdat hun man weg is. Ik was alleen met mijn moeder. Ze zat op de grond voor de bank in haar woonkamer.'

Ze stopt even met praten en haalde een auto met een caravan in.

'Weet jouw moeder wie ik ben?'

'Vaag.'

'Vaag?'

'Ja. Ik heb haar over je verteld. De Belg die zomaar was blijven hangen die geen Belg bleek en die ook niet zomaar was blijven hangen.'

'Goede tekst voor op een visitekaartje,' zei ik.

'Ik vroeg mijn moeder of zij wist wat jij kon bedoelen met die opmerking over geld. Ze zei dat ze ook niets wist. *Er gaat wel meer uit dan er binnenkomt*, dat zei ze steeds. *Bij Magnus is alles uit balans*, zei ze, *maar daar wil ik niets meer mee te maken hebben*. Ik snapte er niets van.'

We reden door Stockholm. De snelweg scheerde langs het ziekenhuis, door de Kungsholmentunnel en over de Essingeneilanden. Ik keek uit mijn raam terwijl Cecilia vertelde en zag de buitenwijken van de stad, waar ik metro's naartoe had zien vertrekken, waar de hordes mensen woonden die overdag op Södermalm werkten. Ik las de reclameteksten op de gebouwen.

'Ik ben de volgende ochtend naar Magnus gegaan,' zei Cecilia. 'Hij was er niet. Pas tegen het eind van de middag kwam hij thuis. Ik zei dat je eigenlijk Merlijn heette en dat je geld van hem kreeg. Eerst trok hij wit weg, maar binnen een minuut was hij volledig hersteld en begon hij weer grapjes te maken. Hij vermeed al mijn vragen tot hij zo dronken was dat alles klonk als wartaal.'

'Verrassend,' zei ik.

'Toen heb ik er gewoon een tijdlang niet over gesproken. Ik heb het uit mijn hoofd proberen te zetten. Ik liet alle opties open. Ik dacht dat jij was doorgedraaid. Dat je van me af wilde en een vreemd verhaal verzon over een andere identiteit. Ik was heel boos op je. Ik heb je kapotgemaakt in mijn dagboek.'

Ze keek boos. Ik kon een lach niet onderdrukken.

'Wat lach je?'

Ik zei niets. Toen moest ze ook lachen.

'Echt kapotgemaakt,' zei ze.

'In je dagboek?'

'Ja.'

'Oe,' zei ik en ik deed alsof ik bang was.

Ik pakte haar hand en kneep erin. Het kostte moeite om niet te huilen tijdens het lachen.

'Vertel verder,' zei ik.

'Nou ja. Ik sliep dit weekend dus in zijn huis. Ik checkte mijn e-mail en las jouw bericht. Pas toen ben ik er weer over begonnen. Ik heb hem gevraagd naar Caro. Of ze echt een verhouding hadden. Of er echt foto's bestaan. Of hij haar echt chanteert.'

'En toen?' vroeg ik.

'Hij ontplofte. Hij schreeuwde de heleboel bij elkaar. Dat Caro juist alles had verwoest. Dat ze hem in de steek heeft gelaten en dat hij geen andere keuze heeft. Ik moest huilen, maar er kwam geen troost. Toen ben ik overstuur weggerend en omdat er geen metro's meer reden heb ik de auto meegenomen.'

'Dat was gisteren dus,' zei ik.

'Ja.'

'En nu ben je hier.'

'En nu ben ik hier.'

Ze haalde weer een vrachtwagen in. Langzaam ontspande haar grip op het stuur.

'Dus nu geloof je mij?'

'Ja. Nee. Weet ik niet,' zei ze. 'Onbelangrijk.'

Ik reikte naar voren, haalde mijn paspoort uit mijn tas bij mijn voeten en hield het schuin voor haar hoofd. Ze keek afwisselend naar de weg, naar het paspoort en naar mij.

'Merlijn Kaiser,' zei ik. 'Verkeerspolitie, afdeling gestolen voertuigen.'

Ze moest lachen en schudde haar hoofd.

'Bizar,' zei ze. 'Echt bizar.'

We stoven langs de stad, kwamen steeds zuidelijker. We zakten af, zo voelde het. Het kostte minder moeite om die kant op te bewegen dan naar boven, naar het noorden.

'Waarom Genève?' vroeg ik.

Ze dacht even na. 'Dan weet je alles.'

Ik kneep met mijn ogen, zocht Cecilia's blik, maar ze keek strak vooruit. Dat zei Caro altijd, dacht ik. Als Caro me na afloop inlichtte over de tijd die ik had gemist tijdens een afwezigheid, zei ze: 'Dan weet je alles.'

'Wat bedoel je?' vroeg ik.

'Dan zie je alles. Dat compenseert misschien al die jaren dat Caro het niet verteld heeft. Al die tijd dat er nog een andere geschiedenis heeft bestaan.'

'Voor mij?' vroeg ik. 'Doe je dit voor mij?'

Ze keek me aan en trok eindelijk het mutsje van haar hoofd. Het was warm geworden in de auto. Ze lachte.

'Niet alleen. Ook voor mij. Er liggen goede herinneringen.'

'Oké,' zei ik. 'Aan Caro?'

'Ja. Aan Caro. Alle herinneringen aan haar heb ik altijd geblokkeerd. Ik heb geprobeerd haar te vergeten, zoals ze mij vergeten was.'

'Wat niet zo was.'

'Wat misschien niet zo was,' zei Cecilia en ze keek me aan.

Een laatste restje argwaan in haar ogen.

'Trouwens,' vroeg ze. 'Heb je iets beters te doen dan?'

Ook ik had tot dat moment gespannen in de auto gezeten, rechtop, meekijkend in de spiegels, naar hoe ze het stuur vasthield, naar het andere verkeer. Nu verslapte ik, zakte een beetje onderuit. Sloot mijn ogen in de zon die door de voorruit scheen. Ik stelde me de situatie als eeuwig voor. Een lange rechte weg met Cecilia in een auto op weg naar een stad in het zuiden.

'Nee,' zei ik. 'Niet dat ik weet.'

*

Na een uur rijden stopte Cecilia bij een tankstation. Ze vroeg aan mij of ik wilde tanken, omdat ze niet precies wist hoe dat moest. Ik had dat zelf ook misschien maar twee of drie keer voor mijn vader gedaan, maar zo goed en zo kwaad als ik kon gooide ik de tank van de auto vol. Ondertussen kocht Cecilia kleffe broodjes en koffie van een ingeslapen Zweed met een lange baard en weinig tanden. Hij keek van Cecilia naar mij, om te zien wie er bij dat meisje hoorde. Dat soort blikken waren haar lot. Ooit zou het misschien ophouden, in een verre toekomst na kinderen, verslavingen en verkleuring van haar haar, maar nu was zij het meisje waar mannen met weinig tanden naar keken.

'Wil jij even een stuk rijden?' vroeg ze toen ze terugkwam uit de winkel.

Ik moet geschrokken hebben gekeken, want meteen daarop zei ze: 'Je kunt toch wel rijden?'

Ik haalde mijn hand over mijn schedel. Ook al was het haar gegroeid en waren de littekens niet meer zichtbaar, ik voelde ze nog wel. Als ik twijfelde of piekerde duwde ik in de kleine holle gaatjes die elk jaar samen met de rest van mijn lichaam ouder werden.

'Ik heb het al heel lang niet meer gedaan,' loog ik half.

'Dit verleer je niet. Rijden doe je op intuïtie,' zei ze. 'Kom op.'

Ik keek naar Cecilia en dacht aan de vakanties in Groningen, aan de verlaten parkeerplaatsen waar ik van mijn vader kleine stukjes mocht rijden en later aan de langere stukken die ik stiekem reed met Walter, omdat hij het zielig vond dat ik geen rijbewijs had.

'Later misschien,' zei ik. 'Echt.'

Cecilia liet een afkeurend geluid horen.

'Bangerik,' zei ze en ze nam weer plaats achter het stuur.

*

Die ochtend nog reden we naar Malmö, waar Zweden ophield. Cecilia reed en ik verzorgde de muziek. Ze had een map met zelfgebrande cd's meegenomen in haar rugzak waarmee ik deejayde alsof de autorit een belangrijk feest was en ik de aanwezigen wakker moest houden. Mijn keuze voor een liedje was goed als Cecilia meezong. Deed ze dit niet, dan baalde ik.

'O. Ik heb zo'n zin in de nieuwe brug,' zei Cecilia steeds, naarmate we zuidelijker kwamen. 'Ik wilde altijd al graag naar Kopenhagen rijden.'

Ik kon me herinneren dat ik ooit had gelezen dat er rond de eeuwwisseling een brug in gebruik was genomen die de twee Scandinavische landen verbond. Er liep ook een spoorlijn over de brug en voor het spoor onder het wegdek dook werden we ingehaald door een trein. Meteen sprongen er sommen met treinen en afstanden in mijn hoofd die ik op school altijd vrij snel op wist te lossen. Nu lukte het niet.

Het leek me vreemd om straks weer langs Kopenhagen te rijden, alsof Caro daar nog altijd lag, in het anonieme hotel met de vreemde tennisracketkunst.

'Als je moe bent moet je stoppen,' zei ik steeds, en zo af en toe zette ze de Volvo inderdaad aan de kant bij een tankstation of een parkeerplaats. Dan ging ik koffie voor haar halen of liet ik haar een kwartier slapen, terwijl ik buiten bij de auto wachtte, een fles water leegdronk en naar het landschap keek. Een continent in de rui, de herfst kleurde alles wat groeide.

'Klaar,' zei Cecilia als ze weer wakker was. Ik stapte in en zij drukte op het gaspedaal.

De zon draaide voor onze cockpit van links naar rechts, als een klok in de hemel. In Denemarken was de jonge sneeuw nog niet gevallen, maar was het rood, bruin en kaal. Buiten was de lucht knisperig en soms hield Cecilia me vast en zei ze: *maak me even warm*. Ik sloeg mijn handen om haar rug en wreef. Ze klapperde mee met mijn bewegingen. Ze klonk lief.

Aan het eind van de middag kwamen we aan bij de veerboot naar Puttgarden. Boven in het restaurant dronken we koffie en aten we iets dat ons allebei misselijk maakte. Een klein uur later, weer beneden op het autodek, stapte Cecilia in de auto aan de bijrijderkant.

'Jij moet het nu echt even overnemen,' zei ze. 'Ik word er zo moe van.'

Ik aarzelde, maar nam mede op de strenge aanwijzing van de mannetjes met hun oranje vesten plaats achter het stuur.

'Het is echt al tijden geleden dat ik auto heb gereden,' zei ik en ik dacht aan de laatste keer die ik me kon herinneren, met Walter, op een verlaten weg in Frankrijk, toen hij te veel had gedronken. Ik reed toen een paar kilometer van een café naar de camping waar we sliepen. Er gebeurde niets, alles ging goed, op de camping draaide ik de sleutel om.

'Jij kunt gewoon prima rijden,' had Walter dronken gezegd. 'Loop je ons al die jaren bang te maken met je aanvallen en je hersenen en nu blijk je een uitstekende chauffeur.' Daarna was hij naar buiten gestapt en in slaap gevallen, nog voor de tent.

'Het is geen moeilijke auto,' zei Cecilia op het autodek van de boot. 'Echt. Alsjeblieft.'

Andere auto's achter ons toeterden. We stonden nu vooraan op een halfvol dek. Ik zette de spiegels goed, draaide de sleutel om, concentreerde me op de koppeling en met een paar kleine stoten reed ik het dek af, het asfalt op en gaf gas op een lang stuk tweebaansweg naar het Duitse vasteland. Mijn hart klopte in mijn keel.

'Zie je wel,' zei Cecilia. 'Niets aan de hand.'

Daarop leek ze vrijwel meteen in slaap te vallen terwijl ik Duitsland inreed. In gedachten kon ik Nederland al rechts zien liggen, alsof we in een miniatuurversie van Europa reden. Ik zag mijn familie staan op de grens, zag Caro staan, de artistiek leider van De Toneeltuin. Allemaal leken ze te zwaaien en te wenken, alsof ik te ver door was gereden en een afslag had gemist.

In Duitsland werd het donker. Ik reed een paar uur over de Autobahn, niet te hard, niet te zacht, werd vaak ingehaald door auto's die twee keer zo hard leken te rijden als ik. Ik volgde via de borden een patroon van steden als de puntjes met cijfers in een kinderpuzzelboek die verbonden moesten worden: Hamburg, Hannover, Göttingen, Frankfurt. Ik dreunde het rijtje op, tot ik de steden was gepasseerd en nieuwe toe kon voegen. Cecilia sliep of neuriede mee met liedjes. We spraken niet veel. Ik wilde wel dingen weten over de periode dat ze in Genève woonde en Caro er was, maar ik dacht steeds: dat komt straks wel, als zij iets wil zeggen. Als we daar ooit zijn.

Het rijden bleef eng, maar ik werd steeds blijer dat Cecilia me had gedwongen. Het besef dat er daadwerkelijk iets te veranderen was aan de wereld die om je heen was gegroeid, werd met elke kilometer die ik achter het stuur zat sterker. Ik schrok van alle vrachtwagens die we passeerden, maar toch: dit deed ik zelf. Ondanks alles.

'Moet ik weer even?' vroeg Cecilia toen het al lang donker

was. De nacht was begonnen, het aantal auto's was sterk afgenomen.

'Nee,' zei ik. 'Het gaat wel goed eigenlijk. Vind je niet?'

'Ja,' zei ze. 'Ik ben trots op je. Merlijn.' Ze zei het nog een paar keer. 'Merlijn. Merlijn.' Mijn nieuwe naam zat nog niet in haar hoofd.

Ik overwon iets. Iets dat in mij was gegroeid, dat jaar in jaar uit was bevestigd door iedereen met wie ik mijn leven deelde. Ik weet niet precies wat er overwonnen moest worden. De regels van het ministerie voor Verkeer in Nederland misschien. Mijn ouders die zeiden: *Je bent nu eenmaal anders. Niet minder, maar anders.* Mijn vrienden op school en op de universiteit die een voor een hun rijbewijs haalden, terwijl ik me in trams en treinen voortbewoog. De begeleiders op schoolkamp in Schiermonnikoog of Frankrijk die netjes elke dag deden wat ze moesten doen: vragen of ik mijn medicijnen al had genomen. Met elke kilometer die ik nu reed smolt mijn afwijkende verleden weg en kwam de normale, gezonde variant van Merlijn tevoorschijn.

Cecilia draaide muziek. Ze zette een cd op van Eels. Het was hun eerste cd met het enge, alienachtige meisje met grote ogen op de voorkant. Dat was ook de enige muziek die Walter en ik mee hadden gehad op interrail. Slapen in een park in Rome, wachten op het station in Venetië, kotsen tijdens de oversteek naar Griekenland, alles werd toen begeleid door de muziek die Cecilia nu had opgezet. Ik raakte in een roes van de nummers. De lichtmasten naast de snelweg, de strepen in het midden en de lichten van de tegemoetkomende auto's aan de andere kant van de middenberm vormden patronen, vormen, steeds sneller, herhalend. Ik reed constant, zelfs het inhalen van vrachtwagens en langzamere personenauto's werd een routine waar ik zonder bewust over na te denken aan deelnam. Soms keek ik in de spiegel en dacht: heb ik die auto net ingehaald? Mijn gedachten verdwaalden. Ooit las ik een boek over geheugenpaleizen, manieren om dingen makkelijk te onthouden door ze in gebouwen onder te brengen. In de auto naar het zuiden raakte ik verdwaald in het paleis dat ik had gebouwd van autoritjes van nog veel eerder, als kind, achterin. Als ik met mijn ouders ergens op bezoek was geweest in het westen van Nederland. Als we terugreden naar Groningen, toen de A27 nog niet was doorgetrokken naar de A6 en we via Kampen over de rivieren werden geleid en ik in slaap viel tot een bocht vlak bij huis. Het was altijd bij diezelfde bocht. Ik werd altijd daar wakker, nooit thuis, nooit een half uur eerder, altijd die ene bocht bij het openluchtzwembad twee dorpen verderop. Daar dacht ik aan toen Cecilia en ik een lijn trokken door Duitsland, op weg naar Genève.

*

De auto schudde. Ik hoorde Cecilia gillen. De lichtbundels van de koplampen van een andere auto kwamen van rechts, door het raam van Cecilia, naar binnen. Ik trapte op de rem, hoorde de auto die bij de felle lichten hoorde rakelings langs me rijden, al toeterend. We werden omhoog en omlaag gegooid in onze gordels. De auto stuiterde over het gras in de berm en toen we na secondenlang remmen bijna stilstonden, sloeg de achterkant van de auto tegen een vangrail, waardoor we een duw naar rechts kregen. Parallel aan de rijbaan naast een diepe greppel kwamen we tot stilstand. Cecilia bleef maar gillen en toen ze uiteindelijk stil was, ademde ze snel. Ze sloeg op haar borstkas, alsof ze haar hart aan de praat wilde houden.

Ze vloekte in het Zweeds en daarna in het Engels. Ik keek naar Cecilia, onwetend, onmachtig. Hoe waren we in de berm beland, dacht ik steeds, terwijl ik een groeiend vermoeden had. Een aan absolute zekerheid grenzende, confronterende waarheid.

'Waar was je?' vroeg ze.

'Hoe bedoel je?' vroeg ik.

'Je reageerde niet,' riep ze. Toen moest ze huilen.

'Ik ben hier,' zei ik. 'Rustig maar. Ik ben hier.'

Ze werd niet rustig. Het leek alsof ze hyperventileerde.

'O god,' zei ze.

'Ik ben hier,' zei ik weer. 'Stil maar.'

'Maar net niet,' huilde ze.

'Wat?' vroeg ik, terwijl ik wel wist wat ze ging zeggen. Iets dat lang geleden voor het laatst tegen me was gezegd, maar wat ik me herinnerde als de dag van gisteren, omdat het gaat om informatie over jou die je zelf nooit zult kunnen bevestigen, omdat het een afwezigheid impliceert.

'Je reageerde niet. Je keek naar boven en je deed heel gek met je mond en ik riep heel hard je naam, maar je reageerde niet en ik probeerde de auto op de weg te houden, met mijn handen aan het stuur, maar dat lukte niet en toen kwam die andere auto en reden we het gras in. Het was zo eng.'

Ik hield haar vast en sloot mijn ogen. Ze bleef in dezelfde houding zitten. 'Sorry,' zei ik. 'Sorry.'

Ik sloeg mezelf voor mijn hoofd. Mijn dikke hoofd. Mijn hoofd met de falende grijze massa die mij was toebedeeld aan het eind van de jaren zeventig. 'Sorry,' herhaalde ik.

'Wat was dat?' vroeg ze. 'Wat gebeurde er?'

'Sorry. Niks aan de hand. Ik heb epilepsie,' zei ik. 'Dat had ik toch in mijn brief geschreven? Ik moet medicijnen slikken, al heb ik dat al een tijd niet gedaan.'

Ze keek me verbaasd aan.

'Niks aan de hand?' vroeg ze.

'Nee. Het is oké. Ik heb alleen geen rijbewijs. Ik mag niet autorijden, omdat ik aanvallen zou kunnen krijgen of kleine afwezige momenten kan ervaren.'

Cecilia keek me ongelovig aan. Ik had diezelfde zomer nog een nieuwe identiteit verzonnen, ze moest de mogelijkheid uitsluiten dat ik dit ook bedacht.

'Echt?'

'Ja,' zei ik. 'Sorry.'

Toen pas zag ik dat de andere auto ook was gestopt. Ik zag de achterlichten vijftig meter verderop stilstaan op de vluchtstrook. Hij had zijn alarmlichten aangedaan.

Iemand klopte op het raam. Ik schrok. Cecilia nog harder. Aarzelend opende ik het raam met het knopje in de deur.

'Gaat het?' vroeg een man in het Duits. 'Zijn jullie gewond?'

Ik schudde nee. Cecilia ook.

'Nee,' zei ik. 'Het gaat prima. Even geschrokken.'

'Ik kan de politie bellen,' zei de man en toen hoorde ik aan hoe hij sprak dat het een Nederlander was.

'Nee dank u,' zei ik in zijn eigen taal.

'U bent Nederlands?' vroeg de man.

'Min of meer,' zei ik. 'Bedankt dat u stopte, maar er is niets gebeurd. We zijn niet gewond.'

Ik deed het raam weer dicht, terwijl de man verbaasd bleef kijken.

Cecilia keek me aan.

'Gaat hij de politie bellen?' vroeg ze.

'Ik hoop het niet,' zei ik.

'We moeten doorrijden,' zei Cecilia paniekerig. 'We kunnen hier niet gevonden worden. We hebben allebei geen rijbewijs.'

'Dat weet ik ook wel,' zei ik.

Ik moet geïrriteerd hebben geklonken want Cecilia begon weer te huilen.

'Oké oké oké,' zei ik als een rustgevende mantra, nog meer voor mijzelf dan voor Cecilia. 'Oké. Het komt goed.'

Daarop startte ik de auto weer, voelde toen ik gas gaf hoe hij los moest komen van de vangrail aan de rechterkant, waar hij tegenaan geleund stond. De Nederlander stond nog altijd verbaasd in de berm. Hij riep iets, zwaaide met zijn handen, maar ik had geen tijd om te stoppen, om te praten, om dingen uit te leggen. Er was van alles, maar tijd was er niet.

Een paar seconden hoorden we het geluid van de vangrail die langs de auto schraapte. Daarna werd het stil. De auto bewoog normaal. Ik hoorde geen vreemde geluiden meer, maar zag door de voorruit hoe het spatbord bij het rechtervoorwiel wat omhoog stond. Ik reed voorbij de auto van de Nederlander langs de berm, zag toen dat er ook een vrouw in de auto zat. Ze keek me aan. Op de vluchtstrook trapte ik het gaspedaal in en ik voegde in. Mijn beide handen lagen om het stuur. *Blijf hier*, zei ik tegen mezelf. Ik herhaalde het met elke slag van de ruitenwissers die op de langzaamste stand de motregen wisten.

Blijf.

Blijf.

Blijf.

Blijf.

Blijf.

'Ga even van de snelweg af,' zei Cecilia.

Bij de volgende afrit deed ik de richtingaanwijzer aan. Ik sloeg willekeurige landwegen in tot ik naast een lege schuur in een bos stopte. Ik stapte uit de auto en liep naar de andere kant. Cecilia wilde ook uitstappen, maar ze kreeg haar deur niet open. Ze manoeuvreerde zich via de bestuurderskant naar buiten en kwam naar me toe gelopen.

'Jezus,' zei Cecilia.

De rechterkant van de auto was helemaal verkreukeld, als een prop papier die opnieuw uitgevouwen was en tegen de auto was geplakt.

'Het is een wonder dat-ie nog rijdt,' zei ze.

'Alleen het blikwerk is beschadigd,' zei ik. 'De carrosserie is nog intact.'

Ik had geen idee wat ik zei, maar het klonk geloofwaardig. Zo geloofwaardig dat Cecilia zei: 'Godzijdank.'

Ik probeerde de passagiersdeur te openen, maar dat ging ook van buiten niet. De achterdeur ging nog wel open, zij het maar tot de helft.

'En nu?' vroeg Cecilia.

De autosleutels bungelden aan een ring aan mijn hand. Ik hield ze omhoog, voor het gezicht van Cecilia.

'Nu rijd jij verder,' zei ik. Cecilia pakte de sleutels aan en trok me aan mijn jas naar zich toe. Ze legde haar hoofd tegen mijn schouder.

'Waarom zei je dat dan ook niet?' vroeg ze.

Ik zuchtte.

'Ik wilde graag rijden,' zei ik. 'Al mijn hele leven. Niets liever dan dat. De afgelopen uren waren geweldig. Een uitnodiging voor een feest waar ik nooit naartoe mocht.'

Ze aaide mijn rug. Ik stopte mijn neus in haar haren en snoof de geur op.

'Mag je nooit je rijbewijs halen?' vroeg ze.

'Pas als ik twee jaar aanvalsvrij ben geweest.'

'En dat is nog nooit gebeurd?'

Ik keek naar de donkere bomen, de hopen bladeren op de grond. De lichten van een dorp verderop. Ik deed mijn ogen dicht. 'Nee,' zei ik. 'Dat is nog nooit gebeurd.'

Ze hield me nog steviger vast. Ik had weinig last van zelfmedelijden, maar haar medelijden sloeg op mij over en een minuut lang vond ik alles bijzonder zielig voor mezelf. Mijn aanvallen, mijn creditcard, mijn Caro, mijn vrienden, mijn onopgemerkte toneelstukjes. Ik zou mezelf omarmen als Cecilia dat niet al deed.

'Wil je nog door?' vroeg ik.

Ze keek me verbaasd aan.

'Ja,' zei ze met de resoluutheid van een actieheld. 'Er is geen andere optie. We moeten naar Genève.'

*

Het was al ochtend toen we aankwamen. We hadden een paar uur geslapen in de auto naast de houten schuur in Duitsland, onder onze jassen, tot het zo koud werd dat Cecilia eigenlijk alleen nog maar verder wilde rijden. Op de vraag of we een hotel zouden zoeken had ze afkeurend geantwoord.

Op de grens bij Basel waren we bang voor vragen over onze verkreukelde auto of het verzoek om een rijbewijs. De douanier keek streng, boos bijna. Cecilia probeerde te glimlachen, maar ik hoorde haar hart op een halve meter afstand kloppen. De Zwitser wees op onze voorruit en ik dacht: nu gaat alles mis, nu stort het kaartenhuis in. Een kaartenhuis dat ik niet eens bewust had gebouwd, maar dat was ontstaan doordat iedereen die ik tegenkwam zijn eigen kaart tegen de mijne aanzette. Hij wees en stuurde ons naar een gebouwtje bij de grensovergang. Cecilia sprak Frans terug en reed in de richting van de parkeerplaats.

'Zijn we de lul?' vroeg ik.

Ze keek me aan en terwijl ik vermoedelijk angstiger keek dan ik ooit heb gekeken, begon zij te glimlachen. 'Alles is prima,' zei ze. 'We moeten alleen nog een snelwegvignet kopen.'

De zon kwam op. We woonden nu al een etmaal in deze auto en ik had het niet erg gevonden als ze in plaats van Genève Lissabon of Kaapstad had gezegd. Zolang we op de zon afreden en ik cd's mocht draaien was ik tevreden. Bijna net zo tevreden als de weken in Uppsala toen ik nog Walter heette en Zweedse films keek.

We reden langs Bern en Lausanne en uiteindelijk zagen we het Meer van Genève tussen de muren en heggen naast de weg door. Een klassiek meer, dacht ik, een meer met een chique geschiedenis. Koningen hadden hier gevaren, kunstenaars hadden langs de oever gelopen. De stad lag in de verte. Antieke raderboten passeerden elkaar, op weg naar Montreux. Langs de oever van het meer stonden luxe villa's. De bomen droegen nog meer bladeren dan in Duitsland, laat staan in Scandinavië.

'Gek om hier weer te zijn,' zei Cecilia.

'Ja,' zei ik, maar ik realiseerde me daarna pas dat ik er nog nooit was geweest.

Naarmate we dichter bij de stad kwamen slopen de zelfverzonnen herinneringen aan het jaar dat Caro hier woonde, in het huis bij Magnus en Cecilia en de afwezige moeder, mijn hoofd in. De beelden van de kleine blonde Cecilia en de amper volwassen Caro die langs het meer wandelen, lachen om onschuldige kindergrappen en om vreemde toeristen, werden zo concreet dat het bijna was alsof ik erbij was geweest en als een toeschouwer in een geblindeerde auto had gezeten.

Cecilia reed de stad in. Op een hoek trapte ze op de rem en parkeerde ze de auto voor een aantal winkels. Ze wees naar buiten.

'Weet je wat je moet hebben?'

Ik draaide mijn hoofd en zag dat we voor een apotheek stonden.

'Dat kan toch wel even wachten?' zei ik.

'En straks van een berg vallen als ik naast je loop zeker.'

Ik wist niet dat we naar de bergen gingen, maar werd geraakt door haar poging om mij te genezen. Om me niet dood te willen.

'Ik weet niet hoe het zit met recepten en zo,' zei ik. 'Dat verschilt per land.'

'Ga het in ieder geval vragen,' zei ze. 'Ik wacht hier wel.'

Ik bleef in de auto zitten.

'Niet?' vroeg ze.

'Ja, ik vind het prima,' zei ik, 'maar aan deze kant kom ik de auto niet uit.'

Daarop stapte ze uit en worstelde ik me langs de andere kant van de auto naar buiten. Het duurde even voor de man van de apotheek begreep wat ik bedoelde. Ik schreef de namen van mijn laatste medicijnen op een briefje. Hij vroeg wie mijn dokter was. Ik zei dat ik op vakantie was en mijn medicijnen was verloren en nu last begon te krijgen van aanvallen. Hij keek me onderzoekend aan en wilde een paspoort zien. Daarop liep ik terug naar de auto en haalde mijn paspoort uit mijn koffer. Weer binnen schreef de man de namen van andere medicijnen op een briefje. De medicijnen die ik nodig had waren er niet, deze leken erop. Ik knikte en wees twee namen aan die me bekend voorkwamen.

Van mijn rekening pinde ik tachtig euro voor twee doosjes. De man bleef me argwanend aankijken, terwijl ik me niet kon voorstellen wat ik met de dozen medicijnen moest als ik kwaad in de zin had en niet had wat ik had: een hersenstoornis.

'Gelukt,' zei ik bij de auto.

Cecilia liet me instappen en ging daarna zelf achter het stuur zitten. Ze startte de auto en reed de straat uit.

'Welkom bij *le tour de nostalgie,*' zei ze. 'Doe uw gordels vast, we gaan terug in de tijd en meestal gaat dat gepaard met flink wat schokken.'

Ik lachte.

'Dank je.'

'Aan de andere kant: niet te pathetisch nu,' ging ze door. 'Het was maar een paar jaar geleden.'

'Dat is niet waar,' zei ik. 'Van je eenendertigste tot je achtendertigste, dat is een paar jaar. Van je negende tot je achttiende is een eeuwigheid.'

'Hoe weet jij dat?' vroeg ze. 'Heb je ook gelogen over je leeftijd?'

'Nee,' zei ik. 'Ik lees weleens wat.'

Ze reed door het centrum, over de rivier de Rhône, die hier bij het meer begon en via de stad naar Lyon stroomde om langs Avignon en Arles uiteindelijk uit te monden in de Middellandse Zee.

In de Rue de la Muse parkeerde Cecilia de auto en wees ze naar boven.

'Daar was het appartement,' zei ze. 'Daar woonde ik.'
'En Magnus,' zei ik.
'Ja.'
'En Caro.'
'Ook ja. Tot ze wegging. En mijn moeder. Tot ze wegging.'
We stapten uit. Het appartement lag op de bovenste verdieping van het gebouw. Op de begane grond zat een aantal kunstwinkels en een scooterzaak. Het was ondanks de naam geen bijzondere straat.
'Wil je naar boven?'
'Ik weet niet of dat kan,' zei ze.
In het portiek drukte ik op de bovenste bel.
'Walter!' zei ze. 'Straks zijn het eikels.'
'Merlijn,' zei ik. 'En dat zien we dan wel weer.'
Er klonk een stem uit de luidspreker. Ik kon aan de stem niet horen of het eikels waren. Cecilia praatte terug. Legde in een paar zinnen uit wat we kwamen doen. De stem antwoordde en toen Cecilia nog iets had gezegd dat erg geruststellend klonk, hoorden we een zoemer en ging de deur open.
In het midden van de hal bevond zich een oude, open lift, afgesloten met een hekwerk.
'O, dat geluid,' zei Cecilia opgetogen toen we in de lift stonden en heel langzaam naar boven werden getild.
We kwamen boven aan. Ze trok routineus het hek weg en liep naar de voordeur van het bovenste appartement. Daar stond al een oudere vrouw in de deuropening. Ze droeg een beige broek en een beige blouse. Haar haar krulde en haar gezicht zag eruit alsof het op haar huid was getekend.
'Hallo,' zeiden we.
'Hallo,' zei de vrouw aarzelend. We gaven haar een hand.
'Komen jullie van ver?' vroeg ze nu in gebrekkig Engels.
We dachten erover na. We kwamen niet uit Zuid-Amerika of Indonesië, maar toch voelde het alsof we van ver kwamen. Van tijden lang voor deze tijd, uit landen ver voorbij de grens,

uit dromen voorbij deze droom.

'Ja,' zei ik.

'Met de auto?' vroeg de vrouw.

'Ja,' zei Cecilia.

'We hebben in één keer gereden.' Ik weet ook niet waarom ik dat zei, maar terwijl ik het zei, voelde ik de autostoel weer in mijn rug.

De vrouw maakte een geluid dat ik niet als woord thuis kon brengen. Ze deed haar deur open en stapte opzij.

Cecilia liep als eerste naar binnen.

'O wauw,' zei ze. 'Het is heel anders.'

'Ze hadden er een troep van gemaakt,' zei de vrouw. 'Ik zeg niet dat jullie het waren, maar ze hadden er hier een verschrikkelijke troep van gemaakt.'

'Dat zou goed kunnen,' zei Cecilia terwijl ze met haar handen langs het behang richting de woonkamer liep.

Het huis was ingericht zoals ik me de meeste huizen van oude mensen herinner. Meubels die niet in aanmerking komen om echt antiek te worden, omdat er te veel van bestaan, omdat hun generatie te veel mensen oud heeft laten worden en iedereen aan zijn meubeltjes blijft hechten. Aan de muur hing een grote foto van het Meer van Genève, met de oude raderboten. Aan de auto's langs de oever te zien was het een oude foto, uit de jaren zeventig.

'Hoorde jij bij die fotograaf?' vroeg de vrouw aan Cecilia.

Ze negeerde de vraag en keek uit het raam, over de andere gebouwen, richting het meer, richting de fontein die hoog de lucht in spoot. Hier had Caro gestaan. Hier had Caro aan Magnus gedacht, als ze elkaar niet konden ontmoeten en toch aan elkaar wilden denken. Op deze plek waar wij nu staan.

'Ik krijg nog geld van hem,' zei de vrouw.

Cecilia leek het niet te horen. Of ze deed alsof.

'Join the club,' zei ik half mompelend, maar de vrouw leek het niet te begrijpen.

'Mag ik in de zijkamer kijken?' vroeg Cecilia.

'Welke?'

'De kleinste, daar.' Ze wees.

De vrouw slofte voor Cecilia uit. Het leek haar weinig te kunnen schelen. Misschien was ons bezoek een welkome afwisseling van haar verder saaie dagen.

Cecilia opende zelf de deur. 'Mijn kamer,' zei ze tegen mij.

Het was een klein zijkamertje met uitzicht op de achtertuinen, de binnenplaatsen. Dankzij een groot schuin dakraam kwam er veel licht naar binnen. De kamer stond vol met rommel. Het was een opslagkamer geworden.

'Daar stond mijn bed. Daar het bureau.' Cecilia wees de meubels aan met haar wijsvinger en terwijl ze dat deed ontstond ook voor mij, als door een sciencefictionachtige 3D-technologie, een beeld van haar meisjeskamer.

Er klonk telefoongerinkel vanuit de woonkamer. De vrouw aarzelde of ze ons alleen moest laten, maar liep uiteindelijk toch richting het geluid.

Cecilia trok een kast open en zocht met haar ogen langs de achterkant van de deur.

'Kijk,' zei ze en ze trok me dichter naar zich toe. Ze wees op de kastdeur. Ik zag kleine horizontale streepjes, met namen ernaast en een datum. Ze wees schuin naar beneden naar een van de lijntjes die met balpen waren gezet:

— *Cecilia 22-10-1998*

'Zo klein was ik toen,' zei ze.

Ze was echt heel klein op die datum, zag ik. Het lijntje kwam tot de onderkant van mijn ribbenkast. Hier, in deze kamer, was ze nog niet langer dan een meisje van een jaar of negen. Het voelde vreemd om te merken hoe levens tegelijk kunnen bestaan, maar tijd nodig hebben om in hetzelfde ritme te gaan lopen.

Onder *22-10-1998* stonden nog meer lijntjes met haar naam ervoor, met vroegere data. Steeds vager, steeds minder net geschreven. Voor 1996 hield het op.

'Kijk,' zei Cecilia weer. Ze wees nu hoger. Mijn ogen volgden haar wijsvinger. Een stuk hoger, op het niveau van mijn kin, stond ook een streep, geschreven met dezelfde balpen, in een handschrift dat ik herkende. Op dezelfde datum.

— *Caro 22-10-1998*

Ik voelde iets in mijn maag. Ik glimlachte naar Cecilia en moest slikken.

'Ja,' zei ik. 'Ja. Zo groot is Caro. Nog steeds trouwens.'

Cecilia keek naar mij. Ik dacht medelijden te herkennen. De meest fascinerende emotie van allemaal.

'Mis je haar?' vroeg ze.

'Ja,' zei ik.

'Ik ook,' zei Cecilia.

De vrouw kwam terug.

'Wat doen jullie in mijn kast?' vroeg ze in een Engels dat uit een obscure film leek te komen.

'Niets,' zei Cecilia en ze deed de deur dicht. 'Niets. Sorry.'

De vrouw leek geïrriteerd.

'Wat zijn dit voor grappen?' vroeg ze. 'Eerst willen ze het huis zien en nu staan ze in mijn kast. Ik heb hier geen zin meer in.'

De vrouw ging met haar rug tegen de kast staan, alsof het een klucht was en ze een geheime indringer verborg.

'Ga maar weg,' zei ze. 'Ga weg. Ik moet nog vlees maken. Ik kan jullie nu niet gebruiken.'

Cecilia schutterde nog wat, maar de vrouw keek steeds feller uit haar ogen en daarom vertrokken we maar.

'Daar was het,' zei ze buiten.

'Ja,' zei ik. 'Gek.'

Ze kroop in mijn jas, de gevoerde jas die ik in Uppsala had gekocht.

'Het gaat vast sneeuwen,' zei Cecilia. 'Zo voelt het.'

'Wat wil je nu doen?'

'Slapen,' zei ze. 'Mogen we gewoon eerst wat slapen?'

Ik dacht aan de reis, aan Nederland, aan het stuk dat nu op basis van mijn tekst in een oefenlokaal in elkaar werd gekneed door een regisseur en een stel acteurs die ik hooguit een of twee keer had ontmoet. Ik had er niets te zoeken. Het liefst willen ze iemand die op een vroege zondagochtend een enveloppe met honderd A4'tjes script door de brievenbus van het secretariaat aan de gracht gooit en daarna anoniem oplost in de stad.

Het eerstvolgende wat ik met het script te maken zou hebben was de première, waar ik in het donker naar een driedimensionale variant van *Een goede dag voor een orgasme* zou kijken. En ik zou het zien als iets nieuws, iets uit een droom, waar ik nog wel vaag iets vanaf wist, maar dat een eigen leven had gekregen. Zo wilden ze het. Zo zou ik het meespelen.

Cecilia keek extra moe.

'Laten we dan slapen,' zei ik en niet ver van waar Cecilia en Caro hadden gewoond vonden we een degelijk hotel, met kleine, zachte bedden en een aangename temperatuur. Ik betaalde vooruit. Voor één nacht. Cecilia ging met haar kleren aan op het bed liggen en viel vrijwel meteen in slaap. Ik stuurde een bericht naar de artistiek leider van De Toneeltuin: *Ik kan niet terug naar Nederland nu. Bij dezen geef ik de voogdij over het script op, maak er iets moois van & ik kom graag naar de première. MK*

*

Ik weet niet meer precies hoeveel dagen we in het hotel in Genève hebben gezeten en Cecilia me door de stad leidde, langs het meer, en de plaatsen aanwees waar levens waren geleefd, maar toen we weer vertrokken lag er overal sneeuw.

De auto met de verkreukelde zijkant vertoonde behalve het esthetische mankement nog steeds geen enkel ander gebrek. Cecilia probeerde zich de route naar het huis in de bergen te herinneren, waar ze 's zomers verbleven en waar Caro de eerste vier maanden van haar au-pairschap had gewoond. Soms stopten we om op een kaart te kijken, om te zien of we de juiste dalen in waren gereden, over de juiste bergpassen en omdat het hier, in het hoger gelegen gedeelte, al flink had gesneeuwd, duurde het lang voor we in de buurt kwamen.

We imiteerden het Zwitserduits dat hier gesproken werd en dat we hoorden op de radio. Cecilia was er erg goed in. Ook deed ze de oude vrouw in het appartement na, waar ik nog harder om moest lachen.

'Eerst willen ze mijn huis zien, dan staan ze in de kast,' riep ze met een oude stem. 'Ga uit mijn kast, ik moet vlees maken.'

De radio draaide muziek die we niet kenden en de verwarming stond hoog. Het was goed in de auto.

Vlak bij het zomerhuis werd Cecilia gebeld op haar telefoon. Iemand die vroeg of laat zou moeten bellen, maar aan wie ik liever nooit meer had gedacht.

'O shit. Er mist iemand zijn auto,' zei ze toen ze snel op haar scherm keek.

'O,' zei ik.

'Wat nu?' vroeg ze. De telefoon was inmiddels gestopt met lawaai maken.

'Bel hem terug,' zei ik.

'En dan?' vroeg ze.

'Gewoon zeggen waar je bent, voordat hij de auto als gestolen opgeeft en we worden aangehouden.'

'Oké,' zei ze.

Ze stopte snel bij een inham in de bergweg en belde terug. Magnus nam meteen op. Cecilia sprak in korte, duidelijke zinnen, waardoor ik het meeste kon volgen.

'Ja,' zei ze. 'Die heb ik.'

Daarna hoorde ik Magnus onverstaanbaar ratelen, met een klein stemmetje. Het mannetje in haar telefoon klonk niet kwaad. Hij klonk bezorgd.

'In Zwitserland.'

Ik hield mijn adem in om mezelf niet te verraden. Alsof dat iets uit zou maken.

'Ja,' zei ze weer. 'Dat snap ik.' En daarna: 'Ik weet nog niet wanneer ik terugkom. Ik wilde het zomerhuis weer eens zien. We zijn hier zo lang niet geweest.'

Ik dacht dat ik Magnus hoorde huilen, maar dat weet ik vooral omdat Cecilia me dat later vertelde.

'Papa?' vroeg ze. 'Ik kom snel terug.'

Hij leek te kalmeren. Ze zeiden even niets. In de auto was het stil. De motor was afgezet, de radio uit.

'Goed?' vroeg Cecilia. Haar stem trilde.

'Ja,' hoorde ik de miniatuur-Magnus zeggen.

'Alles gaat goed. We zijn veilig.'

Het werd stil aan de andere kant van de lijn. Voordat Magnus weer iets kon zeggen hing Cecilia op.

*

Het chalet was dicht. Het kostte enig sneeuwruimen en een aantal keer wegzakken voor we het bereikten. De luiken zaten voor de ramen. De auto hadden we beneden op de weg laten staan. Het laatste stuk klommen we via een helling langs een leuning. Cecilia noemde dat de trap, maar er viel weinig trap te herkennen met al die sneeuw.

'Het is hier zo anders in de winter,' zei Cecilia.

In de verte, aan de overkant van het dal, lagen de skipistes. Ze waren soms zichtbaar, tussen de sneeuwbuien door. Het was er rustig, voor zover ik kon zien. De vakantie was nog niet begonnen. Kleine zwarte stipjes daalden af naar het dal en langs de ijzeren palen slingerden stoeltjes omhoog naar de top.

Ik was blij dat ik mijn winterschoenen uit Uppsala aanhad. Het sneeuwde nog steeds. Ik wist niet veel van wintersport, we gingen nooit skiën vanwege wat mijn ouders 'de conditie van Merlijn' noemden.

'Er is niet eens naar binnen te kijken,' zei Cecilia.

We waren om het huis gelopen en stonden weer bij de ingang, onder een afdakje en een houten aanbouw. 'Maar hier was het dus.'

'Ja,' zei ik.

We zaten korte tijd op het bankje naast het huis. Cecilia at een broodje dat ze mee had genomen uit het hotel in Genève en ik reconstrueerde de jaren voor de eeuwwisseling: ik smolt de sneeuw weg, ik liet de loofbomen bladeren krijgen, ik verruilde onze winterkleren voor T-shirts en een korte broek. Ik maakte het zomer.

Cecilia stond ineens op. Ze veegde met haar handschoenen sneeuw van een kist waar hout in lag opgeslagen.

'Help even,' zei ze.

Ik veegde mee, zodat het deksel open kon.

'Hou even open,' zei ze. Ik hield het deksel omhoog, Cecilia leek in de kist te willen klimmen. Ze reikte tot achter in de kist, zocht met haar hand achter een balkje dat tegen de zijkant getimmerd was.

'Gevonden!' Toen ze overeind kwam had ze een kleine sleutelbos in haar handen. 'Schuilen?' zei ze.

'Weet je dat zeker?' vroeg ik.

'Ja,' zei ze. 'Zie jij iemand in het huis? We zijn niemand tot last, toch?'

'We hebben een auto,' mompelde ik, maar dat hoorde ze niet of ze negeerde het. Daarop liep ze naar de ingang toe en opende ze de deur. Ik stond aarzelend bij de kist met hout.

'Neem wat hout mee,' zei ze.

We lieten de luiken dicht, alsof de rookpluim uit de schoorsteen en de auto beneden bij het pad onze aanwezigheid niet al zouden verraden. Binnen was het donker. Het enige licht in de ruimte kwam van het vuur in de open haard in het midden van het huisje. *Alleen schuilen*, zei ik tegen mezelf. *Dat moet kunnen.* Na een half uur werd het eindelijk warmer in het huis. We zaten op het kleed voor de kachel. Ik leunde tegen de leren bank, Cecilia lag met haar hoofd op mijn schoot. Ik aaide door haar haren.

'Het is hier nog precies hetzelfde,' zei ze. 'Alleen dan winter.'

'Ik denk steeds dat ik iets hoor,' zei ik.

'Dat is de sneeuw die smelt,' zei ze met haar ogen dicht. 'Door de warmte van de kachel.'

Ik moet zenuwachtig geweest zijn, want Cecilia zei steeds zuchtend dat ik me geen zorgen moest maken. 'Hoelang heb je die broek al aan?' vroeg ze, terwijl ze aan mijn benen rook.

'Geen idee,' zei ik.

'We moeten onze kleren wassen. Hoelang heb je je haren niet gewassen?' vroeg ze terwijl ze aan mijn haren snuffelde.

'Geen idee,' zei ik.

'We moeten onze haren wassen.'

Uit het vuur sprongen vonken omhoog vanwege smeltende sneeuw die door de schoorsteen naar beneden viel. Het geluid in de ruimte stond stil. Onze woorden bleven op hun plek hangen of verdwenen in de houten muren en luiken. Ik bleef maar door haar haar aaien, of het nu gewassen moest worden of niet, als een bezetene, omdat ze het fijn leek te vinden.

Ik lachte.

'Wat lach je?' vroeg ze.

'Een kleed, een haard, een chalet,' zei ik.

Zij glimlachte ook.

Ik luisterde naar het vuur, naar de sneeuw die schoof op het dak van het huisje. Cecilia droeg een zwarte maillot met een jurkje erover en een zwarte, gebreide trui. Hoe ze lag, hoe lief ze lag, hoe mooi ze was, hoe slim ze was, hoe alleen we hier samen waren, hoe de rest van de wereld buiten was en wij nog steeds als ontsnapte astronauten probeerden geen deel uit te maken van de rest, met de luiken dicht, in een auto die niet van ons was in een land dat niet het onze was in een huis dat niet van ons was, dat alles maakte me erg opgewonden. Ik streelde haar gezicht, haar haren en naar beneden via haar nek haar borsten.

'Kom,' zei ze.

Ze pakte mijn hand en trok me mee de trap op. Ik volgde haar in het donker een gang door. Ze leek geen moeite te hebben met het vinden van de weg. Ineens trok ze een deur open en knipte ze het licht aan. In het midden van een grote badkamer stond een ouderwets bad op leeuwenpoten. Het was er koud.

'Ik moet je wassen,' zei ze en ze opende de warmwaterkraan.

Toen er een laagje water in het bad stond, opende ze de knoop van mijn broek. Ik hielp haar terwijl ze mijn kleren uittrok. Ik stond te rillen op het kleedje.

'Snel,' zei ze. 'Stap erin.'

Ik voelde het hete water, gilde even en ging zitten. Cecilia zat op haar knieën naast het bad terwijl ze shampoo in mijn haren wreef en badschuim over mijn rode huid van kippenvel.

'Voel je je al schoon?' vroeg ze.

'Bijna,' zei ik lachend. 'Nog niet helemaal.'

Ik voelde haar handen. Kleine handen. Jonge handen die al veel vaker dit bad hadden aangeraakt. Ze moet de handen van

Caro zo hebben gevoeld, dacht ik, Caro op haar knieën op de plek waar Cecilia nu zat. Die gedachte verdreef ik.

'Koud,' klappertandde ze. 'Heb jij het ook nog koud?'

'Nee,' zei ik. 'Snel. Kom erbij.'

Ze trok in hoog tempo haar trui uit. Haar jurkje liet ze op de grond vallen en toen stroopte ze haar zwarte maillot af.

'Aan de kant,' zei ze. En daarna in gespeeld slecht Engels: 'Ik zoek wat heetheid.'

Daarna trok ze haar hemdje uit, haar bh en onderbroek. Ze rilde.

Ik sloot mijn ogen toen ze tegen me aan kwam liggen. Ik streelde haar haren, schouders en daarna haar borsten. Ze duwde haar rug en haar billen tegen me aan.

Ze draaide zich om. We bewogen onhandig. Het bad knarste laag waar onze huid bewoog en we moesten lachen om de onpraktische houdingen. Ik zoende haar.

We hadden seks in de badkamer van het zomerhuis dat vanaf nu voor altijd een winterhuis zou worden. Misschien niet voor Magnus en Caro, maar voor Cecilia wel en voor mij al helemaal.

Ik bleef haar zoenen terwijl ik bij haar naar binnen ging. Het bad was nu bijna tot de rand gevuld met water en schuim. Ik probeerde het einde zo lang mogelijk uit te stellen, probeerde op Cecilia te letten, tot het niet meer ging, zij fluisterde: 'Kom maar', en ze op exact hetzelfde moment klaarkwam.

Even was ik bang dat ze weer moest huilen, maar dat deed ze niet.

*

We waren uit bad gestapt, naar beneden gerend met onze kleren op een hoopje in onze armen geklemd. Ik had nieuwe houtblokken op het vuur gelegd en daarna waren we op de bank in slaap gevallen. Toen ik wakker werd was het vuur gedoofd. Het was weer kouder in het huis. Cecilia werd ook wakker.

'Hoe laat is het?' vroeg ik.

Ze keek op haar telefoon. 'Twee uur 's nachts,' zei ze.

'Echt?' Ik kon me niet voorstellen dat we een uur of zes hadden geslapen.

'Ik heb honger,' zei ik.

'Misschien is er wel wat,' zei Cecilia en ze veegde de slaap uit haar ogen. Daarna stond ze klungelig op. In de keuken opende ze alle kastjes.

'Volgens mij is hier in geen maanden iemand geweest,' zei ze.

Ze kwam terug met een nog niet aangebroken pak chocoladekoekjes en een fles drank.

'Limoncello,' zei ze. 'Dorst?'

'Welja,' zei ik. 'Schenk maar in.'

We aten chocoladekoekjes en we dronken van de limoncello. Ik probeerde het vuur opnieuw aan te maken, maar dat lukte niet goed.

'Ik ben weer helemaal wakker,' zei Cecilia.

'Ik ook,' zei ik.

Cecilia stond op en liep naar een van de ramen die op het dal uitkeken. Ze opende het raam en daarna de luiken.

'Sterren,' zei ze. 'O god. Wat veel.'

Ik liep ook naar het raam en zag dat de sneeuwbuien overgetrokken waren. De lucht was helder. Ontelbaar veel sterren stonden er boven de bergen. Op de skipistes aan de overkant waren de met schijnwerpers verlichte schuivers bezig om de sneeuw te prepareren. Grote, trouwe beesten, dacht ik, zonder bewustzijn, die doen wat ze moeten doen.

'Wandeling?' vroeg Cecilia.

'Nu?'

'Ik heb wel zin om een stukje te lopen. Naar het meer.'

Kennelijk was het een begrip uit de zomer: wandelen naar het meer.

'Is dat niet te koud?'

'Dan nemen we de limoncello mee,' zei ze. 'En we doen alle kleren aan die we hebben.'

Ik stemde in en toen we weer langs de zogenaamde trap naar beneden gingen was er in de sneeuw al niets meer te zien van onze eerste klimpartij naar boven. Cecilia had voor de zekerheid het huis weer afgesloten en de sleutels in de houtkist gelegd.

Uit de auto haalden we zo veel mogelijk kleren en met elk vier T-shirts, drie truien en twee broeken begonnen we onze afdaling, zonder richting of plan. We dronken om en om kleine slokjes uit de fles limoncello, tot hij, sneller dan we dachten, leeg was. Mijn mond was zoet van de likeur.

We passeerden een skipiste aan onze kant van de berg.

'In de zomer lopen hier koeien met bellen,' zei Cecilia. Ze klonk aangeschoten. Haar neus en wangen waren rood van de kou. Ze had haar sjaal tot over haar mond gewikkeld. Op de grote witte vlakten stonden gigantische ijzeren masten en de stoeltjes hingen stil aan de kabels.

'Toen ik klein was,' zei ze, 'toen zei Magnus dat er speciale bergkoeien waren, met korte voorpoten en lange achterpoten, zodat ze op de berg konden staan.' Ze deed de fantasiekoeien na.

Ik lachte weer, maar met de herinnering aan haar vader bleef er al na een fractie van een seconde een neplach over, alleen maar om haar niet teleur te stellen.

Het lopen duurde langer dan de bedoeling was. Het voelde al bijna als ochtend toen we eindelijk aankwamen bij het meer, dat er geruisloos en dichtgevroren bij lag. De bomen waren wit van de rijp, alsof ze gemaakt waren van sneeuw. Ik keek naar de overkant en weer naar Cecilia. Ik rilde vanwege haar schoonheid, waar ze alleen maar op zou inleveren, tot ze haar moeder was geworden, iets waar niemand iets aan kon doen, dat niemand kwalijk te nemen viel, dat hoorde bij mijn grote verzameling onrecht zonder dader.

'Ik weet nog dat we hier zwommen,' zei Cecilia.

Ik herkende de zucht, had vaak zelf zo gezucht, had anderen zo horen zuchten, maar ik slikte de woorden in die haar zouden bijbrengen dat het nog veel erger zou worden, steeds vaker, steeds meer, tot de allerlaatste, allerdiepste zucht die alles wat je ooit meegemaakt hebt, alles wat je ooit hebt ingeademd, geroken, gezien, gedacht en gevoeld in één keer uit je lichaam stoot.

'In de brandende zon,' zei ze. 'Hier was het. Precies. Ik herinner me dit grasveld en die steiger. En een koeltas met aangelengde limonade. En steeds maar onvermoeibaar in en uit het water. Tot papa of Caro me in de auto tilde en ik gelijk in slaap viel.'

Waar was ik toen, dacht ik? In Amsterdam, aan het Roelof Hartplein, in het Nieuwe Huis. We dronken rode wijn op de binnenplaats of op het dak, waar we pokerden om echt geld.

Ik keek uit over het meer, de bergen, de paar lichten die nog brandden in huizen aan de overkant.

En toen ineens was het daar.

Ver van de oever hoog op de helling, in constante snelheid, van links naar rechts, zich een weg banend tussen de rotsen en bomen door, resoluut om ergens op tijd te zijn, onverstoorbaar, maar van deze afstand bijna geruisloos, een sliert licht op weg naar het zuiden, maar vooral door mijn gedachten, slingerend langs dagen, maanden, jaren terug naar waar het allemaal begon, waar ik met Caro sprak en stond. Aan de overkant reed een trein.

'Kijk daar,' zei ik.

'De nachttrein naar Italië,' zei Cecilia resoluut.

'Hoe weet je dat?' vroeg ik. Ik klonk verbaasd.

'Dat heeft Caro weleens verteld, toen we hier liepen. Daar

had ze weleens in gezeten.'

Ik staarde naar de overkant, naar de trein tussen de bomen. Hier en daar brandde er licht in een coupé, waar kennelijk iemand niet kon slapen. En ik zag ons staan, Caro en mij, met onze handen om ons gezicht af te schermen van het licht, kijkend naar buiten, naar de velden en steden. Ik zag ons staan, onderweg naar Florence, zonder rimpels, met een gezond gebit, betere conditie, nog nooit langer dan een paar minuten met elkaar gesproken, nog geen fax verstuurd, nog geen haas aangereden, nog helemaal blanco, en ik stond naast Cecilia en glimlachte. Ik zag Caro, ik zag mezelf en ik lachte naar ze, naar ons, en ook al was het te ver om elkaar te kunnen zien, ze klemden hun handen langs hun hoofden en keken naar beneden, naar mij aan het meer, lachten terug en ik dacht dat als ik ze iets kon toeroepen, ze een les of een gedachte mee zou kunnen geven waar ze zich aan vast konden klampen, dat ze passief of juist actief moesten handelen, dat ik dat dan niet zou doen, dat ik stil zou blijven, zou blijven lachen. Ik stak mijn hand op, zwaaide kort naar de trein die inmiddels bijna uit het zicht was en in een tunnel verdween.

'Wat doe je?' vroeg Cecilia.

'Niets,' zei ik. 'Helemaal niets.'

'Wat is er dan?' vroeg ze.

'Ik dacht gewoon ergens aan.'

'Ik wou dat ik in je hoofd kon kijken,' zei ze.

PREMIÈRE

Het was bijna licht toen we weer aankwamen bij het huis op de berg. Cecilia klom naar boven. Ik volgde. Ze opende de kist naast het huis opnieuw, pakte de sleutel en wat houtblokken. Ik twijfelde en keek het dal in, langs de weg vol haarspeldbochten. Beneden reden al auto's; sneeuwschuivers, tankauto's en kleine vrachtwagens vol met brood, op weg naar de hotels in de dorpen.

'Het is al bijna Kerst,' zei ik. 'Dan komen hier mensen. Dat moet haast wel.'

We waren verkleumd, ondanks de vele lagen kleren die berekend waren op de Zweedse winter. Ik was moe. Van het lopen, van het jaar.

'Alleen nog even warm worden. Dan gaan we weer. Warm worden, niet nadenken en wat slapen.'

Ze verwoordde alles wat ik ook wilde, de ratio ten spijt. Het was al lang geleden afgelopen met verstandige beslissingen.

'Kerst,' zei ze tegen zichzelf. Het was geen vraag. Ze herhaalde het woord om het zelf beter te snappen. Het klonk alsof ze het al jaren niet had gehoord.

'Ja,' zei ik. 'Volgende week al.'

'Verwacht je cadeautjes?' vroeg Cecilia terwijl ze naar de deur toe liep.

Cecilia keek om zich heen, langs de weg naar beneden en naar de andere huizen die verderop stonden. Toen ze zich zeker had gesteld van het feit dat we nog steeds alleen waren stak ze opnieuw de sleutel in het slot.

'We zijn inbrekers geworden,' zei ik zacht. Meer tegen mezelf dan tegen Cecilia. In het ochtendgloren was het binnentreden van het huis nog confronterender.

'Welnee,' zei ze. 'Vroeger kwamen we hier altijd.'

'Ja, dus?'

'Nou. Je kunt zeggen dat we ons in de tijd hebben vergist.'

Ik keek haar aan, lachte en dacht: is dit dan hoe het hoort? Hoe het moet? Mijn hele jeugd is me voorzichtigheid aangeleerd. Mate. Calvinistische terughoudendheid. Eén glas drinken in een restaurant. Daarmee doen tot en met het hoofdgerecht. Schoenen krijgen die leken op de duurdere schoenen die je zou moeten dragen en waartussen mijn ouders het verschil niet zagen, maar waardoor mijn broer en ik wel wekenlang werden uitgelachen op school. Dat alles was niets meer waard. Ik had er niets van geleerd. Ik was behoudend opgevoed, maar ik was het tegenovergestelde geworden: ik kon niet met geld omgaan, ik kocht schoenen zoveel ik wilde en bestelde soms vier flessen wijn tijdens één maaltijd. En nu stond ik hoog in de Alpen, op het punt voor de tweede keer in te breken in een bergchalet.

Ik had de afgelopen maanden maar een enkele keer contact met mijn ouders gehad. Vooral met mijn moeder. Er zat niets in haar woorden en zinnen wat mij overtuigde van de noodzaak terug te gaan naar Nederland. Niet voor haar, niet voor mijn vader, niet voor het huis met de kerstboom. Ik dacht aan alle kerstavonden die ik had meegemaakt thuis, bij mijn ouders, met twee emmers water naast de kerstboom voor het geval de kaarsjes de boom en ons huis in vuur en vlam zouden zetten.

Binnen in het chalet ging Cecilia weer op de grote leren bank liggen. Ze trok een zware deken over zich heen. De luiken zaten nog altijd dicht. Het was er donker, op het gele licht van een schemerlamp na.

'Probeer jij de open haard nog eens aan te krijgen,' zei ze, terwijl haar ogen al dicht waren gevallen.

Het vuur was uitgegaan tijdens onze wandeling, maar de

stenen voor het rooster waren nog warm van eerder die nacht. Ik stak oude Franstalige kranten aan en legde kleine houtjes over de groenige vlammen die de letters verkreukelden en onleesbaar maakten. Als er al nieuws was geweest, bestond het nu niet meer. Alles was oud geworden. Alles wat bij gisteren hoorde telde niet meer.

Ik ging naast haar liggen en trok de deken over ons allebei heen.

'Ik zou hier wel altijd kunnen blijven liggen,' zei ze.

'Ik heb honger,' zei ik.

'Ik ook,' zei ze. 'We gaan zo wat eten. Eerst even slapen.'

'En ik moet naar de première.' Ik stopte mijn koude handen onder haar armen. Ze gilde even.

'Die première die halen we wel,' zei ze. 'Nu stil.'

Voor het eerst begreep ik dat ze mee zou gaan naar de première.

Door de luiken van het chalet staken stroken fel, wit licht. Buiten lag de dag met wijdopen ogen. Binnen hadden we onze eigen nacht gemaakt.

Een paar keer hoorde ik het geluid van een sneeuwschuiver die de toegangsweg naar de huizen vrijmaakte. We sliepen onrustig, onregelmatig. Soms werd ik wakker omdat Cecilia bewoog. Ze fluisterde onverstaanbare Zweedse woordjes die bij dromen hoorden die ik nooit zou kennen. Herinneringen aan dit huis in de zomer, aan Genève of aan alle landen waar ze met Magnus had gewoond. Een mix van alles, de verbeelding van haar leven.

Ik was in slaap gevallen. Cecilia maakte me wakker door van de bank te springen. Ik weet niet hoeveel tijd er was verstreken. Ze trok de deken mee.

'Hoorde je dat?' zei ze.

'Wat?' vroeg ik.

'Er zijn mensen. Buiten. Ik hoorde een autodeur.'

Ik stond snel op, probeerde smoezen te verzinnen voor onze aanwezigheid, maar de allerbeste reden was nog de waarheid: *Het was koud buiten, we waren uitgeput, er was niemand thuis.* Bovendien had Cecilia hier vroeger hele zomers doorgebracht.

'Ken je de eigenaren?' vroeg ik. 'Is het uit te leggen?'

'Nee,' zei ze terwijl ze een trui aantrok. 'Weet niet. Het is verkocht toen wij teruggingen naar Zweden.'

We raapten alle spullen bij elkaar, trokken onze kleren recht en stapten half in onze schoenen.

'Misschien kunnen we rennen,' zei ze.

Cecilia opende de deur naar buiten en ze trok me mee. De deur sloeg achter ons dicht. Het was koud buiten. Het wit van de sneeuw maakte ons een paar seconden blind. Toen onze ogen gewend waren zagen we iemand staan, halverwege de weg. Hij maakte lage, grommende geluiden alsof het een groot dier was dat vastzat in de sneeuw.

Beneden, op wat Cecilia de trap had genoemd, stond Magnus.

Hij worstelde zich het pad omhoog. Hij was als een oude man bezig aan de klim en hield zich vast aan de leuning. Verder naar beneden, op de weg, stond een taxi met draaiende motor.

Ik keek naar Cecilia en ik hoopte dat rennen nog steeds een optie zou zijn, maar zij stond als bevroren in de sneeuw op de houten balustrade.

'Papa,' zei ze zacht.

Hij keek omhoog naar zijn dochter en bleef staan. Magnus droeg een lange wollen jas en een donkere hoed. Zijn sneeuwlaarzen staken af bij de rest van zijn verschijning. Hij leek ouder dan ik me hem herinnerde. Ik zei niets.

Magnus keek van mij naar Cecilia. Zijn mond stond half open, aan de wolkjes uit zijn mond zag ik dat hij buiten adem was. Niemand zei iets.

'Ik kom mijn dochter halen,' zei Magnus uiteindelijk, luid en in het Engels. Het klonk als een zin in een theater. Hij wilde de achterste rijen bereiken.

'Papa,' zei Cecilia weer, maar hij reageerde niet op haar. Hij keek dwars door haar heen en brandde met zijn ogen laserstralen door de koude lucht in mijn richting.

'Mijn dochter die jij hebt gestolen,' ging hij verder.

Nu stak hij zijn hand omhoog en prikte met zijn wijsvinger in mijn richting.

'Merlijn Kaiser,' zei hij toen.

Het klonk bezwerend. Als een toverspreuk. Even dacht ik dat de berg zou splijten onder zijn vloek. De vloek die toevallig dezelfde letters kende als mijn naam. Ik keek naar Cecilia. Zij had hem verteld wie ik was, dacht ik. De avond voor ze voor mijn deur had gestaan, had ze hem verteld wat ze over mij wist. Om te controleren of ik de waarheid sprak. Daarna had ze zijn auto gestolen.

Wanneer was dit precies? Hoelang geleden waren we uit Uppsala vertrokken, waren we afgezakt in de richting van de evenaar om te blijven steken in de Alpen? Al veel vaker bleek er niets te kloppen van alle tikkende uurwerken, afgescheurde kalenderblaadjes en de zon die steeds maar weer verscheen en verdween. Er zijn mensen die beweren dat je niets kunt vertrouwen, maar zelfs die mensen vertrouwen nog op de tijd. Ondanks hun algemene scepsis geloven ze hun Zwitserse horloges met een blinde zekerheid.

Ik niet. Ik kan nergens meer van uitgaan.

'Papa,' zei Cecilia. 'Hou nou op.' Ze bleef voor me staan, alsof ze de kogel die uit zijn wijsvinger zou schieten tegen kon houden.

'Merlijn Kaiser,' zei Magnus nog een keer. 'Dacht je dat ik niet wist wie je was?'

Zijn stem bulderde het dal in. Aan de overkant waren skiërs zichtbaar, zorgeloze levens die van de zwaartekracht een spelletje hadden gemaakt. Op straat stond de taxi nog altijd blauwe benzinewalmen uit te stoten. De chauffeur wachtte op het geld van Magnus, dacht ik. Net als ik. Net als de vrouw in het huis in Genève. Net als Caro die stelselmatig een chantageloon had opgestuurd naar Zweden.

'Nou?' riep hij.

Ik zweeg en overwoog de mogelijkheid dat hij het al die tijd had geweten. De eerste keer dat ik hem sprak, in restaurant Pelikan, dat we de wijn deelden, toen hij mij over toeval vertelde, toen hij op foto's verscheen op die ochtend met Krista in de kamer in Hotel Rival en later toen hij me meenam naar zijn huis in de villawijk van Stockholm.

'Caro had je al gestolen,' ging Magnus verder. 'Nu mijn dochter. Wil je mijn vrouw ook nog?'

'Papa,' zei Cecilia opnieuw. 'Alsjeblieft.'

'Zal ik zeggen in welke psychiatrische inrichting mijn vrouw zit? Dan kun je haar ook gaan halen.'

Ik keek naar Cecilia. Ze keerde haar gezicht af. Dat was haar leugen geweest, dacht ik. Ik had er duizend gehad, zij één. Haar moeder leefde niet in boekenclubs, niet in het appartementje in de stad waar ze haar vriendinnen ontving. Haar moeder was opgenomen in een inrichting. Doorgedraaid van het leven dat haar man had willen leiden.

'Laat die mensen met rust,' zei Cecilia. Ze huilde nu. 'In godsnaam. Doe een keer normaal en laat iedereen gewoon eens met rust.'

'Ga in de auto zitten,' zei Magnus. Hij wees op de rode Volvo die onder de sneeuw stond. 'Je weet niet wie dit is.'

Cecilia bleef staan. Ze antwoordde niet.

'Hij heeft je een zomer lang voorgelogen,' zei Magnus.

'Ja. En jij een decennium,' zei ze. 'So what?'

'En hij heeft Caro van ons afgepakt.'

Ik snoof een lach weg. Alsof Caro in Genève een affaire met het hele gezin had gehad. Alsof er geen andere aanleidingen waren geweest om terug te komen naar Nederland.

'Onzin,' riep ik. Voor het eerst sprak ik terug. Mijn woorden klonken fel en hoog. Een hobo in vergelijking met de paukenslagen van Magnus.

'Ik had daar niets mee te maken,' zei ik. 'Ik heb pas dit jaar gehoord wat er in Zwitserland is gebeurd.'

Magnus stapte naar voren. Hij richtte zich nu tot Cecilia.

'Ga in de auto zitten. Ik heb alles verloren. Jou wil ik niet ook verliezen. Niet aan hem.'

In de verte klonk een explosie. De knal galmde tegen de bergen aan de overkant en weer terug. Een manier om gecontroleerd lawines te laten ontstaan. Magnus schrok even, maar herstelde zich snel. Cecilia draaide zich om. Keek naar mij. Toen weer terug naar haar vader.

'Ik blijf bij Merlijn,' zei ze. 'We hebben een première. Laat die mensen met rust. Alsjeblieft.'

Magnus keek van zijn dochter naar mij. Hij stapte naar boven.

'Cecilia,' zei hij. 'Sneeuwprinses. Wolvendochter.'

Cecilia liep naar beneden. Ze ontmoetten elkaar in het midden. Hij sprak zachter. Ik verstond niet wat ze zeiden.

Magnus pakte haar beet. Sloeg zijn armen om het meisje in de sneeuw, als een onbeholpen beer. Hij huilde. Diepe uithalen kaatsten tegen de helling. De taxichauffeur keek gegeneerd naar mij. Ik wist ook niet wat ik moest doen. Magnus en Cecilia spraken met elkaar, terwijl ze elkaar vasthielden. Ik hoorde nog steeds niet wat er besproken werd. Uiteindelijk worstelde Cecilia zich los en liep ze richting de rode Volvo van Magnus. Ze veegde de sneeuw van de achterkant van de auto, opende de achterbak en trok onze koffers naar buiten. Daarop gaf ze Magnus de sleutel.

Magnus keek omhoog, naar mij. Zijn hoofd was rood. Tranen zaten vast in zijn baardharen. Resoluut draaide hij zich om, stapte door de hoge sneeuw in de richting van de auto, opende het portier voor zover dat ging door de sneeuw en ging zitten.

'Merlijn,' riep Cecilia naar mij. 'Help even.'

Magnus sloot de autodeur en startte. Nog voor ik vragen kon stellen begon Cecilia de rest van de sneeuw van de auto te vegen. Toen de ramen vrij waren deed Magnus een poging weg te rijden, maar hij slipte met zijn voorwielen en kwam geen meter van zijn plaats.

'Heeft hij geen sneeuwkettingen?' vroeg ik aan Cecilia.

'Mijn vader?' vroeg ze lachend.

Ik duwde samen met Cecilia tegen de achterkant van de auto. Magnus gaf veel gas. De uitlaatgassen bliezen tegen mijn schenen.

'Wat heb je tegen hem gezegd?' vroeg ik aan Cecilia. Haar hoofd was rood van de kou en het duwen tegen de auto.

'Bijna,' riep ze in het Zweeds naar de voorkant van de auto.

'Cecilia, waar gaat hij heen? Wat heb je gezegd?'

'Tegen papa?'

'Ja?'

'Wacht even,' zei ze. 'Ik tel tot drie, dan duwen we samen.'

Ze telde tot drie. Op drie duwden we zo hard we konden. De auto schoot naar voren, richting de weg. De motor loeide.

'Nu blijven rijden,' riep Cecilia in het Zweeds. 'Anders zit je weer vast.'

Hij reed langzaam naar beneden, rolde langs de taxichauffeur die verbouwereerd naar zijn passagier keek. De meest lucratieve passagier in tijden, getuige zijn nummerbord uit Genève, maar wel eentje die net was weggereden in zijn eigen auto.

'Wat heb je gezegd?' vroeg ik opnieuw.

Cecilia keek naar mij. 'Ik heb hem gerustgesteld,' zei ze.

'Hoe?' riep ik.

Cecilia keek de auto na.

Magnus stak zijn hoofd uit het raam.

'Bedankt!' riep hij tegen Cecilia, maar ook tegen de taxichauffeur. En misschien wel tegen mij.

De rode Volvo verdween om de hoek in de haarspeldbocht die naar beneden leidde.

*

De vliegtuigen in Zwitserland waren vertraagd vanwege de sneeuwval en ijzel. We moesten een nacht op de luchthaven van Bern wachten en toen we eenmaal een vlucht hadden weten te boeken bleek het vliegtuig precies een uur voor de première van *Een goede dag voor een orgasme* op Schiphol te landen.

Er is niets symbolisch aan dat uur, het heeft geen betekenis. Er zijn journalisten geweest die heel overtuigend hebben geschreven over de belangrijkste thema's in mijn toneelstukken, terwijl ik zeker wist dat ik ze er niet in had gestopt. Toch viel er niets te ontkennen, niets te ontkrachten en de kleine recensies in de kranten wisten zelfs mij en Caro nog te overtuigen, op onze krukjes in de keuken van het huis in Amsterdam. Pas nu weet ik dat die toneelstukken en monologen daar wel over gingen, over die toegevoegde thema's, al is er geen letter van plaats gewisseld en hebben de acteurs en regisseurs er geen tekst aan toegevoegd.

Ik vroeg opnieuw aan Cecilia wat ze tegen Magnus had gezegd. Hoe ze hem gerust had gesteld. Ze haalde haar schouders op.

'Ik weet hoe hij werkt,' zei ze.

'Wat dan?' vroeg ik. 'Hoe dan?'

'Laat maar even, goed?'

Ze was chagrijnig geworden door mijn vragen. Vragen die wat mij betreft volkomen legitiem waren.

'Kan ik nog wat doen?' vroeg ik. 'Kan ik helpen?'

'Nee,' zei ze. 'Niets. Doe jij maar gewoon niets.'

Ik keek naar de punten van mijn gigantische winterschoenen. Misschien is niets doen nog erger dan de verkeerde dingen doen.

We zaten op de bankjes van kunststof en keken uit over de gates en de landingsbanen waar sneeuwschuivers met oranje zwaailichten het asfalt blootlegden tot er weer een dunne poederlaag overheen lag en ze opnieuw konden beginnen. Een stem uit de speakers vertelde afwisselend in het Frans, Duits en Engels hoelang het nog zou duren voor het stormfront over zou trekken. Cecilia had flesjes water gehaald en een tijdschrift waar ze een uur in las zonder iets te zeggen. Ik had het koud.

'Hij houdt niet op,' zei ze ineens. 'Nooit.'

Ik keek haar aan.

'Ik weet nog een keer...' Ze leek niet chagrijnig meer. Eerder triest. 'Ik weet nog, vorig jaar, voordat jij er was. Mijn vader was naar Uppsala gekomen en had bij ons op de flat gegeten. Ik had gekookt. Zalm in een zoutkorst. Joël was er. En mijn vriendin Sarah. Ze woonde toen nog op de gang. Je kent haar niet. Mijn vader maakte steeds grapjes, was heel lief en Sarah fluisterde tussen het hoofdgerecht en het dessert in de keuken in mijn oor: "Jouw vader is echt te gek."'

Ze keek of ik luisterde.

'Aan het eind van de avond zette ik hem op de trein, terug naar Stockholm. Hij leek tevreden, vrolijk. Het was een goede avond.'

'Ja,' zei ik.

'Ja. En toen ik Sarah de volgende dag zag, zei ze doodleuk dat ze nog iets met hem had gedronken in een café in het centrum.'

'Wat? Met Magnus?'

'Ja. Hij was op Knivsta uitgestapt en had een trein terug gepakt.'

'Jezus.'

'Ze hadden wijn gedronken en heel bijzonder gepraat over van alles, zei Sarah de volgende dag. Ik stond de rommel van het etentje op te ruimen in de keuken. Ze droeg haar pyjama nog. Ik mocht me volgens haar gelukkig prijzen met zo'n vader.'

'En jij dacht dat hij naar huis was gegaan?'

'Ja. Hij was naar huis gegaan. Ik zag de trein vertrekken.'

'En verder?'

'Niets. Hij is met de laatste trein alsnog vertrokken, zei Sarah tegen me. Ik heb gewacht tot hij er zelf iets over zou zeggen, maar hij is er nooit over begonnen.'

Onze vlucht werd omgeroepen. Ik pakte mijn laptoptas en stond op. De bestemming knipperde op het beeldscherm naast het nummer van de gate. AMSTERDAM. De hele stad golfde door mijn maag.

Cecilia bleef nog zitten. Ze staarde naar de bankjes aan de overkant.

'Ik ben de enige die hem in bedwang kan houden,' zei ze. 'Alleen mijn dreigementen hebben nog effect.'

'Wat voor dreigementen?' vroeg ik en ik dacht aan wat er te dreigen viel.

'Nou ja,' zei ze. 'Dreigementen. Eerder afspraken.'

'Wat heb je met hem afgesproken?' vroeg ik.

'Dat ik hem niet alleen zou laten.'

'O,' zei ik.

'En dat ik terug zou komen. Dat ik hem zijn winters door wil helpen. Dat hij niet bang hoeft te zijn als het kouder wordt, als hij de wereld niet meer snapt. Omdat ik zijn dochter ben. Als hij maar ophoudt met anderen lastigvallen.'

Ze was even stil.

'Dat heb je tegen hem gezegd?'

'Ja,' zei ze.

'Op de berg?'

'Op de berg.'

'Tegen Magnus?'

'Ja. Tegen Magnus.'

'Heb je dat allemaal gezegd?'

'Ja,' zei Cecilia.

'Oké,' zei ik.

'En dat hij zijn auto moest laten nakijken omdat er aan de rechterkant een deukje zit.'

*

Op Schiphol namen we een taxi. Er was geen tijd meer om langs mijn huis te gaan. Cecilia had voor de taxichauffeur de achterklep dichtdeed een jurkje uit haar koffer getrokken en begon zich op de achterbank te verkleden. Waarom ze zomerse jurkjes in haar koffer had zitten was me een raadsel. Het was bijna donker, het zou de langste nacht van het jaar worden. De Nederlandse taxichauffeur keek met een grote grijns in zijn achteruitkijkspiegel naar het jonge meisje dat in haar bh en onderbroek op zijn leren bekleding zat.

'Let alsjeblieft op de weg,' zei ik.

We doken door de Schipholtunnel op weg naar Amsterdam, over de A4, langs de bedrijven in het luchthavenniemandsland. Ik zag de Amsteltoren, de gebouwen van de Zuid-as deels in aanbouw, de plakken drooggemalen land waar ooit, eeuwen geleden, het Haarlemmermeer lag dat je moest overzeilen om van Leiden naar Amsterdam te komen. Cecilia wist dit soort dingen niet. Ik haalde adem om haar erover te vertellen, maar slikte mijn woorden in omdat ik de noodzaak niet meer zag.

Het jonge blonde meisje naast me op de achterbank stootte me in mijn zij omdat ze niet goed in haar jurkje kwam.

'Is het heel chic?' vroeg ze.

'De première?'

'Ja?'

'Geen idee.'

'Misschien zie ik er wel verlept uit,' zei ze.

'Dat maakt niets uit. Je bent achttien. Ook al zat je onder de modder, dan nog was je de mooiste van de avond.'

'Waar slaat dat nou weer op?' vroeg ze.

'Dat merk je later wel.'

Ze stak haar tong uit.

De taxi ging van de snelweg af, richting Hoofddorpplein, en ik zag een onbekend groot flatgebouw dat kennelijk was voltooid in mijn afwezigheid.

'Gaan we met die koffers naar binnen?'

'Het zal wel moeten,' zei ik. Ik dacht aan mijn tas. Ooit gepakt voor een week, nu al langer dan een half jaar in dienst. De tas had dagen bij het bagagedepot op Arlanda gestaan, was meegesleurd naar de stad van Linnaeus, naar Zwitserland, in de achterbak van een gecrashte Volvo. En nu waren we weer terug. Mijn tas en ik.

De taxi reed langs de wachtende auto's over de Overtoom, via de busbaan en draaide bij de Stadhouderskade naar rechts, richting het Leidseplein. De chauffeur stopte bij de Stadsschouwburg, waar de première plaatsvond. Ik opende het portier en betaalde de chauffeur.

We waren laat. Er lag een rode loper, maar behalve een portier en een fotograaf was iedereen al binnen. De lucht was koud en stak kleine spelden in mijn wangen. We rolden onze koffers naar de ingang. Op het plein hing kerstverlichting. Naast de schouwburg was een kleine ijsbaan neergezet en er schalde muziek uit boxen.

Toen pas zag ik de poster. De poster voor het stuk dat ik had geschreven: *Een goede dag voor een orgasme*, maar op de poster prijkten alleen de eerste drie woorden van mijn titel: EEN GOEDE DAG.

'Godsamme,' zei ik. '*Een goede dag.*'

'Wat?' vroeg Cecilia.

'Ze hebben de titel veranderd.'

'Hoe heet het nu?'

'A good day!' vertaalde ik. 'Wat is dat voor compromis?'

'Alleen dat?'

'Ja.'

We stonden van een afstandje naar de banner te kijken die boven de ingang was gespannen. Binnen brandde licht. Ik hoorde de stemmen van de bezoekers in de hal.

Cecilia pakte mijn hand vast. Ze lachte.

'Wat is het geworden?' vroeg ik hardop. 'Een blijspel?'

'Wat maakt het uit? Ik ben zo benieuwd,' zei ze.

'Je verstaat er toch niets van,' zei ik.

'Geeft niet. Ik ga op het publiek letten. Ik reageer op hoe anderen op jou reageren.'

'Handig,' zei ik. Ze miste de plagerige ironie.

We rolden met de koffers verder naar de ingang. Daar werden we tegengehouden door de portier. Hij keek van mij naar Cecilia, naar onze koffers en de kleren die we droegen.

'Hebt u een toegangsbewijs?' vroeg hij.

'Nee,' zei ik.

'Het is besloten.'

'Ik heb het stuk geschreven,' zei ik.

'Ik heb een bewijs nodig,' zei hij. 'Dit is de première.'

'Had ik geen bewijs nodig gehad als het een gewone voorstelling was geweest?' vroeg ik.

De man dacht na, mompelde wat.

Toen wees ik op de poster die achter zijn hoofd hing.

'Mijn naam.' De portier draaide zich om, keek naar de poster, maar leek geen centimeter te willen wijken.

Ik keek langs hem naar binnen. De artistiek leider stond verderop, bij de garderobe. Hij keek verbaasd toen hij mij zag staan en kwam naar ons toe.

'Het is goed,' zei hij tegen de portier, terwijl hij met zijn hand een cirkeltje maakte om mij en Cecilia als groep aan te duiden. 'Ze kunnen zo naar binnen.'

Daarna wendde hij zich tot ons. 'Merijn! Je bent toch gekomen,' zei hij terwijl hij naar Cecilia keek. Hij stak zijn hand uit en stelde zich voor.

'Ja,' zei ik. 'Merlijn. Met een L. Ik ben benieuwd.'

'Gaan jullie op reis?' lachte hij en hij wees op de koffers.

'Desnoods,' zei ik.

Binnen in de foyer stonden dames in jurken, heren in pakken, nog net geen smokings. Ik herkende een aantal mensen, vaag, alsof ze ooit in een droom waren verschenen. Ze lachten. Mensen die ik straks te woord moest staan. Mensen van wie ik het liefst nog moest weten waar we elkaar eerder hadden gezien.

'Ik ga even plaatsen voor jullie regelen,' zei de artistiek leider en hij liep weg.

Amsterdam had zich aangekleed. Ik droeg een spijkerbroek, grote winterlaarzen en een door sneeuw verkleurde winterjas. Mijn enige toonbare accessoire was Cecilia.

'Wat grappig, zo'n minilandje met zijn eigen showbizzwereld,' zei Cecilia. Ze keek verwonderd naar de menigte in de foyer, alsof ze door Madurodam of Legoland liep.

Ik speelde beledigd, maar moest tegelijkertijd lachen om haar opmerking.

'Zeg dat zo maar in een camera,' zei ik terwijl we richting de andere bezoekers liepen.

Nu keek iedereen misschien nog alsof Cecilia en ik waren aangespoeld op een strand van een exclusief vakantieoord, maar straks, als ze het stuk hadden gezien, zou dat wel veranderen. Het is het lot van scenarioschrijvers: de slechte schrijvers krijgen aandacht omdat het niet deugt wat ze doen, de echt goede krijgen aandacht omdat het goed is wat ze doen, maar de categorie waar ik al die jaren in had gezeten krijgt geen aandacht, gewoon omdat ze het werk doen dat van ze verwacht wordt. De stukken worden redelijk bezocht, de acteurs geven je complimenten, negeren je in interviews, de regisseur belt een week voor de première dat hij het einde heeft veranderd.

Goed, de titel was ingekort, maar dat kon ik ze amper kwalijk nemen. Je kon moeilijk een stad volhangen met het woord *orgasme*. Zo sprak ik in gedachten de aanpassing van De Toneeltuin goed.

Een fotograaf maakte in het voorbijgaan een foto van Cecilia. Ze glimlachte uitbundig maar mysterieus, precies zoals ik dacht dat het zou moeten.

De gong klonk. De artistiek leider kwam terug. Op de kaartjes die hij me gaf stond de naam van iemand die ik vaag kende. Het was de naam van de eindredacteur van het televisieprogramma waar Caro voor werkte.

'Je zit wat hoog,' zei hij. 'Het spijt me, maar ik wist niet dat je zou komen.'

'Ja, goed,' antwoordde ik, maar ondertussen vroeg ik me vooral af wie er dan beneden in de zaal zaten. Achterneven van de regisseur, de zoon van de burgemeester die op zijn vaders kaartje was gekomen?

We beklommen de trappen naar het tweede balkon, waar de zaal vreemde vormen aanneemt om de zichtlijnen te dienen. Ik werd gegroet door een oudere dame, maar ik had geen idee wie ze was.

Daarna doofde het licht en klonk er gitaarmuziek uit de boxen.

Het stuk was grotendeels intact gebleven. Ondanks het feit dat enkele personages volkomen anders gecast waren dan hoe ik ze had bedacht, was ik daar na enkele minuten al aan gewend. In dit stuk had ik voor het eerst de afstandelijkheid losgelaten en had ik eerst willen begrijpen wat de personages voelden en dachten, voor ik ze hun zinnen gaf. De regie had dat alleen nog maar versterkt. Ik merkte ook dat er veel meer gebeurtenissen van het afgelopen jaar in waren geslopen dan ik had gedacht. Cecilia leek dat ook te zien. Soms vroeg ze wat de personages zeiden. Dan fluisterde ik de vertaling in haar oor. Ze legde haar hand op mijn been en ik merkte dat ze kneep als er iets gebeurde dat ze herkende of spannend vond.

Er werd goed gelachen, goed gespeeld. Soms was de sfeer om te snijden.

Ik snapte waarom anderen altijd meer lagen zien dan er zijn. Zelfs mij overkwam dit nu, voor het eerst, terwijl ik het stuk had geschreven. In eerdere stukken had ik de kruimels verzameld die overbleven na de maaltijden met mijn vrienden, nu de recepten. Ik had altijd flarden werkelijkheid in mijn stukken gestopt en ze gekneed tot er een acceptabel geheel overbleef. Voor het eerst was het anders. Cecilia zat erin, Magnus zat erin, maar de manier waarop mijn omgeving deze keer in het stuk was geslopen was volkomen anders. Ik had de mensen willen begrijpen, ik had ze willen leren kennen en dat zag je aan wat er met de scènes en de zinnen was gebeurd. Het stuk schreeuwde leven.

Toen het was afgelopen ging iedereen staan. Het applaus duurde lang. Cecilia keek me bewonderend en verbaasd aan. Nadat het geklap was weggestorven kwam de regisseur op het podium en riep iedereen bij zich. Eerst de acteurs. Samen namen ze opnieuw applaus in ontvangst en maakten ze weer een buiging. De regisseur pakte een microfoon en dankte De Toneeltuin, de schouwburg, de subsidie van de gemeente Amsterdam.

'Het stuk werd geschreven door Marijn Keizer, die is hier helaas vandaag niet, maar ik mag gelukkig wel naar voren vragen: José Wolff, de vaste dramaturge van De Toneeltuin.'

Daarop stapte een vrouw met een rode bril het podium op en nam een applaus in ontvangst.

Ik keek om me heen, niemand keek naar mij. Daarna keek ik naar Cecilia.

'Hij noemde jouw naam toch?' zei Cecilia in het Engels. 'Je moet naar beneden, snel.'

'Te laat, geloof ik,' zei ik.

Ik dacht: de artistiek leider zal dit rechtzetten. Dan kan ik alsnog het podium op.

'Merlijn?' zei Cecilia weer. 'Waarom sta jij daar niet?'

Op het podium was de regisseur toe aan de naam van de artistiek leider.

'Dank voor jouw – ik mag wel zeggen – overbezielende leiding,' zei hij lachend. 'En overigens ook voor de sublieme titel. *Een goede dag* had letterlijk niet bestaan zonder jou.'

De artistiek leider kwam naar voren. Ook hij nam een applaus in ontvangst. Nergens zag ik ook maar iets van een voornemen om mijn naam uit te spreken, om te zeggen dat die titel al bestond, maar dat hij er alleen maar drie woorden af had geknipt, om te zeggen dat de schrijver wel degelijk aanwezig was, maar op het tweede balkon zat met zijn sneeuwlaarzen aan – op het kaartje van een eindredacteur die niets met dit stuk te maken had.

De artistiek leider zwaaide de zaal in, stapte naar achteren en de regisseur ging verder.

'O! De muziek moet ik niet vergeten,' zei hij tegen de honderden mensen in nette kleding. 'De prachtige muziek bij het stuk werd speciaal voor *Een goede dag* geschreven door een van de grootste muzikale talenten van het laatste jaar. Hij staat op dit moment met zijn clubtour in Utrecht, dus hij kan er niet bij zijn, maar geef hem een daverend applaus, zodat hij het daar in Tivoli kan horen: Ted Robin!'

Cecilia begon te klappen. Ik pakte haar handen beet en hield ze vast. Ze draaide haar hoofd naar mij en keek verbaasd.

'Wat?' zei ze.

Ik sloot mijn ogen, zei niets.

*

Beneden aangekomen stonden alle gasten met een glas champagne in hun hand. Ik pakte twee glazen van een dienblad en dronk het eerste glas in één keer leeg. Daarna gaf ik het andere aan Cecilia en nam ik nog een glas van het tafeltje voor mijzelf. De mensen lachten, hun stemmen schalden door de hoge ruimte.

'Succes toch?' vroeg Cecilia. 'Iedereen vond het geweldig.'

'Ja,' zei ik.

'Die actrice die mij speelde had wel een heel dikke kont,' zei ze.

'Jou speelde?'

'Ja. Die jonge actrice.'

'Welke jonge?'

'Die met die dikke kont!' zei ze.

Cecilia had zichzelf herkend. Ik keek haar aan en moest kort lachen om haar opmerking. Ze hief haar glas en we proostten. Ik legde mijn hoofd op haar schouder. Ze streek door mijn haren.

'Merlijn,' zei ze. 'Merlijn.'

Alleen mijn naam. Mijn oude nieuwe naam. Misschien omdat ze hem nu echt wilde gebruiken.

Vanuit mijn ooghoek zag ik de artistiek leider staan. Hij glimlachte zuur naar ons. Ik worstelde me los van Cecilia's troost en ik liep op hem af. Hij stond met een paar oudere mensen te praten. Misschien geldschieters. Of politici.

'Waar sloeg dat op?' vroeg ik hem. 'Waarom zei je niet dat ik gewoon in de zaal zat?'

'Ja god ja. In alle hectiek is dat even misgegaan. Heel slecht.'

De oudere mensen draaiden zich om, gingen ergens anders staan.

'Hectiek?'

'Ik ben in verlegenheid gebracht,' zei hij. 'Mijn fout. Excuus.'

Hij keek om zich heen of er geen mensen waren met wie hij

beter kon praten. Over het succes, over nieuwe projecten, over de acteurs die zo fenomenaal hadden gespeeld.

'Kom deze week langs op kantoor,' zei hij. 'Het is geweldig geworden. We willen zeker doorpraten.'

'Om weer te worden genegeerd op de volgende première?' vroeg ik.

'Welnee. Welnee,' zei hij. 'Niemand negeert je.'

'Ik zat in de zaal terwijl er iemand op het podium stond en tegen meer dan vijfhonderd mensen zei dat ik er niet was. Een groteskere vorm van negeren kan ik me amper voorstellen.'

'Merijn,' zei hij. 'Luister man. Het helpt ook als je wat meer betrokken bent.'

'Hoe bedoel je?'

'Je was weken onbereikbaar. Je hebt alle deadlines voor synopsis, treatment en eerste versie gemist. Ik wist niet eens zeker dat je kwam vanavond. Aan de telefoon liet je weten dat je eerder terug zou komen om te helpen met duiding en promotie, maar vervolgens hoor ik niets meer. En nu kom je onaangekondigd met koffers en al naar de premièreavond, gekleed alsof je een poolexpeditie gaat ondernemen en in gezelschap van iemand die me nog het meest voorkomt als een middelbareschoolleerlinge. Het spijt me, maar ik kan het niet anders uitdrukken dan dat het had geholpen als je wat meer betrokken was geweest.'

Op weg naar de uitgang passeerden we twee cameraploegen. Ze interviewden de acteurs. Iemand met een opschrijfboekje noteerde de zinnen van een bekende cabaretier die niets met het stuk te maken had. Hij oreerde over de noodzaak van theater in een tijd dat verbeelding naar de achtergrond werd geschoven. Geen van de aanwezigen zag mij en Cecilia vertrekken.

Ik hield een nieuwe taxi aan. Die stopte voor ons. De chauffeur deed geen moeite de koffers achterin te zetten, waardoor we ze op de achterbank meetrokken.

'Waarheen?' vroeg de taxi.

'Naar huis,' zei ik.

De taxichauffeur keek vragend achterom.

'Grapjas,' zei hij.

*

De sleutelbos zat onder in mijn toilettas. Daar was ik hem zeven maanden lang tegengekomen als ik mijn tandenborstel zocht, maar nu ik hem nodig had, stond ik panisch te graaien in de portiek. Het duurde even voor ik de deur kon openen, Cecilia stond te rillen van de kou.

'Schiet op,' zei ze. Ze klappertandde.

Uiteindelijk draaide ik mijn voordeur open. Ik rekende op een koud, verstoft huis, als een tombe die na eeuwen weer opengaat, met als enige graf dat van mijzelf, maar het bleek warm in de gang. Het geluid van de televisie sijpelde door de kieren om de deur naar de woonkamer. Licht viel door het hoge raam tussen de kamer en de gang. Er was die avond gekookt in de keuken. Knoflook hing in de lucht. Cecilia keek me onwennig aan.

'Woon je hier?'

'Ja,' zei ik.

'Wie is er dan thuis?' vroeg ze.

'Ik weet het niet,' zei ik. De optie dat mijn huisbaas het huis aan iemand anders had verhuurd schoot door me heen, maar toen zag ik mijn eigen spullen staan. Mijn kapstok met mijn jassen, mijn sleutelkastje, een oude schoolwandplaat met zeehonden hing nog aan de muur. Ik stapte langzaam richting de deur naar de woonkamer. Cecilia verschool zich achter mij, ze hield zich stil, zelfs het klappertanden hield op.

Toen ging de deur naar de kamer open. En Caro verscheen.

Ze droeg de ijsbeersloffen die van haar waren geweest en een wijde trui uit mijn kast. Haar haren waren nat, alsof ze net gedoucht had.

'Jezus christus. Merlijn,' zei ze. 'Ik schrok me rot.'

Ik haalde adem en keek verward naar Caro. Het was alsof ik twee jaar geleden thuis was gekomen.

Cecilia stapte in het licht.

'Caro?' zei Cecilia. Ik hoorde haar stem naast me.

Caro keek van Cecilia naar mij en weer terug.

'O mijn god,' zei ze verstild. Ze hakkelde. Haar ogen werden groot. Daarop stapte ze naar voren om Cecilia beter te kunnen zien.

'Jij bent het echt.'

'Ja,' zei Cecilia. 'Ik ben het echt.'

Caro omhelsde het jonge meisje in het jurkje. Eerst onwennig, toen stevig. Ze zakten zelfs door hun knieën. Op een gegeven moment hielden ze elkaars gezicht vast en huilden tranen. Gemaakt van water uit het Meer van Genève, dacht ik.

'Jij bent groot,' zei Caro.

'Ja,' lachte Cecilia. 'Jij ook.'

Caro schudde haar hoofd en trok Cecilia weer naar zich toe. Ze pakte haar opnieuw vast, door de haren van het meisje, dat in haar armen een decennium jonger werd.

Ik zei niets. Ze lachten en ze hielden elkaar vast, ze bleven elkaar maar vasthouden in de deuropening naar de woonkamer. Caro aaide de haren van Cecilia. Cecilia ademde huilzuchtjes.

Ze had haar ogen dicht en ik zag iets in haar gezicht, in haar lichaam. Haar mondhoekjes krulden omhoog, haar schouders hingen laag en haar oogleden lagen slap over haar ogen. Het was iets dat ik voor het eerst zag, het was iets waarvan ik had gedacht dat ik dat haar ook had gegeven. Waarvan ik dacht dat het er was als we samen waren, dat dat juist zo bijzonder was geweest aan ons, maar nu ze Caro vasthield wist ik dat het me nooit was gelukt.

Ik zag in het gezicht van Cecilia wat zij al die jaren had moeten missen.

Veiligheid.

Ik liet mijn koffer los in de gang, draaide me om, richting de deur, liep de trap af die naar de portiek leidde. Ik hoorde Caro en Cecilia boven praten, onverstaanbare woorden die een periode van jaren moesten overbruggen. Geleidelijk versmolten hun stemmen, tot ik ze niet meer uit elkaar kon houden. Er klonk nog maar één stem, die niet tot mij sprak, maar een monoloog hield die zichzelf in stand hield, een perpetuum mobile uit een voorbij verleden. Ik begreep toen pas hoeveel ze op elkaar leken. Dat had ik eerder niet gezien, misschien omdat Caro steeds bij vroeger had gehoord en Cecilia bij de toekomst, maar nu ze samen waren in het heden leken het wel zussen, gescheiden bij de geboorte.

De voordeur klikte dicht, ik stond op straat en begon te lopen, een willekeurige kant op, naar rechts, steeds sneller, in looppas. Ik was weken samen geweest met Cecilia, nu was ik alleen. Voor het eerst alleen.

Niemand op straat leek zich druk te maken om de rennende man met een baard van een paar weken en een versleten spijkerbroek. Het was donker in de buurt. Soms passeerde ik een fiets met een fluitende dynamo of iemand die zijn hond uitliet, diep weggedoken in een sjaal of een kraag. Ik bleef rennen, om niet koud te worden, om niet om te hoeven kijken. Achter de ramen van de huizen hing kerstverlichting. Ik rende zoals Cecilia had gerend op Södermalm toen ik had gezegd dat ik Merlijn heette in plaats van Walter; weg van de waarheid, weg van de overgave. Ik rende zoals de rest van de klas moet zijn weggerend toen ik tijdens het *Requiem* van Mozart was omgevallen en Caro als enige was gebleven.

Bij de Haarlemmerweg stak ik de straat over en ik passeerde de gebouwen op het Westergasfabriekterrein. Voor de Ketelhuis-bioscoop stond een groepje mensen, ze lachten, rookten, waarschijnlijk bespraken ze de film die ze net hadden gezien, en ik dacht aan de avond dat ik mijn hoofd kaalschoor, een eeuwigheid geleden, de dag dat ik Ted Robin had geslagen en Caro achter op zijn fiets was vertrokken.

Ik rende langs het stadsdeelkantoor waar ik me ooit met Caro had ingeschreven op ons nieuwe adres, kwam daarna aan in het oostelijke gedeelte van het Westerpark, bij de tennisbanen en het spoor. Ik bleef rennen, baande me een weg door de wereld, door de stroop die was overgebleven van de atmosfeer binnen de dampkring.

Ergens stak een tegel omhoog en ik voelde hoe mijn teen door mijn Zweedse winterschoenen de rand raakte. Ik deed pogingen om mijn disbalans te corrigeren met mijn andere ledematen. Het was te laat, de reis naar de grond was lang, maar hard en onvermijdelijk. Ondanks mijn armen, die de klap opvingen, trokken de zwaartekracht en de traagheid van massa mijn hoofd tegen een rand van een stoep. Het duurde even voor ik op kon staan, met mijn hand naar mijn hoofd greep en voelde dat ik bloedde. Als tranen druppelde het rode bloed langs mijn wangen en gezicht naar de grond, op mijn broek en mijn schoenen. Er stond een bankje. Ik ging met moeite zitten. De klap maakte me duizelig, het bloed prikte in mijn ogen, de snee deed pijn. Mijn slapen bonsden in donkere, lome klappen op het ritme van mijn hart. Ik legde mijn hoofd op mijn handen en voelde hoe mijn ademhaling weer rustig werd.

Ik knipperde met mijn ogen, zag niet helder, dacht even dat ik out ging en weer bijkwam, maar zag toen dat er iemand in mijn ooghoek verscheen. Een meisje kwam van een afstand naar me toe gelopen. Het licht van een lantaarnpaal toonde alleen haar silhouet. Ze was afwisselend Cecilia en Caro en dat bleef zo, zelfs toen ze vlak bij me stond. Het was onmogelijk in deze vertroebelde staat te zien wie het was en zelfs toen ze me iets vroeg waren alle taal en herkenning verdwenen.

'Wat heb je gedaan?' was de vraag.

'Niets,' zei ik. 'Ik heb niets gedaan.'

Ik voelde het bekende gevoel in mijn buik. Ik wist bijna zeker dat het zou komen en dat het langer zou duren dan normaal. Uren, dagen misschien. Dat het in het volgende moment dat ik me kon herinneren alweer licht zou zijn, er mensen op de tennisbanen speelden, de zomer weer was begonnen, Cecilia weer in Uppsala woonde, Caro aan het werk was op de redactie van het tv-programma en ik nog altijd met mijn hoofd in mijn handen op het bankje in het Westerpark zou zitten, in mijn eigen vuil, in de gevoerde jas die ik had gekocht in Uppsala, en dat er niemand zou zijn die dat nog zou weten.

'Ik begrijp het niet,' zei de hybride CaroCecilia in een universele, niet thuis te brengen taal. Ze kwam naast me zitten op het bankje en legde haar arm om mijn schouder.

En ik dacht: nee, dat kan ik me voorstellen. Maar morgen leg ik alles uit. Morgen zal ik onder grote hilariteit van de toegestroomde luisteraars, de arm der wet, mijn ouders, Walter, Lucas, de artistiek leider van De Toneeltuin, Frank Gerson, de lerares in haar Snoek, in hun aanwezigheid zal ik alles uitleggen. Dat alles een misverstand is geweest, dat ik mijn leven uit handen heb gegeven en de regie heb verloren. Dat een kleine serie handelingen is uitgegroeid tot een rabiaat monster dat door mijn leven is gestommeld. De vraag is of het gesnapt gaat worden. Er waren momenten dat ik het zelf niet meer begreep, maar ik zal een poging doen. Morgen. Als het moet, dan schrijf ik een toneelstuk, een film of een heel boek om het uit te leggen, maar nu niet. Nu zit ik hier en laat mijn hoofd weten dat het zojuist met een vaart op de tegels is gesmakt.

Het meisje trok een sok uit en duwde die tegen mijn hoofdwond.

'Je moet ernaar laten kijken,' zei ze.

'Ja,' zei ik.

'Je moet naar het ziekenhuis.'

Ik wilde niet naar het ziekenhuis, daar was ik al geweest. Daar waren de eerste tekenen van het verval ontstaan. Toen zijn er gaten in mijn hoofd geboord, die voor altijd zouden zeggen: *Dit is iemand anders. Hij heeft gaten in zijn hoofd en als hij geen pillen slikt rijdt hij vroeg of laat een rode Volvo tegen een vangrail in Duitsland. Dan vertrekt hij maanden van huis om vervolgens in winterlaarzen op een galapremière in de Stadsschouwburg op te duiken.* Op mijn hersenfilm was het al te zien geweest: de toekomst, de verspeelde kansen, degene die ik had kunnen zijn, maar nooit was geworden.

Het enige dat je onderscheidt van degene die je zou willen zijn, is dat wat je niet gedaan hebt, dacht ik.

Wat er buiten mijn hoofd gebeurde, vervloeide met alles in mijn gedachten.

Ik zei het hardop tegen mezelf: het is niet te laat, er valt nog van alles te veranderen. Maar steeds groter en helderder, als een uitdijend universum was daar het andere besef: het had allemaal toch niets uitgemaakt. Ik had mezelf willen bewijzen, ik had aan Caro willen bewijzen dat heus niet alles steeds hetzelfde hoefde te blijven. Ik had zonder rijbewijs door Duitsland gereden, ik was een dief gaan zoeken in een andere stad, ik was opnieuw verliefd geworden. Dat had ik zelf bedacht, was ik zelf gaan doen. Het had niets uitgemaakt. Ik had alles alleen maar erger gemaakt toen ik Magnus vond, toen ik de foto's van Caro zag liggen in een kartonnen doos en Cecilia uiteindelijk toch iets anders zocht dan wat ik haar al die tijd had kunnen geven.

En ik wist ineens waarom ik al die jaren zo passief was geweest. Omdat passiviteit weliswaar een andere route volgt dan assertiviteit, maar uiteindelijk doemt toch exact hetzelfde eindpunt op.

'Ik moet weer weg,' zei het meisje.

'Waarom?'

Ze reageerde niet op mijn vraag. Het meisje kwam op haar knieën voor me zitten. Ze hield mijn hoofd omhoog.

Ik schudde mijn hoofd. De wond deed pijn. Ik probeerde mijn ogen te openen. Door de spleetjes prikte het bloed op mijn netvlies. Ik zag haar haren, de kleur van haar iris, het rood van haar neus, de minuscule haartjes op haar lip.

Ik voelde dat ene gevoel weer in mijn buik. Het gevoel dat lotgenoten kennen, maar verder niemand. Het ontstond zonder dat ik wist hoelang het zou duren, maar het was er. Het zei: let op, er gaat iemand verdwijnen. Voor even. Er is iemand tijdelijk niet aanspreekbaar. Er is iemand even weg, op hem kan je niet rekenen. Hijzelf ook niet.

Ik slaakte een kreet.

Let op deze man, want het lukt hem de komende minuten zelf niet.

Let op deze man, het zal hem nooit helemaal zelf lukken.

Laat het kort duren, dacht ik nog, laat het voorbij zijn voor ik mezelf open heb getrild aan het grind voor mijn voeten en ik schuimend de aarde naar binnen hap. Laat het kort duren.

En toen begon het. Het was hier.

En in dat insult,
in die afwezigheid,
in dat niets,
daar bevind ik me nu.